随风而逝

汪泉 著

江苏凤凰文艺出版社

图书在版编目(CIP)数据

随风而逝 / 汪泉著. —南京：江苏凤凰文艺出版社，2019.5
ISBN 978-7-5594-3420-3

Ⅰ.①随… Ⅱ.①汪… Ⅲ.①长篇小说—中国—当代 Ⅳ.①I247.5

中国版本图书馆 CIP 数据核字(2019)第 040223 号

随风而逝

汪泉 著

责任编辑	张 婷 傅一岑
装帧设计	王晨玥
出版发行	江苏凤凰文艺出版社
	南京市中央路 165 号，邮编：210009
网 址	http://www.jswenyi.com
印 刷	南京新洲印刷有限公司
开 本	880×1230 毫米 1/32
印 张	9
字 数	200 千字
版 次	2019 年 5 月第 1 版 2019 年 5 月第 1 次印刷
书 号	ISBN 978-7-5594-3420-3
定 价	39.00 元

江苏凤凰文艺版图书凡印刷、装订错误可随时向承印厂调换

目录

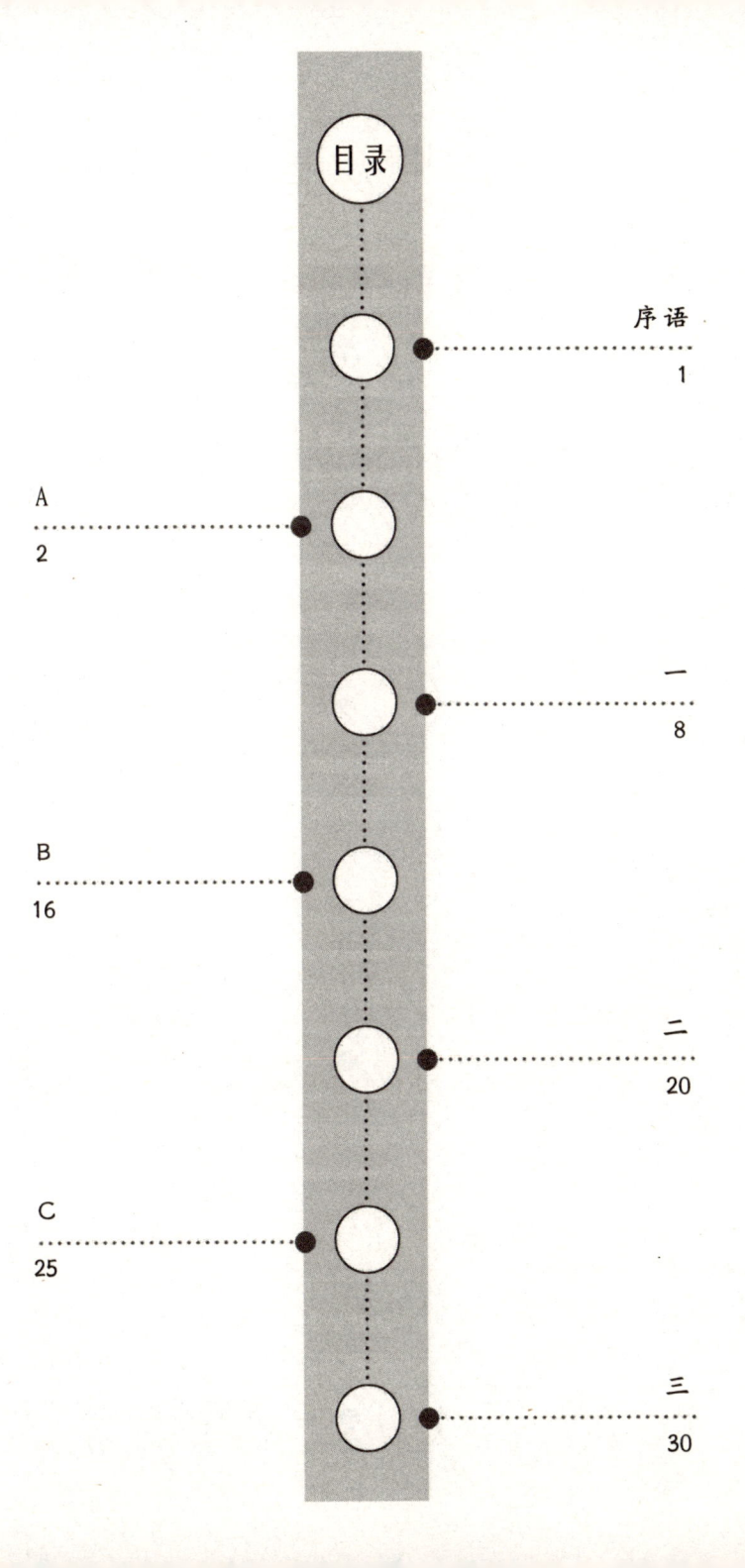

序语	1
A	2
一	8
B	16
二	20
C	25
三	30

目录

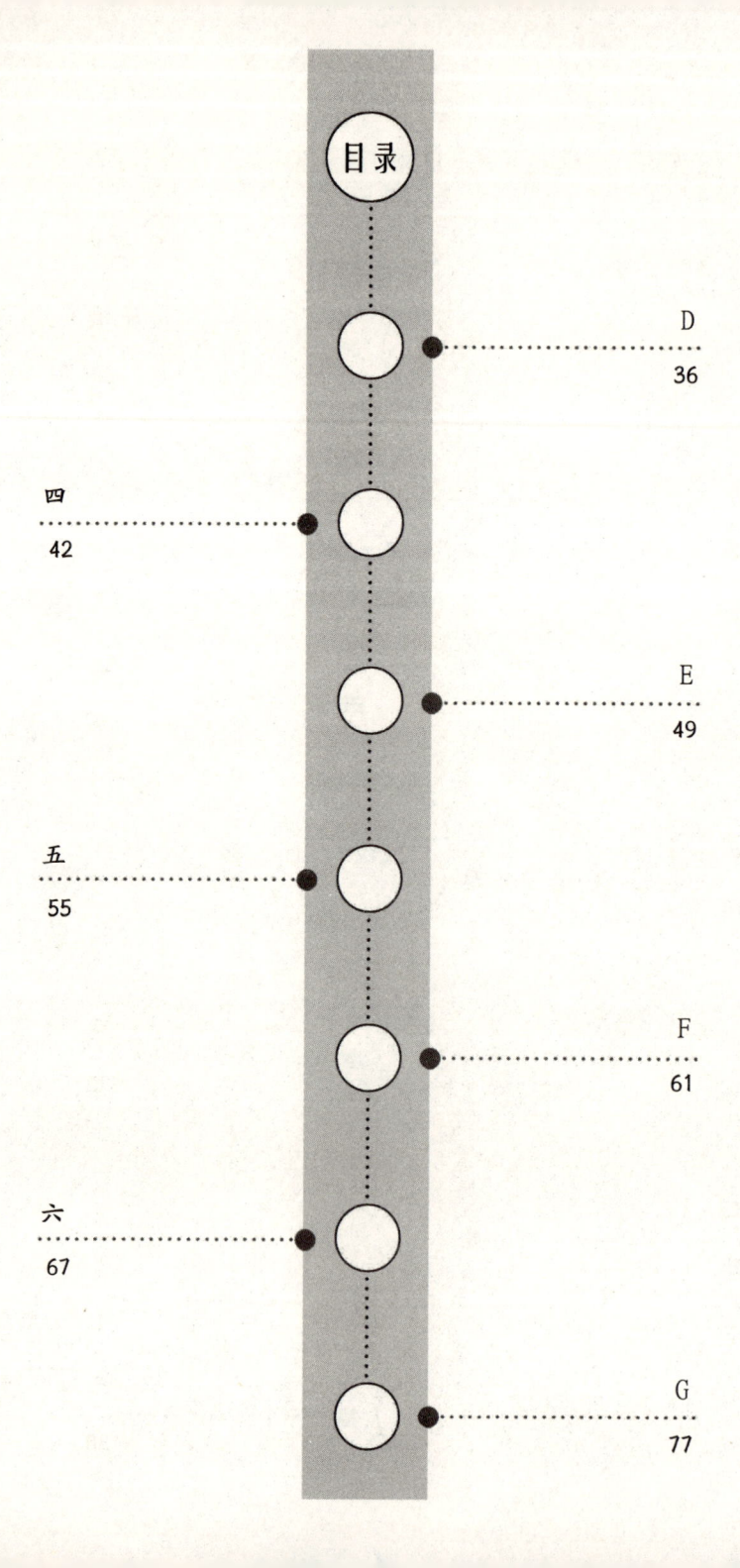

- D 36
- 四 42
- E 49
- 五 55
- F 61
- 六 67
- G 77

目录

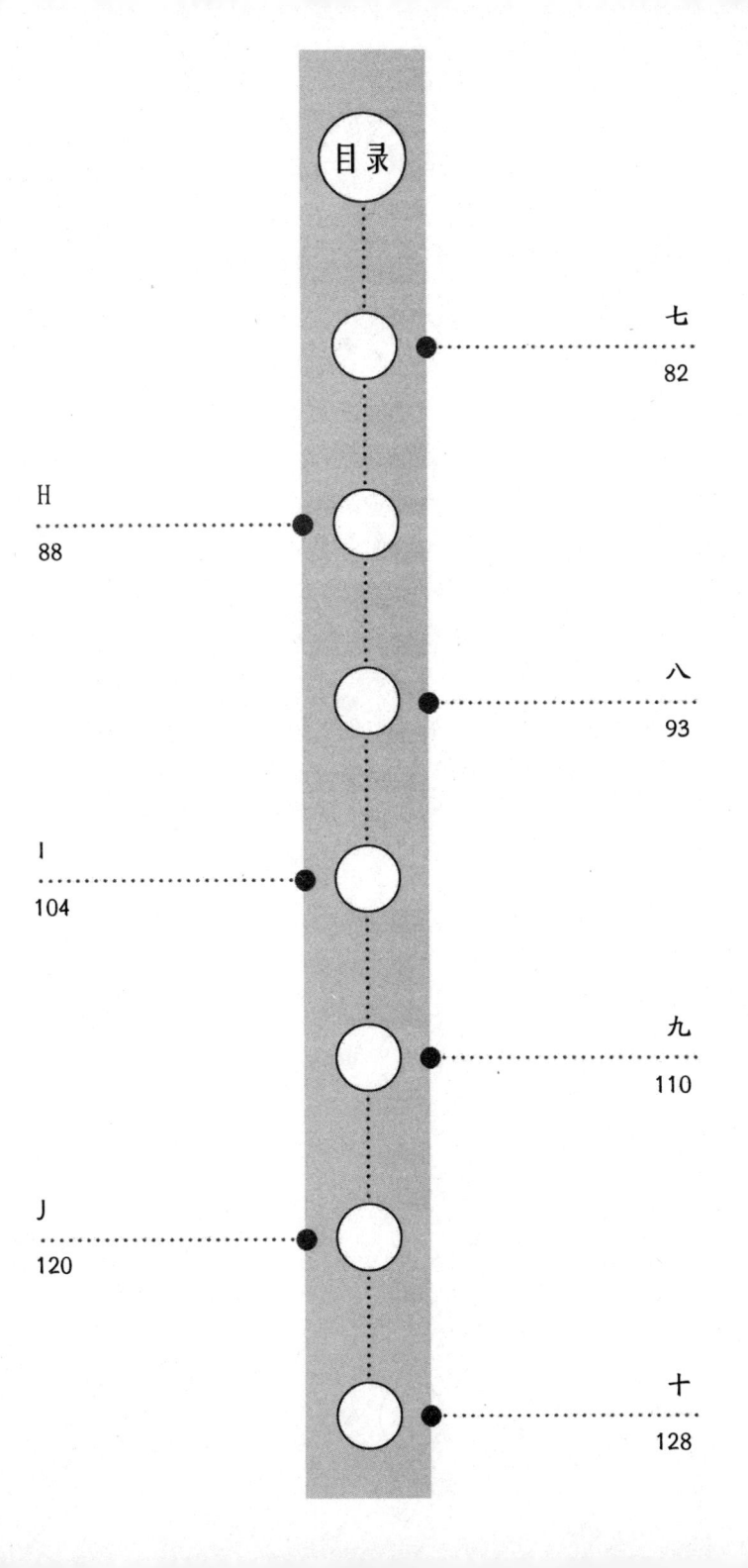

- 七 82
- H 88
- 八 93
- I 104
- 九 110
- J 120
- 十 128

目录

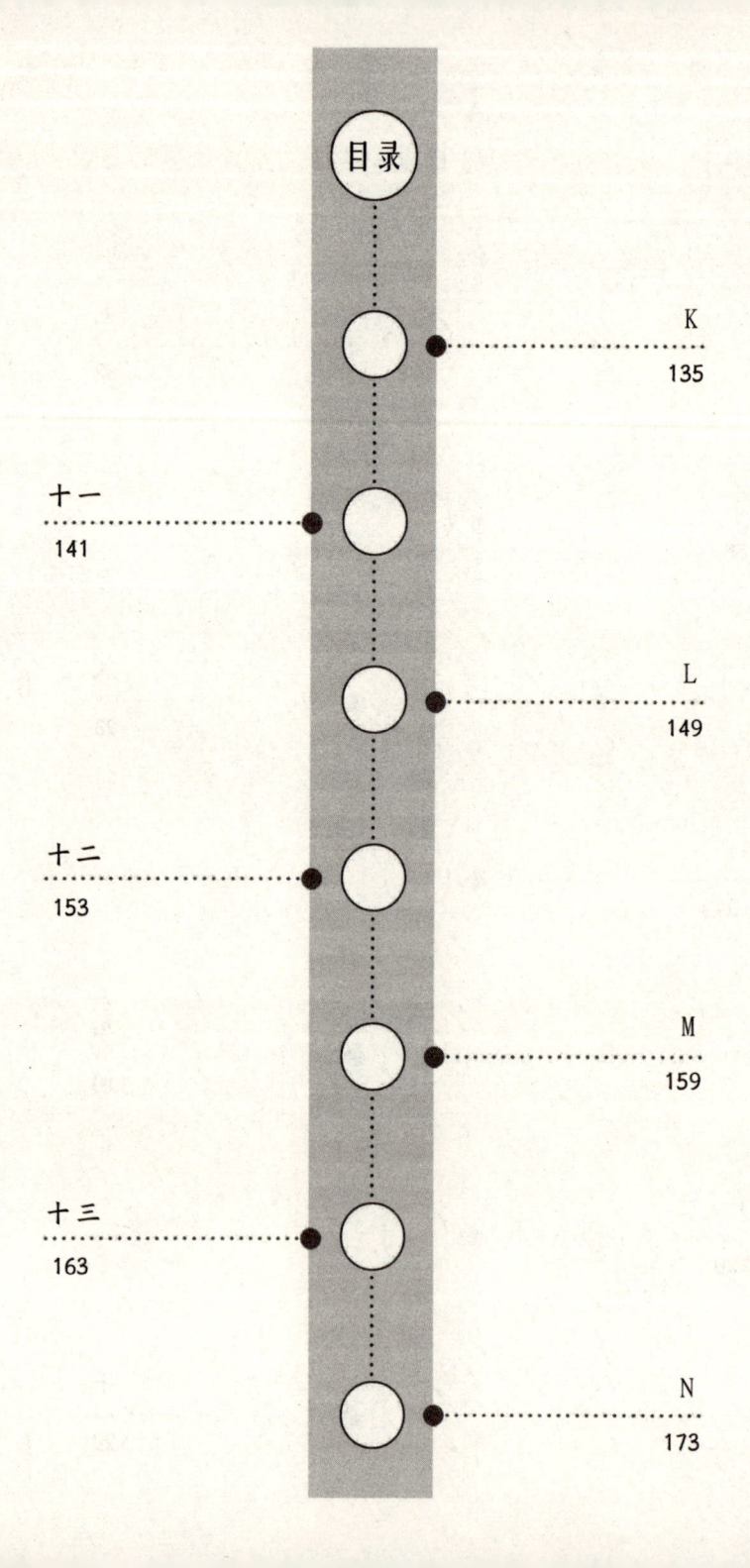

- K 135
- 十一 141
- L 149
- 十二 153
- M 159
- 十三 163
- N 173

目录

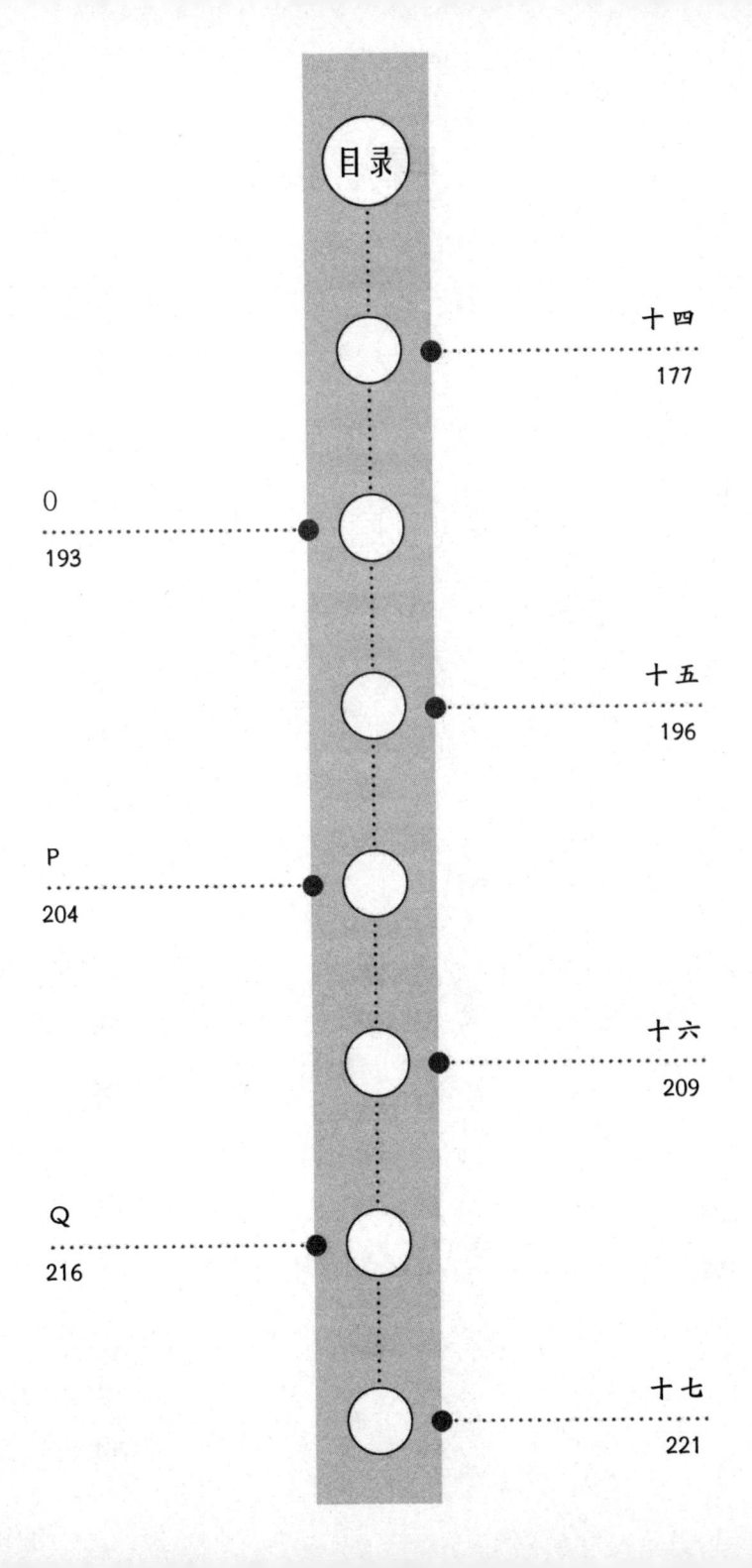

- 十四 ... 177
- O ... 193
- 十五 ... 196
- P ... 204
- 十六 ... 209
- Q ... 216
- 十七 ... 221

目录

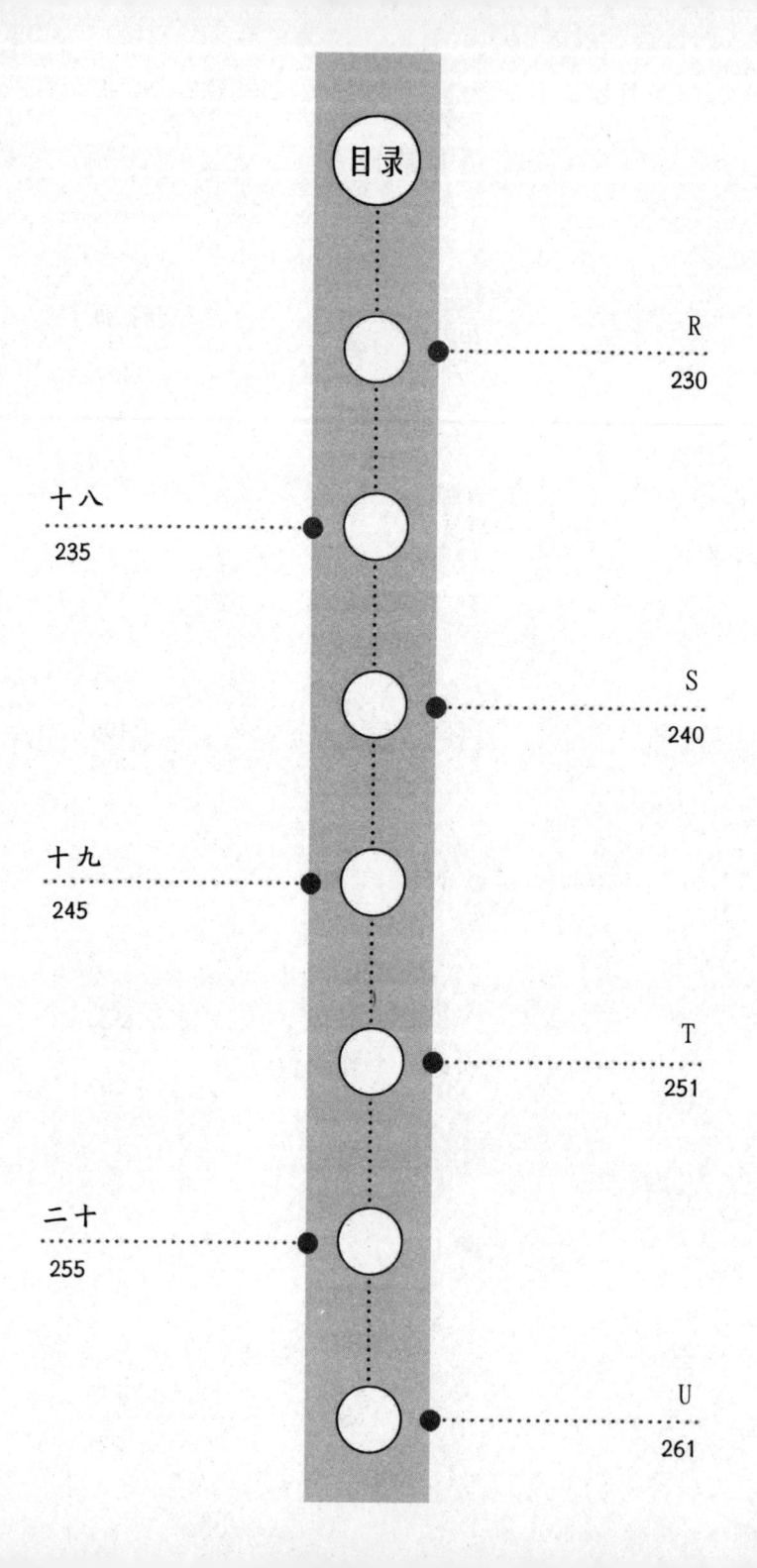

- R 230
- 十八 235
- S 240
- 十九 245
- T 251
- 二十 255
- U 261

目录

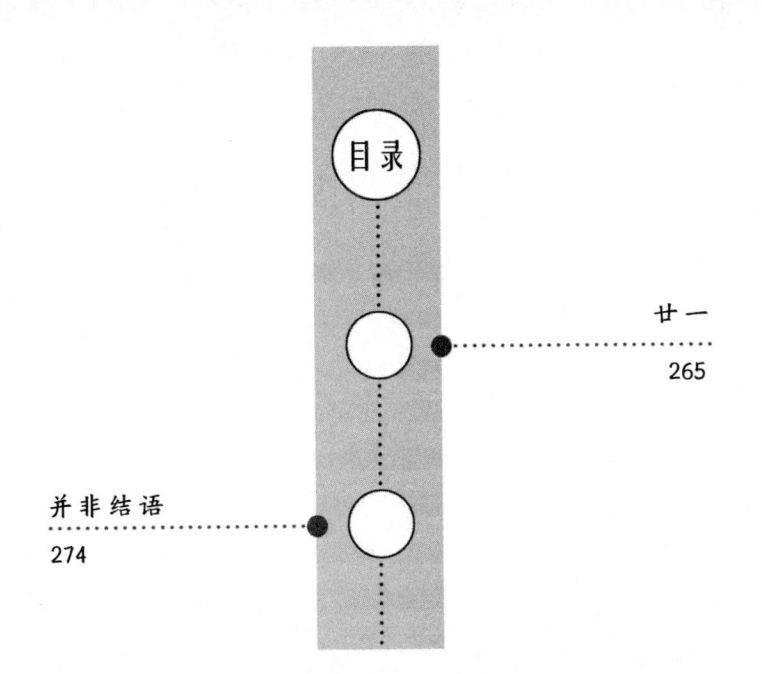

廿一 265

并非结语 274

序　语

两个舅舅和他们的两个外甥一样，同时掉入漆黑的井巷，在浓烈的烟尘中，开始各自寻找出口。

A

明天我将被控制,7天后我将被逮捕,接着,在漫长的看守所生涯之后,我将正式进入服刑阶段,而此时,我还在醺醺大醉当中。

"着火了?石头着火了?哈,姓张的,你真是个好玩意儿!你见过石头着火的?"这电话,惹得我又气又笑,我无不嘲讽地骂道。

"姓刘的,你好好喝,我给你汇报了,你看着办!"张三岩居然称我"姓刘的"!把我给生生气得酒醒一半,"放你娘的屁!跟老子开啥玩笑!"

是的,我姓刘,叫刘桐,是阳钢股份公司大沟矿矿长,我还是一个舅舅,我的外甥叫靳凯。

"我重复一遍,三号井着火了,9个人被困在井下,你外甥靳凯就在其中!"张三岩的声音冷静得可怕。

听这话,像是真的!我站起身,看向窗外,外面满天的浓烟,密密匝匝。连墙角的杏树都着火了,树枝上弥漫着烟尘,隐隐约约,像在罗织一个什么阴谋。我这才猛然醒悟,我在农家乐喝酒,是这浓雾把我锁住,还有另外几个人,我们像一群牲口,被雾圈住了。

张三岩没有撒谎。

"咋不早说!他娘的,快救人啊!"我带着酒气,愤然骂道。

张三岩果断挂了电话。张三岩是副矿长,主管生产安全的。我酒醒了一半,再次拨通张三岩电话,问咋回事,他说:"陕西鹤金公司的焊工在井下作业,点着了火,跑了。"

"跑了?他妈的,他跑了和尚跑不了庙,方丈在我身边!"我一听这话,再次确信,事故真实无疑。

一桌子的人翻着白眼仁,眼睛都喝得瓷瓷的,惊呆了:"着火了?"

我骂道:"睁开眼睛,看看外面的烟瘴!"

他们笑了,嘴巴咧得鞋口大,像在嘲笑一个白痴:"那是雾气,不是烟瘴啊,刘矿!"

我说:"快走!喝你妈的!老徐,你的人点着了火,跑了,9个人被困在井下了,老子的外甥也被困了,你不要命了!"

徐大江眼神坚定,他看着我,说:"早就灭了,老刘。别大惊小怪了。"

"你知道啊?你知道咋不早说?"我偏着头,我知道我的眼睛冒出来的是烟,马上就要燃烧。

"老刘,别激动,小事,小事,别那么紧张,我们也是大风大浪过来的,这点屁事,算什么,火早就灭了!11点他们就说着火了。我知道,灭了。放着茅台不喝,管那屁事!"徐大江又从容地倒酒。

"灭了?张三岩咋说是困了9个人?"我瞪着眼睛,想要从徐大江的眼睛里挖出答案。

"没有困下人吧?都几个小时了,即使困下也早出来了。"徐大江说。

我恨不得给这个杂种一拳,但我哪里顾得上打他,我又拨了张三岩的电话,竟然占线。

徐大江说:"别紧张,就是焊工把井下的麦草点着了,早就灭了。"

我气疯了:"我说你这狗日的,不是个好东西!你快打电话啊,看事态到底咋样了?"

我看见他握着手机,不疾不徐。开机的叮咚声把我气得牙都颤抖:这畜生,早就给他汇报了情况,他嫌打扰,竟然关机了!

我想一眼看透远处的矿山,却被一片浓雾遮蔽得严严实实。这是罕见的浓雾,将整个阳关分割成了一个又一个远近不过上百米的小圈子。我从没见过这么浓的雾,我刹时觉得呼吸里有一股烟味,呛人。这味道就是从那三号井下飘来的。

我看了一眼徐大江,他正低着头,手机在他手里吱吱扭扭缓缓开机,我想骂:"你他妈的关机干啥?"却没有骂出来,这个魔鬼,我实在没有把他当过人。我捏了一把手机,显示一点零九分。张三岩的电话又来了,我提起来就问:"几点着的火?灭了没?"张三岩的语气冷淡得像周边的雾气,让人迷惑:"灭了又着了,复燃。你问徐老板,我也不知道,我接到电话就给你打了。咋办?报警吗?给公司汇报吗?"他显然是在将我的军,报警意味着这事情已经很大了,我肯定要受处分,这是集团的规定,股份公司也没办法;不报吧,又怕事情闹得更大!"先别报,组织救援人员,安全科的,还有生产科的,快下井救人!"

"好吧,我现在就在会议室,在家的班子成员都在,我现在就布置。"张三岩说。

我刚压了电话,另外一个电话就打了进来,是安全科主管王筱:"矿长,出事了,三号井下着火了,困了9个人,靳凯也在其中,危险得很!咋办?"

"真的吗?他也在里面?"我的外甥!王筱再次说到外甥靳凯两个

字,我真的害怕了,快走! 我彻底酒醒了:我的外甥靳凯被困在井下了! 我狠狠摇晃了两下头,我的头木木的,像长在高天上的一颗椰子疙瘩。

"矿长,确定靳凯也在里面。"王筱敦实地回答。

"张三岩刚才也给我说了,我还以为他骗人呢! 王筱,你们快点救人,快组织人,救人要紧,你知道那些坏厎们,不作为,乱作为! 你抓紧组织,下井救人!"我冷静地说。

"矿长,现在问题很严重,他们所在位置地势最低;低处烟小,烟往高处走,11点多就着火了,你想想,其他高处的矿井肯定也都烟雾弥漫,咋办?"王筱分析说。

被困死了! 即便是爬出来,中间高处烟雾浓得惊人,从11点多着火到现在,都两个多小时了,得聚了多少烟在里面啊!

徐大江的电话响了,他接着电话出了门,声音很大:"报警了没有? 报警啊——"

"报你先人! 报啥警?"我正面向门外骂老徐,外甥靳凯的电话来了,我急急按下接听键:"舅舅,快救我们啊,井下烟大得很,呛死人了!"

"靳凯,你们几个人?"我没有火气了,问。

"我们9个人,都在井下。"靳凯说。

"快往外面跑——"我喊。

"舅舅,腿软得很,走不动啊! 舅舅,快救我们——"靳凯的声音不是很大,似乎是压低了声音说话,怕被人听见一样。

"趴下,爬出来,用湿毛巾捂上嘴!"我说。

"舅舅,你不要给我妈说啊——"靳凯在井下说。

"你们咋不早点给地面汇报?"

"汇报了,前面张三岩让我们等待救援,不让我们乱跑,不让我们出来,怕高处烟大,我们这里地势低……"靳凯怯怯地说。

我没想到,事情真的闹大了。谁知道,这竟然是我最后一次和外甥靳凯的通话。我原以为外甥声音小是怕我,我万万没有想到,其实靳凯不是怕我,而是没有说话的力气了,他快要窒息了。

"你们都在一起吗?趴下!趴在地上,等我们来救你。"我说。

"舅舅,我感觉我撑不住了,你快点啊——"靳凯声音微弱。

"坚持住,娃,我马上就到矿上!"

作为一矿之长,矿上着火了,9个人被困在了井下!我几乎疯了,出门,车已经开过来了,一起喝酒的都是陕西鹤金公司的人和矿上的下属,他们都在远处着急慌忙地打电话。

我跳上车,喊,快走。

雾浓得化不开,像一张灰色的布帘。

司机不敢开快,打开了雾灯。我说:"快,快开——"

电话又响了,我一看是姐姐打来的。我接起来:"刘桐,咋回事?娃子打电话说,井下着火了,出不来了……"姐姐在电话那头哭起来。我说:"我就到矿上了,你先别急,没事。啥情况,我再给你打电话——""你,你快救他啊,我的好兄弟——"姐姐鼓起了很大的劲儿说,像是要挣破这巨大的雾帘。

我急了!车钻进浓稠得化不开的雾里,向前冲。

上午11点,我来到乡下的茶园里喝酒。茶园,可不是南方的茶园,是北方喝茶的地方,就是一个农家院落,有房子有树,吃饭喝酒的去处,人们叫茶园子。在阳关,这家茶园是最上档次的农家茶园了,就在北乡,不远,离城区30公里。茶园里等着几个人,其中一个就是徐大江,是老朋友,也是老江湖,我平日叫他老流氓。他可是什么事情都能干得出来的,他叫我喝茶,我还不得不喝,其实,算是陪他,我知道。但他在场面上还是敬着我,他的老底我知道,脸上有几颗麻子我都清楚,所以,我也不怕他,他原本就是阳关街头的一个混混。

我再次打电话给张三岩:"啥情况?咋救援?"

张三岩说:"正在开会,你指示。"

我说:"所有的排风机都打开,打开了没有?"张三岩问身边的人,说还没有。我说:"马上打开啊,你们动动脑子,救人要紧啊!你他妈的要乘机报复吗?张三岩,这是什么时候你知道,我可告诉你,你是主管生产安全的副矿长,也是值班矿长,出了事,全部由你担着!"他轻描淡写地说:"你别那么说,刘矿,你的意思是我坐视不管?现在你管,给你汇报了,这副矿长我早就不想干了。"

我气得发抖,我说,人都到齐了没有?他说,到了,都在。我重而缓地压低声音说,快组织人员,下井,救人。生产科的和安全科的,只要在家的人,全部下井救人!你带队先下井,我马上就到。这是我的意见。张三岩说,你还没到,我下井,地面谁指挥?我说,我指挥。他说,那不行,我见不到你,不下去;你不在,我要在地面指挥,这是我的职责,谁下井,我们正在研究。

我想,咱们矿上最大功率的排风机打开了,很快就可以将烟排出来,那是巨型排风机,高两米,功率在四千瓦,几乎能把整个井口罩住。

一

后天下午4点，像不在人间的时间。我万万不会想到，我将像一个影子，站在阳关夕阳红宾馆207号房门前。我听到房子里的说话声像石头和铁块在撞击。我用中指关节重重叩门，那声音惊得我自己倒退了半步，即刻，里面陡然变得一片安静，我感觉很多的耳朵贴在我刚才敲过的门板里面，我看了看小小的门镜，分明有一只右眼盯着我。我又向前挪动了半步，继续叩响了铁锈红的房门，声音谨慎了很多。"谁？"是一个男人的责问。"你好！"我这样回答。

门开了，开门的男人头发上浮着一层木灰，像刚刚熄灭了的一堆火，余烬尚在。眼角红赤赤的，像火焰；他的脸色是铁灰色的，脸上有一层烟雾般的忧郁和郁积的愤怒。他身后有一双眼睛看着我，里面浮现出怒气和质疑。那男人铁着声问："你找谁？"我说："你们是黄辉的家属吗？"那男人说："就是。"我坦白："我是王筱的舅舅。"我听到我的声音像一团烟雾。"哦，进来吧！"那男人的表情略有纾解。

我也是一个舅舅，我在省城一家知名的文化企业工作，我的外甥叫王筱，我就是为外甥王筱的事情走进这家宾馆房间的。

今天，省城风和日丽，万万没有想到，远在千里之外，阳关的黑山顶上浓雾弥漫，十米开外不见人；后来才知道，那雾其实就是瘴气，不走不动,壅塞着所有的罅隙,将整个黑山和山下的古老长城都淹没了,别说蚂蚁一般的区区人等。

而我一早满怀怜惜地去兰大一院看望高中女同桌。

病前一周,她去了甘南,参观了舟曲泥石流大灾难纪念碑,后来她还在玛曲参加了一个全国的山地越野长跑赛,名次还不错,前十名。长跑刚结束,就是一场瓢泼大雨,身子跑得热,天气凉得猛,她在微信上喊冷,兰州的同学们都笑。回兰州之后,她开始发高烧。开始还以为是感冒高烧,在诊所打点滴,三天后高烧不退,急忙住院,一查,病毒性脑膜炎。住院第三天,我去看她,她已经面目全非:昔日的阳光形象不再,她头发散落,目光呆滞,嘴唇噙着血丝,神情抑郁,像一个疯子。她不认识我了。她的眼睛看着我,空洞洞的,没有任何内容。我想考量她的智商,问她,你烧到多少度了?她眼睛迷茫地看着别的地方,似乎是看着遥远的甘南,很久,似乎找到了,结结巴巴说:"39……9℃!"她只记得这个数字39.9℃。脑膜炎不是好病,可以致人于死地,也可以致人于傻,还可以致人于瘫!好在治疗效果甚好,这天早晨,她住院第十天,神智基本恢复,能认得人了,只是嘴角还留着血迹,神情疲惫。好不危险,却属万幸!大家都说,兴许就是去了那大灾难纪念碑,中了邪了。

傍晚,一个意外的惊喜:两位老家的同学来兰州,约我去喝酒唱歌。我赶过去,吃过饭,进了歌厅,刚刚点好酒水,老同学开始唱第一首歌《水手》:"苦涩的沙吹痛脸庞的感觉,像父亲的责骂母亲的哭泣永远难忘记……"一个遥远的电话来了,是在阳关打工的外甥女建宁打来的,我手持电话走出包厢,这一刻,我变成了矿难者家属。

她在电话里说了"我哥哥"三个字,就哽咽难言。我觉得自己的心莫名其妙地颤抖了一下。我也感觉到建宁的心在阳关剧烈颤抖,身在远方,她欲言还休,我能听到她怦怦的心跳,正如那场浓雾锁住了她的心口一般。我问,咋啦?建宁,他咋啦?你不要着急,慢慢说。她哽咽道:"受伤了!""啥?受伤了!"我有点发怵,说,"你不要急,不要怕,伤势严重得很吗?"她说:"现在在医院急救,不让进,进不去,不知道!我和嫂子在医院门口!"我想看看外面的夜色,眼前却灯火辉煌,我说:"赶紧找你海成爸,叫他打听情况,再给我打电话。我现在就来阳关!你们不要害怕。"

在遥远的阳关,在这高原的单翅之上,只有他们表兄妹两人,外加我表弟海成。筱是哥哥,建宁是妹妹;海成到阳关比筱更早一年,是他俩的长辈。筱去了阳关六年,去年将建宁也拉攀了去。此刻,他受伤了!在急救!不让进去!

此时,晚上9点。兰州的夜恍惚迷离,我蒙了。阳关的夜必然漆黑如深渊,像团浓墨,建宁和她嫂子桃儿正在这浓墨当中惶惶不知所措;筱此刻正在这团漆黑当中挣扎,他是啥样子呢?他的腿断了,还是胳膊折了,还是昏迷不醒?他满面血迹?浑身颤抖?龇牙咧嘴?喊着妈妈?喊着爸爸?喊着他一岁八个月的儿子天天?……其间,我再次电话证实了事情的真实性。

建宁所说的哥哥,是我三姐的独生子,王筱,在阳关阳钢股份有限公司工作,地点在大沟矿,这是一个专门开采石灰石的矿山,正在浓雾所锁的那黑山上。他受伤了,又不让家属看,建宁又哭了,天呐,这必然是大事!矿上受伤,必是重伤。

我急忙电话叫表弟正玉,商量一起去阳关,考虑到路途遥远,大约有800公里,穿越整个河西走廊,晚上得两人轮换驾车,我急忙又叫学生兴辉开车过来,一起去。当晚11点多,我们仨一路向西。

走前,海成打来电话,说:"哥,我打听了一下,情况不好,大沟矿着火了,他们去救援,可能是中毒了,估计有生命危险!现在在医院抢救……"我能听得出来筱已处在无边的黑暗中。

"石灰石矿怎么着火了?石头着火了?烧伤了吗?"我在黑色的山缝里穿行。"也不知道是怎么着火的,人没有烧伤,烟!是烟熏坏了人!"这话里包含着一股刺鼻的烟味,呛人。

谁也未曾料到远方的那场浓雾正化为八月的秋雨,从西向东,夹带着西风,迎着我们迷蒙而来,凄冷无比,凉薄无边。而我们出发的时候,谁知道远方的阳关正在冷雨夹带着铁灰色的浓雾之中呢?

我的心上蒙上一层铁灰色的烟雾,沉重无比,堪比眼前的黑夜。车行不到半小时,表弟的声音再次从遥远的阳关飘来,沉重,像铁一样。他说:"哥,人没了……"

"咋回事?啥原因?"我问。

"就是井下着火了,烟雾涨满了井下,一氧化碳中毒……"他在那边结结巴巴。

没了!筱没了!被黑暗吞噬了!被着火的石头冒出来的烟熏死了!

我再也控制不住,捶胸大哭:"快救他啊——"

我的哭声以120码的速度向西穿越,如果筱还有点生命迹象,还能感应到远在千里之外的舅舅的牵挂,兴许他能够挺得住,能够从生命的悬崖边上扭过头来,不掉下去。我想他不可能就这样走了,他肯定还在坚持,他浑身都是力气,这点痛算什么!他一定等着我去唤醒他。

我一声声高喊着筱娃……表弟和学生在一边默默地看着我,半天无语,也无劝慰。车拉着我沉重的哭叫,在黑夜穿行。

筱 27 岁,筱生在正月初五,喜庆的日子,我由此判定,他的人生将一直带着喜庆和正月的阳气,不会有任何的灾难和不幸。他脸色黑黝黝的,眼睛明突突的,我对他心爱有加。等他一岁会说话,他叫我只有一个字"舅"。他的儿子天天尚且不到两岁,可爱极了,圆头圆脑! 微黄的头发不多,他把头发叫作毛,他在床上看见一根头发,捡起来,一声声喊着"毛",似乎是一个重大发现! 他总是在和别人道别时说一个字"忙",然后,叉开五根手指,左右旋转着手指,像一个舞蹈动作,意思是你去忙吧,再见。他还会跳舞,会跳斗牛舞! 他侧着身子,摇摇摆摆向对方斜刺里晃过去,跳过来;这时候,和他对舞的人要很好地配合,否则,他会倒地大哭。姥姥配合他跳得最好,还要同时喊出节奏,嘿嘿嘿!

如今,筱居然真的走了! 表弟的话我相信,但我心里仍存有一丝希望:他不会轻易离开我们!

我不知道怎么告诉三姐这个事实,这个看似难以置信却让人心碎的事实。

车以最快的速度接近三姐家。悲伤之余,我最后下定了决心,打通三姐的电话,告诉三姐,我大概下午 3 点钟到达古浪,谎称我的一位同事出事了,需要姐夫陪我去武威办事。下午 3 点左右,让姐夫在路口等我,我拉他。同时,我又给在古浪工作的大姐的孩子,我的外甥昌云打电话说,筱出事了,人没了,你在古浪等着,大概下午 3 点我们一起去阳关。

去阳关的路很长,沿途正是河西走廊。从兰州出发,途经永登、华藏寺、古浪、武威、河西堡、山丹、张掖、高台、酒泉、阳关，最后抵达阳关，共计900多公里。路的左边就是一连串的山脉——乌鞘岭、马牙雪山、西山、莲花山、焉支山、阿尔金山，北面是马鬃山、合黎山、龙首山，其间便是狭窄的走廊。

高原之上，悲恸之下。

夜，很深很浓，黑夜如同深渊，我怀揣着比黑夜更巨大的悲伤，负重前行。

正玉以最快的速度驾着车，向西，向西。经过永登，再穿过华藏寺，穿过五个长长的隧道，就等于穿越了乌鞘岭，进入了河西走廊门户——古浪，从高速公路出来，右转弯，进城，不远处，我看见姐姐和姐夫站在路口，还有昌云，在焦急地张望。我下了车，站在三姐面前，一时语塞。我强忍悲伤，三姐已经抓住了我的双手，说："究竟咋啦？你说，咋啦？"我结结巴巴，说不出来。三姐摇着我的手，再问。我实在不知道怎么说："筱受伤了，在医院，现在还不知道伤势如何。我们走吧……把娃娃也抱上。"三姐听得此话，急忙回去抱孩子，姐夫原地木然站立，不知所措。我和昌云急忙陪着三姐回家，孩子正在酣睡中，将他从被窝里拉起来，睁开黑突突的眼睛，懵懵懂懂，不哭也不闹，却一个劲儿喊："爸爸、爸爸！"我的心里一下子翻腾不休：这孩子咋就偏偏喊爸爸，他是有感应，还是咋的？半夜三更，他咋就要叫爸爸！筱的样子仿佛就在眼前了，他笑呵呵地站着，一声不吭。我想筱此刻已经是给他的儿子来托梦了，孩子是否正在梦里梦见爸爸来到身边，吻着他，一遍又一遍轻声呼唤："我的臭天天，我的臭宝贝！爸爸要走了……"我们给孩子简单穿着完毕，带上了孩子的奶瓶和奶粉，三姐抱着他，出门，下楼，外面是黑漆漆的夜，黑得伸手不见五指，孩子在三姐的怀里一声不吭,安安静静,睁着明突突的眼睛。我们上车,一路向西。

车上人多了,车后座坐了4个人,加上一个孩子,很挤。兴辉对我说,老师,要不叫上满国义?国义也是我的学生,他在金昌。我说可以。这是长途,还有长达700公里,这么挤着,到阳关,肯定不行。我打通了国义的电话,他似乎在沉睡中,我们约好了时间,他说在河西堡服务区等我们。我们在黑暗中穿行,从黄羊镇身边擦过,从武威身旁掠过,在河西堡服务区稍事休息,国义来了。车上的人分开来,3个人开车,其中一个休息,中途轮流驾驶。车过武威,三姐已经觉得势头不对,我们谁也不说话,默默向前。走着走着,她终于忍不住哭起来,她喊起了筱的名字,声音在车内颤抖着,黑夜跟着颤抖。她的心早就飞到遥远的阳关了。

我在车前,她和姐夫抱着孩子在车后。昌云在后车,陪着正玉和国义。

车还未到山丹,大姐的电话来了,没有给我打,也没有给姐夫打,更没有给昌云,她打给了三姐。我听得清楚,她打来电话也不说话,就开始哭,那哭声来自遥远的乡下。她的哭声引得三姐问,咋啦?大姐,咋啦?接着没等大姐回答,三姐已知道事情很大,手还拿着手机,偏在一边,紧紧抱着孩子,号啕大哭,一面喊着筱的名字。

天天在三姐的怀里安安静静,抬眼望着奶奶号啕的样子,低声喊着奶奶,奶奶。奶声奶气,令人心酸无比。他哪里知道这突然如此苍老的哭声对他意味着什么啊?这突如其来的变故,竟让他变成了一个没爸的孩子!

三姐看着孩子,将孩子抱得更紧,将他紧紧搂在怀里,开始颤抖着哭叫。

肯定是昌宏(昌云的哥哥)给大姐打了电话,在还没有到古浪县城的路上,我已经给他说了事情的大概,他可能在情急之下,半夜三更电话告知了他妈。大姐也许是在半夜的沉睡中,听到这消息,猛然无法纾解,只好直接打电话给三姐。

三姐12年前患心脏病,我们姐弟都知道。病发后口吐白沫,到了医院检查后才知道是心血管有病。后来也犯过几次,原本想做手术,却没有足够的钱,只好保守治疗,再后来,随着筱渐渐长大,家境逐步改善,三姐的病随着心情好转,居然渐渐转好,发病的频次越来越低。

B

这排风机我熟悉,但我不熟悉今天的自己,都是庞然大物。6年前,我亲自置办了它。说置办,你该知道,包括采购,却超出了采购;我采购了它,也"采购"了新任的董事长,附赠品是取得了许正山的信任和我的今天。

那时候,原董事长马震落马,许正山重返阳钢,成了新的董事长。现在,他是省委常委,L市委书记。那时候,他刚从天河市市长来接任董事长,离开阳钢刚好5年,人变得更加威严,越来越像官了,我都认不出来了。离开的时候,他是阳钢总经理,来的时候是董事长,天差地别啊。他上任第3天,就来到我们采购科。这是他起家的科室,见了大家,格外亲切,一一握手,和我握手的时候,我说:"董事长,今天我握的手是市长、董事长的手,时隔5年了,沾点喜气,祝贺您!"

"老同事,小刘,以后有事直接找我。"其实,我俩同岁,他成了董事长,我便成了小刘。

见面会上,他客气得像拉家常,梳理了和在场每个人当年的关系,客客气气结束后,让大家发言,作为采购科的副科长,我说话了:"董事长重返阳钢,是我们的骄傲,也是我们采购科的骄傲,董事长当年在采购科的时候为我们创造了辉煌,现在,董事长来了,我想我们采购科的春天也来了！我想我们采购科从现在起，紧紧围拢在以董事长为中心的董事会周围，为阳钢发展建功立业！"

董事长毫不犹豫地表扬了我，说，小刘有前途，好好干！采购科大有作为。此后，采购科更名为采购中心，我被提拔为采购中心主任。提拔之前，许正山找我谈话，问我，现在采购中心需要一个能够支撑企业快速发展的思路，能够跟得上公司跨上快车道的构想，你有什么想法？我说，董事长，不管什么科室中心，都得为您服务，您现在不是一般的干部，是正厅级领导，下一步就是副省级、省级，您的眼界比我们不知要高出多少，您才50岁，将来更远大的仕途等着您，但也需要兄弟们支撑，这个我清楚；一个企业最要紧的是安全生产，不出人命，这就需要有安全设备。采购中心眼下最要紧的是采购一批安全保障物资，譬如大型排风机、防毒面罩、氧气罐等，这些东西很贵，但是，它能够给企业和您带来上升通道……

董事长打断了我的话，怕我继续说下去，说，好了，别说了。小刘，咱们是老哥们了，你的心思，我懂；说明你也懂我，这就够了。说说你采购排风机的理由？我说，一旦矿上发生火灾，或者有毒气体无法排放，就需要排风机，它能很快排除烟雾、有害气体。董事长转而沉下脸来说，小刘，石膏矿怎么能发生火灾，你简直是胡扯，你把我当外行了！我许正山在这里工作了18年，啥情况我不清楚？我有点紧张，但是凭我多年的经验，还是很沉静地讲了理由，董事长，事故不是天天发生的，安全就应该防患于未然，这未然就是一种可能性，谁也不能保证，越是不起眼的小事，越要加强防范；假如有那么一天，咋办？董事长说，有道理，把你的充足理由写在报告上，尽快打报告，董事会上会研究，尽快执行，以便能够让企业的安全生产尽快改观。

我笑着,看着董事长说,好的,董事长,这些设备我清楚,很贵,比正常的价格要高出 10 倍,但是,这些设备是您安全快速发展的通道!我们要把利润用在企业安全上,这样,企业快速发展才畅通无阻。

许董事长说,别啰嗦了,我懂,去办吧!

很快,我的 5 个亿的安全设备报告通过了董事会决议,我如期采购了 20 台大型排风机,每台 120 万,比正常的排风机价格高出 10 倍;同时,我还采购了 1000 套急救氧气罐,1000 套防毒面罩,我把所有的事情都处理得干干净净,2 个月之内,我给董事长送去了 3 张卡,一张卡是 800 万,一张卡是 600 万,一张卡是 900 万。第四张卡上只有 100 万,我自己留下了。

送第一张卡的时候,我把卡装在了一个信封里,信封上写了 3 个字:爸白玩。我说,董事长,这是采购排风机的情况说明。董事长捏了一把信封,捏着信封里的那张卡,面无表情,说,好,老刘,这字还写得不错。去吧!我变成了老刘,这是进步。

我送去第二张卡的时候,信封上写了 3 个字:刘白皖。董事长说,你老刘会办事!随手将信封粉碎,将卡扔在桌面上说,其他的都办妥了?我说,快了。他说,还有事吗?有个小事,小外甥高考失败,没事干,想找份工作,您看。董事长说,那就去大沟矿吧,那里有前途!我说,大沟矿?董事长说,咋啦?大沟矿不好啊,譬如你当了矿长呢!我欣喜地说,那自然听您的。他说,让你外甥直接找人事处处长老陈,就说是我说的,明天办手续入职,你和外甥的关系保密,以便将来好照顾。我千恩万谢地出门。接着,我给酒泉的姐姐打了电话,姐姐说,她正在低头砍玉米棒子,秋老虎厉害得很。接着说,兄弟啊,刚才有个当家子妯娌,专门走过,在地头对我说,他婶婶,开娃子考上大学了要摆几桌子喜酒啊,我家里养了一头肥猪,到时候,你拉去办酒席吧。我气得啊,刚刚哭了一鼻子,这下好,你给姐姐我争了一口气,我还就是要摆一桌酒席。

第三张卡送去的时候,是3个月之后。董事长说,正等你来呢,要跟你谈话。他看着信封上的"酒白万"3个字,说,老刘,采购中心的活你也基本干完了,董事会研究决定让你去大沟矿当矿长,你要做好准备,随时上任。我知道大沟矿是石灰石矿,是专门采挖石灰石的,是炼钢的原料,作为取之不尽的资源,在这个矿上,自然前途明亮得多。而前任的矿长眼下正在接受调查,据说跟着前任董事长,犯了事,擅自出卖矿石3000万吨,被双规了。

这下好!我说,听从组织安排,谢谢董事长。

你去吧,等人事处安排就是。这样,我顺利来到了大沟矿,被任命为矿长。

二

  从遥远的阳关汹涌来袭,狼奔豕突;凄风苦雨和黑夜勾结成一体,像无边的烟雾,充满铁腥味,扑面而来。
  车前的雨刮器竭尽全力地横扫着挡风玻璃,冷风吹着冷雨,雨水透过玻璃,透过车窗,直击人心,像冰冷的雨雹。
  每个人的心头瓦凉瓦凉的,正如这天高地远的高原之秋,我们在薄如蝉翼的高原之翅上,眼看着就要掉进万丈冰川之中。
  我知道,就是这铁色的坚硬雨雾,这夺命的烟雾,将筱的生命掠走了!眼下又是它,凄冷、黑暗、漫长!
  筱是管理人员啊,他咋能进入烟雾弥漫的矿井呢!究竟是啥原因?
  到了山丹服务区,我通知两个车停下来,交换司机,让另外一个人休息。三姐从车内扑下去,趴在黑暗的风雨中大哭,喊叫着筱的名字,面前是铁灰色的雨雾,坚硬冰冷,凄苦无边,没有任何出口,只有无边的黑暗。
  在世界的边缘,在深渊的沿口,在哀伤的深渊,在高原的翅尖。
  那哭声凄厉无比,穿透了远近的浓雾,直向西面飘去。
  旁边休息的一位好心司机被惊醒了,他很年轻,是个小伙子,岁数大概和筱差不多,个头也差不多,但他比起筱要瘦弱得多,他怯怯地跑过来,似乎是筱,到了近前,他问:"先生,咋啦?需要帮助吗?"我小声说,不需要,她的儿子在阳关出事了!那位先生急忙说,不好意思,悄悄退到了一边,安静得像个影子,立在黑暗中。多么懂事的孩子,要是筱,他一定也会这么做的。

我再次安抚三姐,你不要过度悲伤,你有病,如果病发了,这个时辰,我们去哪里找医院啊!你要坚持住,到阳关再说,现在情况还不明了,究竟伤势咋样,谁也说不上;你不要着急!我们回去救人要紧,你身体有病,千万不要出什么差错,否则,我们就顾不上筱了!其实,我内心一直在担心,如果三姐的心脏病此时此刻犯了,上不着村,下不着店,可咋办啊!到时候,在凄风苦雨的黑夜里,我们该咋办!

三姐也在强忍着,鼓足最大的力气,坚持到阳关,见到筱!好在三姐没有什么意外,我也一再提醒她,有什么反应及时通知我。三姐颤着嗓音说没事,我们抓紧赶路。那个小伙子在原地向我们招手,他一定体会到了这个母亲的苦厄。

我知道筱冰凉的尸体此刻已经躺在殡仪馆内,这是表弟此前给我打来电话说的:"哥,咋办?人已经完了,他们要送到殡仪馆!"

"不能送啊,他还在等我们……"

筱一定在等待自己的爸爸妈妈,还有他的儿子!他站在凄风苦雨中,烟雾弥漫中!

三姐身子瘫软,难以扶起,整个人一下没有了支撑,像一摊泥,哭声难以赓续,这消息将她胸腔里的气息都抽走了。好不容易将三姐劝住,如厕解手,再扶进了车内,我们好抓紧时间到阳关!换好司机,继续前行。

夜像无边黑幕,车灯只能打开一条隧道,深不见底,让人发怵的漫长,正如筱所在的井下矿道吗?他就是在那里被烟雾活活熏死了吗?孩子,你真的没有挺住吗?

三姐在车内一直哭喊:"等着妈啊!我的娃,筱唉,等着妈啊——"我在车前面强忍着哭声,泪水不断从双眼涌出,为了控制自己不发出声音,我浑身都在颤抖,随之,感觉整个车在颤抖,我无法控制。

我打电话嘱咐昌云,要不断和国义说话,不要让他打瞌睡,要不断提醒路面情况,不要太快。这一边,我和正玉说着话,怕他打盹。此前,正玉已经睡了一会儿,他说自己不瞌睡,没事。

到了张掖,雨更大了,雾也更浓了,老天似乎是在阻拦我们前行,我内心无比悲伤。这老天的确是不长眼睛,将一个活生生的筱在瞬间带走了,更是在这揪心时刻,如此这般的狂风暴雨加上浓雾来阻挠刁难我们。

雨刮器在不断扫着车前玻璃上一缕一缕的雨水,突然,一侧的雨刮器因为雨太大,"喀嚓"一声,折断飞了!好在折飞的正好是右边的雨刮器,左边的雨刮器还好!正玉和我都长长出了一口气,其实内心里都在恐惧,那雨刮器戛然折断、飘飞的那一刻,我们嘴上都在埋怨这瓢泼大雨。

正玉在中途休息了一会儿,加上将左前车窗略略开了一条缝隙,一股寒凉的空气吹着他,他依旧以120码左右的速度向前。雾气时大时小,路上正好一列车队挡上了,是军车。正玉原本是当过兵上过军校的人,他知道如何错过军车;军车以不变的速度和不变的线路行驶,正玉忽而左冲,时而右突,速度明显减下来,我还是提醒他,稍微慢些。好不容易到了酒泉服务区,此时,3个驾驶车辆的人都累了。筱的连襟打来电话,时间已是第二日早上九点半,问我们到哪里了,他在高速路口接我们。我压了电话,接着给他发去短信,安排好救护车辆,我三姐有心脏病,等我们到了,如果出现意外,请及时送到医院。

下车如厕,三姐再次从车内下来,摔倒在地上的泥水中,我急忙扶着她,她终于没有力气哭出来了,浑身颤抖。因为过度的悲伤,身体已经支撑不住了。

我想让正玉休息,换兴辉过来,正玉说不用换,没问题。其实他也是在坚持,他肯定在想,车内坐着自己的姐姐,他自己开着车放心些。我们随即上路,在凄风苦雨中奔向不远处的阳关。

到了阳关,下了高速,筱的连襟新华正等在路边,我下车在雨中和新华说了几句话,才知道了事情的大概,他说,他们去救人,在井下一氧化碳中毒,窒息而死,总共12个人!还有十几个人在抢救中。

天呐!12条鲜活的生命!

说过几句话,他说人在殡仪馆,我们快走。

他急忙开车前行,我在后面跟着,向殡仪馆方向前行。路过殡仪馆的大门,新华没有停,继续从后门进入,三姐看到"殡仪馆"三个字,再也抑制不住情绪,她大喊:"怎么是殡仪馆啊!我的娃啊!"她知道自己的孩子已经在这里,忍不住悲痛大哭!

车子绕进后门,直接停在了停尸房的一侧,我从车上下来,急忙向前走,冰冷的雨在迎接着我们。车刚停下,三姐拉开车门,她要从车内出来,身子却软得无法支撑,随即倒在雨水中,她扑着身子向前!哭喊着,向停尸房而来。我先冲进了停尸房,筱的确是在冰棺里躺着。身上盖着被子,头脸被苫住了,看不见他的脸,我还是不相信,我喊了一声筱娃!筱再也站不起来!三姐和三姐夫随即进来,趴在地上哭成一片。

在极端悲怆的哭喊了半小时后,三姐突然声嘶力竭,瘫软在地上,昏死过去。姐夫也没有任何的气力,躺在一把椅子上,哭得喘息,拍着胸口一边又一遍,口口声声喊着筱娃,浑身颤抖。表弟海成早就等在我身边,一遍遍劝慰我不要过度悲伤,现在很多的事情需要我来解决。我冷静了一下,急忙安排他们将三姐抬上救护车,将姐夫也抬上了救护车。

这才发现筱的媳妇桃儿在极度悲痛中,哭着在一边颤抖,她的身边是赵娣,还有另外一个女士,正是海成的媳妇。她们站在一个屋檐下,屋檐前面的雨像一个冰冷的帘子,将她们和另外一个世界隔离;就是她们仨在昨晚事发后,一直陪着桃儿,度过了一个黑漆漆的夜晚,直到现在。阳关也一样,凄风苦雨。昨晚七点多,他们就在这凄风苦雨中跑到矿上,又从矿上来到医院,在医院门口和急救室门口的雨中走来走去,求情打听,焦急等待,直到八点多,才由单位正式告知筱已经抢救无效死亡,让她们进去看看。接着,将筱的遗体在冷雨中送到了殡仪馆!桃儿已经悲伤过度,她早已不能承受这丧夫之重,昏沉沉坐在冰凉的地上,站不起来了。

我随即叫他们一道将桃儿也拉上救护车,送去医院。车在雨中缓缓走出了殡仪馆的院子,车行走的样子有点蹒跚,白色,惨淡的白色。

我蹲在筱冰冷的棺材前,望着他冰冷的尸体上面盖着一条花花绿绿的绸被子,再看外面沉沉浓雾黑云像塌下来一样的天空,无语凝噎。

阳关没有一点阳光,雨在下,像烟雾一样渗透我心,室内室外一样冰冷。我明显感觉到我拿着烟的手一直在颤抖,无法控制,换成了左手,稍微好点;这种情况以前从未出现过。新华将他的一件黑色的毛衫脱下来,披在我身上;我身上一直穿着一件短袖,因为昨天我还在兰州,没有寒冷。

C

时速百码。我再次拨通程董事长的电话。让司机开快点。

说实话,我给他说事,不算汇报。他的七长八短来龙去脉我清楚得很。先给他说说,垫个底是应该的。灭了火,救了人,就算没有回报,他不但不批评我,有可能还要奖励我;如果真出事了,我也汇报了,尽管他说在牙买加收购另一家公司,谁知道在哪里呢,在干啥呢?

吱——咣!瞬间天翻地覆。在剧烈的碰撞、倾覆和恐惧中,我知道出车祸了。

干啥呢?我大骂,车已经翻倒在路基边。我在车内挣扎着,爬起来,喊小牛。他恐惧地说着,对不起,矿长,对不起!我看见司机小牛的额头撞在侧窗玻璃上,一缕血像一条红色的蛇,向下爬。快起来,你他妈干啥啊,这是什么时候?!我骂着,努力将侧卧的身子撑起来,我感到自己并没有受伤,我说,你咋样?小牛说,没什么,矿长。车子的发动机还在轰然作响,我半蜷着身子,打开左后窗玻璃,雨飘进来,似乎是老天在看我们的笑话,在这个节骨眼上。我艰难地爬出去。车侧翻在路边的沟里,前面是一棵白杨树,车头正撞在白杨树上。我想要将车推翻,可惜,保险杠像个钳子,吃住了白杨树。

快起来,爬出来。小牛捂着头,眼睛瞪着,眼神是瓷的。听到我的喊声,他清醒过来,慢慢站起身来,他看上去没有受大伤,侧身往外爬。我拉了他一把。他出来,蹲在地上,雨沿着他的头发往下流。

我再也顾不上小牛了,在浓密的雾气中躬身跑上路基,扬起手臂。一辆车疾驰而过,在不远处戛然停下。我急忙跑上前,一个小伙子下来,拉开了车门,我上去了。

车内是一车浓烟,沉重得不能再沉重,我感觉自己没坐下来,而是漂浮着,车内的烟雾比外面的浓雾还要浓。有人说,刘矿,咋啦?出车祸了?我说是的。我偏过头,是徐大江。

现在啥情况?我瞪着眼睛问徐大江。徐大江手指间夹着一支烟,手心里捏着一团餐巾纸,递过来,指着我的脸说,脸上,擦一下,磕破了,有血,擦一擦,车咋翻了?我没好气地说,船都翻了,别说车了!副驾坐着他的保镖兼办公室主任、打手的霍三。霍三说,没事,我看看。他从前面弯过身子,一把将我的脖子揽过去,我没有反抗。他说没事,我这里有创可贴,就是头皮擦烂了一点,没事。他递过创可贴,我没有接,我看着那手恶心。徐大江接着了,要给我贴,我拒绝了。

徐大江说,他妈的还真是祸不单行。十一点钟左右,他们给我打电话,说是矿上着火了,就是那帮子民工,狗日的不是焊支架嘛,谁知道这些人要切开支护的钢板,谁知道,钢板里面垫着麦草,还有草帘,等焊切开,钢板里面的草麦已经点着了,里面冒烟嘛,就让他们带灭火器下井给扑灭了,里面可能看不见,其实,火没有灭尽,又煨起来了,没有着火,一直在冒烟,等到他们发现,这烟已经涨满了井下。

我问,现在,现在灭了没有?烟大得很,没人下去啊!徐大江咧着嘴巴说。"胡咧咧啥呢,这是你在施工,火是你的人点的,你不管,等谁管!"我气上来了,"没人管你就不管了?"徐大江说:"谁说不管了?还有你外甥靳凯,我知道!这人是你的,事也是你的,都是大沟矿的事,人也是大沟矿的人,咋说是我的人?那你说,这矿是谁的?"

三号井井下支架工程是外包给了陕西鹤金公司的,陕西鹤金公司是谁?据我知道的情况,就是徐大江。他居然知道我的外甥靳凯,这狗日的太可怕了。外甥靳凯进了大沟矿,只有不多的几个人知道,其中一个就是王筱,这孩子灵性,又是从县城来的,很懂事,我告诉他这些,是想让他关照靳凯,将他调到安全科,便于他照顾。至于其他人,也许靳凯几个好工友知道,我是没有外泄给其他人的,这是许正山当时就给我提点了的。

终于到了矿办公楼前面,烟雨如织。二矿的人和陕西鹤金公司的人在矿办公楼前乱成一团,像一群搬家的蚂蚁。楼门前,楼道里,都站着工人,如丧考妣。

快到会议室门口,徐大江跟着我,我恼怒不堪,说,徐总,你快去看你公司是什么情况,跟我干啥啊!他快快地从人群里钻出去了。

此刻,王筱冲过来,说:"矿长,得快点,靳凯在里面,三个小时了。"

"你马上准备带领安全科和生产科的人下井救人,马上准备安全设备,氧气罐和防毒面具,快!"我说完这些,心里惊了一下,防毒面具其实就是防尘面罩,氧气罐多年没用,谁知道有没有氧气呢!这些东西都是我亲自购来的,可这下,恐怕要害人了,恐怕会要了我外甥的命了!质量究竟如何,我心里没底,都是那四张卡换来的,我心里太明白了。

"好的,矿长,我一定完成任务,把他们救出来;您放心,救不出他们,我也不出来!"王筱说着,转身从人缝里钻出去了。

我走进会议室,会议室里面烟雾腾腾。张三岩坐在会议桌前的正位上,无言等待。见我来了,急忙让身边的人让开座位。

"都四平八稳坐着啊!都什么时候了,还能坐住?"我站在会议桌的正前方,说,"我现在传达董事会决定,请分管生产的张三岩副矿长带领生产科科长、安全科科长和所有生产科安全科的人立即下井救人!办公室,立即通知车辆到楼下,迅速从A、B两个井口下井,张矿长从A井口下井,安全科贾伺科长从B井口下井!佩戴防毒面具和氧气罐。散会下楼!"

我从会议室出来,楼下的两辆车已经备好,我二话没说,就要上车,却被王筱拉了下来,"矿长,你不能去,你应该守在这里指挥啊,假如集团领导来找你,不方便!"

我看着这个生龙活虎的小伙子,一脸的憨厚和善良,没有半点的虚伪和掩饰,我想起他刚来矿上请我吃饭,提了两瓶酒,说,你是我职业生涯当中的第一位领导,矿长,以后你多教教我!说着,就把一杯酒干了。此后,我常常带他吃饭喝酒,前年他被评为全国煤炭钢铁行业优秀共青团员。这下好,集团看上他了,前一段,渭水"双联"集团人力资源部来人和我谈话,要把他调到集团党办去,我说,可以啊,我好不容易培养了一个人,你们发现了,这是好事,但是,你们要用人,必须提拔,你们不提拔,我提拔使用,再锻炼一下,你们调上去更好用。集团人力资源部此后再没说什么。估计这事情不是集团领导的意思,可能就是某个部门的意思。现在,他站在我面前,就要下去了,谁知道是什么情况啊!

"王筱,你去我办公室,把我的另外一部手机拿下来——"不知为什么,他突然让我好生怜惜,我让他离开这里,即便短暂,也许有意外发生。

他说了一声好,立即转身向办公楼奔去。我看着他的背影,想起了我的外甥靳凯。此刻,楼上的人已经全部下来了。

张三岩喊:"安全科和生产科的全体在场人员注意,快速上车,到三号A、B井口,实施救援。"

工人们开始纷纷上车,安全科的科长贾伺在喊:王筱呢?王筱咋不见了?我说,去我办公室了,你们快走。

我扭头看,王筱从楼上下来了,两辆车缓缓开出去,他将手机塞进我手里:"矿长,你放心,我一定救他们出来!"我拉了他一把,却拽住了一把空气,他从我身边的雾气中飘出去,一面向后面的那辆车冲上去,一面喊,等等我——他的浑身充满着使不完的力气,饱满的身体里随时爆发着活力。

我正要喊他站住,却听到另外一个声音在我身后响起:"刘矿!"

有人在我身后喊,我扭头,是徐大江。

咋安排了?我问。他说,下去了,我们的人已经下去救人了。

三

我的语气在零度以下,我相信。到底是咋回事?我问阳钢的员工。

殡仪馆有很多阳钢的员工,站在冷风冰雨中的屋檐下,无声地陪伴着12位工友冰冷的遗体。那12个男人活着在一起,为活着挣扎;死了,他们也在一起,一排,一个连着一个,每个房间都是一个冰棺,冰冷无比,都竖着,头朝北,脚朝南,他们走不出去了!门外面是一道雨帘,将他们和这个世界隔开。

阳钢的员工说,中午,大沟矿的一个矿井着火了,井下有9个人被困,井下的人求救,矿上就派他们去救援,结果,他们下去后,井下的烟雾太大,一氧化碳严重超标,他们就被熏倒了,他们3个再也没有出来。其他去施救的7个工友也一氧化碳中毒,还在医院抢救。

是被派下去的吗?那么危险,怎么还要派他们下去呢?

无语。

他们没有带防护设备吗?

带了,戴着防毒面罩。

后来,我和海成看到,在停尸房的一侧,有筱穿过的衣物袋,另一个袋子里装着一个黑色的罩子,这就是防毒面罩。塑料袋外面写着他的名字，白纸黑字，很刺目！后来才知道，这根本就不是什么防毒面具，只是一般的防尘面罩，这些东西都是他们作为和工装、手套一样的东西，每月发放，因为在井下作业的时候，碎石、装车都会散发出很多的尘埃颗粒，这东西是防尘的，可以将尘埃隔离开来，免得吸入肺部。这东西咋能隔离一氧化碳呢？

一股浓烈的烟雾呛得我喘不过气来，我似乎从那防尘面罩的背后看到一股铁灰色的烟雾滚滚而来，将我淹没，我看见我的外甥筱满面泪流，凄苦无助地在挣扎，在叫唤，在爬行，张着十指，向天求助。

那么，他们还带了什么防护设备呢？没有。

救人是应该的，可是，那么危险，怎么就不知道安全自救呢？再说，领导下达命令，他们岂能不知道这危险呢！

我老婆昨晚是夜班，晚上一点多才下班，昨晚我在出发的时候就告诉了她事情的大概。一早她就乘了高铁，从兰州西到西宁，约好了和外甥女、外甥女婿上了同一辆车，十一点半到了阳关殡仪馆。我老婆很少流眼泪，我私下叫她铁女人，坚强如铁。这一次不同了，她来到殡仪馆，趴在安放着筱的冰棺上一声声哭喊着，筱啊，你咋这么傻啊！谁让你下去的啊！你咋就这么忍心走了啊，你咋舍得你的娃啊！你对得起舅母给你做的饭菜啊……

老婆别的不好说，对外甥们个个好，从未吝啬过，家里有好吃的，只要外甥们来了，必然倾其所有，只要外甥们有困难，她从来很慷慨，帮助不二。因此，外甥们对她的好感远远超过我。这一次，吃过她的饭最多的、她也付出最多的外甥筱突然走了，她岂能不伤心欲绝！

任由她哭吧！在场的阳钢的员工们听闻筱的舅母哭得如此伤痛，

所有的人都再次被感染,一个个抹着眼泪,悲伤难言。哭够了,我打发他们一起去了医院。

中午,阳钢的工作人员送来了盒饭,冰凉的盒饭,我们去了停尸房边上的一个帐篷内吃了饭,筱的工友们劝我们,还是回宾馆吧!这地方待着也没用!我知道,筱的工友们是让我们回去处理事情。我和海成、正玉几个一起给筱烧了纸,奠了饭,离开了殡仪馆,来到医院。

三姐一直在病床上哭,外面一直下着雨。医生已经给她吊上了液体,她喊着孩子的名字,没有停止过哭。她一直叫着筱,筱娃!那哭声比外面天空中的冷雨还要凄苦。

筱在阳关的时候,每天早晚一个电话,问候爸妈,问候他的儿子,这已经是他上班至今的习惯了,他总是在电话里笑着说:"妈,你把我的娃娃哄好啊!"这次,他的叮嘱永远是叮嘱了!妈妈岂能不哄好你的娃啊!筱真的走了,再也没有人早晚问候三姐了!老天爷的眼睛被浓雾蒙上了,他的叮嘱一语成谶,他真走了,娃就需要妈来哄了,要给他操心一辈子啊!桃儿抱着天天去了宾馆,姥姥姥爷也是凌晨五点从张掖赶到的,有他们,桃儿应该好多了。

桃儿是我喜欢的丫头。当初,筱上大学的时候,偷偷给他舅母说,自己谈了个对象。我老婆笑嘻嘻地说,有本事,领到家里来,我看看。老婆偷偷给我说了,我说,同学嘛,周末没事,一起到家里,让吃个便饭,玩一玩;都是外地的孩子,在家里吃个饭,就不想家了。后来,筱真带着桃儿来了,桃儿羞得满面通红,她可真是个漂亮聪明的孩子,浑身洋溢着青春的气息,就是局促不安。毕竟是孩子,这是她人生当中迈出的一大步啊,岂能不紧张。我也不多说话,尽量避开,让他们在家里自在些。一来二往,他们在我们家也算是玩熟了,后来,我观察这丫头的确不错,就在他们即将毕业的时候,他俩又来了,我在外面有个应酬,吃完饭回来,已经微醉,见他俩,我高兴得很,就和筱喝酒开玩笑说,桃儿这娃不错啊!桃儿羞涩地笑了,她等的就是我的认同,她叫我舅舅,说想要一本我的书,我说可以,给你们一本,正好也作为纪念,我就在书上给他们签了字,不知道咋回事,我醉醺醺在扉页上写了两句话:在天愿作比翼鸟,在地愿为连理枝!还让他们都在上面签了字,压了指纹。他俩高高兴兴拿着书走了!

如今,一个在天上,一个在地下,让他们怎么比翼齐飞,怎么连理不断啊!我咋写的字啊,苍天!这难道是冥冥中的暗谶?

下午四点多,二姐带着她的儿子赵磊、大姐的儿子昌宏从兰州乘高铁来了,我在医院等着。二姐在兰州新区居住,儿子赵磊在中川机场工作,所以在新区买了房,二姐原本也没有文化,没什么事可做,就给一家设计公司的六七个人做饭,每月收入2000元;大女儿大女婿在西宁,都在民营公司打工,收入还好;尤其大女儿婷娃,为了家里的日子过得好些,还兼职干了两份工,够辛苦;大女婿晓东在一家设计公司,做建筑设计,收入也还可以,每月可以拿到5000块钱的薪水。昌宏在兰州,初中毕业再没有上学,一直在兰州做太阳能热水器的安装销售,还算行,一整天骑着一辆没有人偷的电动摩托车,跑动在各地人家的屋顶,上天入地,够辛苦的。当日凌晨,我在车上听到"人没了"的消息后,给昌宏打电话的时候,他正在临洮县的三甲集干活,早就睡了,听到我的电话,急忙起身。那时候正是凌晨一点多,哪来的车啊!他骑着电动摩托车,从临夏赶到了兰州,然后和二姐联系,一起坐车来了。昌宏的媳妇初中也没有毕业,在火车上卖水果,很辛苦,在行走的火车上整天推着水果车,在火车走道里,从白天跑到夜晚,直到熄灯后才可以睡觉,好在收入也还可以,可是他们都没有一份正当的职业,几乎都是在吃青春饭,卖力气,谁知道将来咋过啊!大姐的二儿子昌云,三年前才考上了老家的公务员,总算有了稳定的工作。稳定的收入,加上在本地工作,大姐脸上有光,原本双腿疼痛、行走不便,加上颈椎腰椎折磨,这些年也没少给我哭过鼻子,随着昌云的工作安排妥当后,腰腿居然好多了。在他们表姊妹当中,只有筱好一点,在阳钢工作,算是收入高,工作稳定,虽然这两年钢铁行业产能过剩,很不景气,工资降了1000多;正好在渭水县挂职双联,一则锻炼了自己,二则每月有1500元的补助,算是将降下去的那部分工资正好补上了,眼下的生活没有受影响;再者,银行房贷月月差不了,如果损失了这部分工资,加上孩子每月的开支,压力自不待言。

二姐带着孩子们去了殡仪馆,趴在冰棺盖上,看着花被子掩盖下的僵硬直挺的尸体,哭了半天。又带着孩子们回到医院,拉着三姐的手,姊妹两个哭成一团。婷娃和赵娣跟着哭,一直哭到了六点,才算是消停了一会儿。她们也实在没有力气再哭下去了。

晚饭是阳钢的工作人员送来的盒饭,半冷不热。阳钢的工作人员有四五个人,都是年轻人,都是筱矿上的工友,他们小心地说话,谨慎地走动,悉心地看护着每个人。他们知道这巨大的伤悲,满脸写着凄凉。

我陪到深夜,见姐姐姐夫也没有什么大的问题,晚十一点左右,我被安排到了阳钢宾馆。宾馆的过道清冷,漆黑,漫长,安静无声。我在一个小年轻的带领下,开了房门,独自一人住下了。半夜,我被一阵吵闹声惊醒了,"哐啷——"有人推门而入!我已经连续40个小时没有合眼了,人本能地处于紧张状态!猛然睁眼看,从床上弹跳起来,地上已经站着黑黢黢的两个人!一个声音粗大地问:"舅舅,尕姑妈问,娃娃的奶粉和奶瓶在哪里?"我才缓过神来,原来是昌宏,旁边站着晓东。我懵懂地打开灯,才想起奶瓶在兴辉的车上。可是,兴辉已经回去了。那时候,我们都在慌乱悲伤之中,忘记了取下孩子的奶瓶和奶粉。

他们走了,我迷迷糊糊又睡去。

D

徐大江跟在我身后,就像台阶,垫在脚下;这台阶将我送到我不愿意去的地方。我很吃力地上楼,很沉重;他像个魔鬼的影子,拖得我心智虚弱,身心俱焚。

此刻,我实在不想让他打扰我一丁点儿。手机响了,是我姐打来的,带着哭腔问:"兄弟啊,咋回事啊,凯娃呢?"我说:"马上就出来了,都20多号人下去救他们了。"姐姐在那边哀哀地哭起来。

姐姐是我们兄弟姊妹里的老大,她已经66岁了。我妈在我8个月的时候就死了,我不知道我妈长什么样子,也没有留下任何照片,在我的心目中,我大姐的乳房就是母亲的乳房,她的乳汁就是母亲的乳汁。妈死了,大姐就把我揽在她怀里,将乳头塞进我的嘴巴。我的大外甥比我要大几个月,之后,我是和大外甥一起抢着吃姐姐的奶,他在左乳,我在右乳,姐姐的右乳奶水充足,大外甥要跟我抢,大姐就嗔骂大外甥,碎娃子,还跟舅舅抢吃奶,等舅舅长大收拾你!后来大姐索性先给大外甥断了奶,他虽然是外甥,但他总比我大几个月,满1岁之后,他靠边,我吃。大外甥就在一边呆呆地巴望着,哭着。那时候,大姐才22岁,正当青春年华,大姐说,舅舅没有妈了,他小,就让舅舅吃,你大些,要让着舅舅。姐夫在一边说,哪有这样的舅舅,抢着吃外甥奶的！姐姐和姐夫都笑了，笑着笑着，姐姐就哭了，把我紧紧拥抱在怀里。靳凯是最小的外甥，是我大姐在40岁生的，莫名其妙地，从心理上，我觉得这个外甥才是真正的外甥，不像大外甥，和我如兄弟一样，我从来也没有在他面前装过大尾巴狼，我对他敬重有加，每次去看姐姐，总是免不了给他也提一份礼物，总觉得欠了他的。我嘴上叫着姐姐，心里却在想，姐姐就是妈呀！

大姐的身后还有20岁的兄弟、18岁的二姐、16岁的兄弟、11岁的兄弟，最后是我。姐姐拖着我们一串兄弟姐妹，在那艰难岁月里，和父亲一起，将我们慢慢拉扯大了。我最后考了煤炭学校。

此刻，她的儿子就在井下，奄奄一息！她该是多么着急，她现在的心情是什么样，我最理解了。在漫天弥漫的大雾中，我看见她满面的憔悴和眼角枯槁的皱纹里艰涩的泪水。

"姐，你别哭了，我一定把他救上来。这阵子是关键时候，我先去指挥救援。"我关了电话，蹲在办公楼下的地面上，拨通了外甥靳凯的电话："怎么样？靳凯，你们现在咋样？"靳凯说："舅舅，我感觉不行了，你要照顾好我妈啊——""什么？你别胡说，捂上嘴巴，用尿沾湿衣服，捂上嘴巴，趴下别动——""舅舅，张三岩，他让我们等死啊……"

接着，他就不说话了，只听见他微弱的呼吸声。

"到了没有？"我拨通了张三岩的电话。

"到了，我正在往A井口，马上下去！"张三岩说完立即挂了电话。

我又打通了贾伺的电话："矿长，我们去B井口，马上到了。"

此时，董事长打来电话："究竟咋回事？人有没有问题？"

"董事长，9个人被困井下，我的外甥也在其中，被困了，我已经派人去救了，您放心！"我说，"他自己说不行了……"

37

"那就危险,赶快报警,求助消防队!"董事长说。

我急忙挂了董事长的电话,转而拨通了消防队的电话,那边是一些啰嗦的提问,我说清楚了,我在大沟矿,我是矿长刘桐,请你们快来救助我们,我们的9名矿工被困井下,速救人!那位值班员似乎是在记录,重复问着问题,记录完了,说马上上报大队长。

我等了半天还不见消防队打电话来,只好再次拨通电话,他说已经报告了大队长,现在正在集合消防战士,5分钟后出发。

此时,王筱打来电话:"矿长,张矿不下井,谁也不愿意下井,咋办?井口的烟很大!"他似乎是捂着嘴说话,含混,带着压抑,对我低声说。我说我知道了。我心里那股子怒气像满天的雾气,弥漫了我的心肺,咋办?我再次打通了张三岩的电话,他没有接。等了一会儿,他打了过来:"矿长,A井口的烟雾太大,下去有危险,我们到B井口去看看情况。"

"还看什么情况啊,都到了什么时候了,井下人都说不出话来了,你们还不快点下去,再不救,他们就没命了。""你不知道情况,别瞎指挥了,你不信来看看,你有种带我们下去!"张三岩此时翻脸,完全不一样了,他的话令我震惊。

"这些人救不出来,责任就在你张三岩,请你迅速做出决断!你不下去,我现在就向董事长汇报!"我也气疯了。

"你不汇报,我也要汇报,别拿董事长威胁我,就是市长我也不在乎,你本事大,你下去救!"张三岩死猪不怕开水烫了。

"张三岩,你是副矿长,该怎么办,你总得有个意见啊,你在现场,闹情绪,能解决问题吗?"我的口气软下来了,这么吵下去不是办法。

"我的意见是去B井口,如果烟小,全部从B井口下去救人,你同意,我就执行,不同意,我再没办法,你看咋办?"张三岩说。

"那就快去啊,时间是生命啊!"我说。

"那我们去了。"张三岩说着,挂断了电话。

此时,一个短信"当啷"一声进来,我一看是王筱发来的:矿长,时间耽误不起,他到哪个井口都不下去;他不下去,谁也不下,这么耽搁下去,井下的人可就危险了!情况大家都清楚,下去有生命危险。你到现场指挥最好。

我马上找司机小牛,小牛说,他在医院。我才想起路上他受伤的事儿来,我问咋样,他说头晕。我嘱咐他安心休息。又叫小马,小马已经在 A 井口。我只好叫来办公室胡主任,开了皮卡车,向三号井 B 井口奔去。

浓雾像一挂又一挂从天而降的帷幔,将前路挡住,车不敢开快,能见度只有三四十米。

路上,我急忙问贾伺:"咋样?下去了吗?"

信号不好,什么也听不清楚,只是一些咝咝啦啦的声响。我估计他们已经下了井,地面信号不可能这么差。我稍有纾解。

尽管道路难行,大雾弥漫,我还是叫胡主任尽量开快点,他一句话也不说,只是巴望着前方的路,一个劲地向前冲,地面湿滑,车不时打着转,路边就是悬崖,一不小心就会掉下去。我无可奈何。

平日大概需要 20 分钟的这段路,我们足足走了 40 分钟,临近井口,看不见人,却能听见人在吵闹。

"你们不下,那我也没办法。"张三岩在一边叫。

贾伺在浓雾中喊:"你是共产党员,你是领导,在这关键时候,你不下,叫我们下,门都没有!"

工人们跟着随声附和。

车到了井口附近就不能走了,我才看清楚,人们围着 B 井口,一个都没有下去,都一个多小时了啊!

"他妈的一个小时了,人命关天啊——"我下了车,看见矿井口并不见烟雾,我从一个工人手里夺过一个防尘面罩,带头冲进去,正此时,张三岩才带着人往井下冲进去,我走了几步,却被两只手死死抱住了,我转身看,是王筱,他大声喊:"矿长,你不能下去,你一定要在外围指挥,你下去谁指挥啊!"

几个工人都喊,矿长,你不能下去,我们下,你在外围指挥。

我抓着王筱的手,感觉一股纯真善良的暖流旋即传遍了我的全身,这孩子尚且懂得爱护我!他拉着我的手,往外走,我也拉着他的手,站在井口。

张三岩瞪着眼睛,从我身边慢吞吞地走进了井口,贾伺在后,也带着几个人,终于下去了。矿井内黑乎乎的,烟味从内向外飘散出来,我嗅到了死亡的味道。那味道里暗藏着无数的杀机,这是我第一次对这个黑洞洞的井口产生了恐惧,一种不祥的感觉涌上我的心口,我的心紧紧收缩了一下。

我和王筱在洞口,王筱又要下去,我拉住了他的手,没有说任何话。这孩子我是喜欢的,有这样的孩子在我身边,我觉得安全、踏实。我是不想让他下去,这一下去,意味着什么,我最清楚。

我打通了靳凯的电话,电话在响,却没有人接听。天呐!他难道已经昏迷了!这是一个小时之后了。

"你再打一下别的电话,靳凯咋不接电话?"我的声音有点颤抖,对王筱说。

王筱打通了一个电话,紧贴着耳朵听,他说:"常军,你咋样现在?……你要挺住,坚持住,捂着嘴,人已经下去了……嗯嗯,你不要放弃,等着啊——"

王筱打完电话说:"很危险,似乎没有力气说话了,只是说,叫我们给他一个合理的解释,为什么不救他们……"

至此,我真的失望透顶了,我感觉四面的浓雾就像塌下来的天,压得我喘不过气来,我知道,这次事情大发了!

四

  雨还在下个不停。天一直灰蒙蒙的,吊着长远的冷脸,没有转晴的迹象。南面是藏青色的阿尔金山;西南面是铁青着脸的黑山,大沟矿就藏在其中,隐隐约约,不肯露出真容。
  阳关的天空自从前天塌下来,再也没有被合上,天空开着一个洞,洞里冒出湿漉漉的浓雾,将整个西面的山头罩住了,像一个沉沉的黑锅盖,雨一直在下。每个人的心都一样,心头上罩着一个盖子,盖子下面捂着一个人,他就是筱。那被雨雾笼罩着的山头底下就是那大沟矿,那矿井就是吞噬了我的筱的地方。雨下个不停。
  我能闻到一股令人窒息的烟味,飘荡在阳关我所到之处的每一个地方,虽然事故发生的矿井在离市区40多公里的大沟矿,也就是阳关西面,再西面,一直戴着烟雾帽子的山头所在,但是,那味道一直以来笼罩着我。自从事发后,次日早晨来到阳关,我感觉阳关的空气中便弥漫着一股烟雾的味道,它不同于雾霾,它就是烟雾,是从大沟矿井下飘出来的烟雾,就是那烟雾将我的外甥在内的12个人生生呛死在那石灰石矿井下。
  石头正在燃烧。白色的石头散发出燃烧的味道。我知道,那味道是石灰石燃烧的味道。那味道异常,像人体被腐蚀的味道,包含着死亡的气息。

其实,这雾从事故发生的当天就弥漫了。这在西北高原,实属罕见。因为很少见到下雨的天,居然一直阴沉着,像一抹解不开的眉头,深锁着忧郁。

从宾馆出来,七点。阳关的天塌了一角,所以显得不大亮。进了医院,走进心血管科的楼道,远远就听到三姐悲戚的哭号!她的嗓子已经完全哑了,但她还是在不休地哭。其实,早晨醒来,我睁开眼睛想到我现在在阳关,是为了我的孩子而来,内心的悲怆再也难以抑制,更何况姐姐!楼道里传出她哑巴巴的喊声:筱娃唉,我的娃啊,你咋就狠心把妈撂下不管了啊……

早晨,阳钢的工作人员送来了早餐,大家都在楼道里或坐或立,端着盒饭吃早餐。三姐一口也不吃。

忘记了谁在楼道里面说,渭水县北寨镇发出了一条微信,北寨镇在今日早晨为筱举办了隆重的悼念仪式,镇党委书记亲自主持,悼念筱!还有几张现场图片。

此前,筱在渭水县北寨镇"双联"挂职时工作表现没的说。他长大懂事了,懂得世道人心了。他每次回兰州都要买点东西,譬如作业本、水写笔等等,回去送给北寨镇的孩子们,他的心是善良的,对世界存有美好向往,希望每个人都过得好一点,所以,在北寨镇,他深得人心是理所当然的。加之他就住在北寨镇政府的院内,在一年的"双联"挂职期间,他和所有的人都打成了一片。北寨镇的人从电视新闻上看到了阳钢发生火灾的消息,按照北方人的讲究,在第三天为他送行,正是时候。

身边的人已经将消息发到了我的手机,打开看,我眼角的泪水情不自禁地流下来。特将此文摘录如下——

致我们最可爱的人

我们将永远铭记2016年8月16日这个令人悲伤的日子,就在这一天,我们得知,与我们相处1年的阳钢帮扶工作队队长王筱同志在大沟矿火灾救援中不幸遇难,一个年轻而鲜活的生命,瞬间便与我们阴阳相隔,此刻,我们的心悲痛欲绝,我们撕心裂肺,我们为他的离去表示沉痛的悼念,向王筱同志的亲人和家属表示亲切的慰问。王筱同志于2015年7月远离家乡,远离故土,带着党和公司的重托,带着脱贫攻坚共建小康路的梦想,来到北寨镇郑家川村这一方水土,来到这一方与他素昧相识的土壤,倾尽1年的时光去改变这里的面貌。他用他年轻的朝气感染着我们,用他精湛的业务指导着我们,用他不破楼兰终不还的决心鼓励着我们,用他朴实的心肠打动着我们,用他可爱的心灵触发着我们。刚来到这里,他的孩子出生还不到1个月,每天晚上我们都知道他待在房间与孩子电话聊天,虽然工作很忙,但是我们也不忍打扰,因为这是他的一份思念。好几次碰见都说回家看看吧,他说:今年脱贫任务重,要做的工作很多,我这个队长走了,谁来给咱们工作队撑腰,谁来带领这里的群众脱贫致富……一连串的问题让我们几个人感到惭愧和内疚。平日里的工作,总是围绕着群众开展,只有摸清底数才能制定详尽可行的脱贫计划,他是队长,总是抢着干苦的、累的、脏的工作。在他担任驻村帮扶队队长这一年,他累计入户240多次,下村次数120余次,为村民帮办实事、好事20余件,制定到村到户脱贫计划10份,监督完成到村重点项目4个,出色地完成2015年郑家川村脱贫攻坚任务,在他的带领下,郑家川村驻村帮扶工作队被县委、县政府评为优秀工作队之一。王筱同志是一个朴实、热情、积极努力的人,与他朝夕相处的同事都对他赞不绝口,而他也在用他的人格魅力感染着身边的每一个人,用他热情的服务浇灌着一朵朵美丽的友谊之花。就是这样一个最可爱的人,这样一个优秀有为的青年,一个孩子的爸爸,一个孝顺的儿子,一个朴实的丈夫,在他生机勃发的英年骤然长逝,悄然地离开了我们,也永远地离开了我们。悲伤不是他留给我们的礼物,他留给我们的是精神,一种看似平凡实则崇高的精神。我们怀着崇敬的心情来瞩目这个闪亮的流星,来祭奠这位生如夏花之绚烂,去如秋叶之静美的年轻同志,但愿每个睹物思人的瞬间,不是生者的悲痛,而是死者的安慰。王筱同志与我们永别了,对于一起工作过的我们,以及曾经战斗过的脱贫前线,都是一个无法挽留的重大损失。我们活着的人只有化悲痛为力量,承载他的精神、承载他的担当、承载他的品格,一路远航。致我们最可爱的人——王筱,我们永远想念您。

中共渭水县北寨镇委员会

渭水县北寨镇人民政府

2016年8月18日

我在医院楼道的椅子上看完这份悼词的时候,眼泪挂在眼角,没有来得及擦干,有一个女人已经小心地在我身边落座。她主动搭话,自我介绍:"你是王筱舅舅吧!你好,我是事故组的负责人,我叫易小妹。"我向她点了点头,顺手擦了一把泪水,目光停留在她的脸上,我第一眼看到的是画过的唇,红唇。我问她:"事故组?是调查组吗?""是,是事故善后组。""是专门负责善后事宜的?""不是,就是工作组,专门负责和你们家属沟通的。"她说了3个组,我不知道她究竟是什么组,但是我知道她是专门负责做我们家属工作的,她穿着蓝色的工装,胸口部位绣着她的名字:易小妹。字体是行书。我就开始叫她易组长,或者易组,直到第23天后将筱安葬。

后来,她有意无意地自我介绍,她是阳钢的中层干部,是阳钢纪委的,我无言。我一直在想,在如此悲戚的丧事上,她为什么要描个红唇来做组长呢?我们的谈话很简短地就结束了。结束不久,她转悠了一圈,又来到我身边坐下,问我,我们有什么请求,我说你能不能说说孩子是怎么走的。她说这个她还不知道,真不熟悉大沟矿,她没有在矿上待过,确实不熟悉矿上,只知道他们确实是去救井下被困的9个人去了,再也没有出来。我知道她的意思。矿上对他们机关上的人来说,很远,这远不是距离远,而是阶层的差别。我说,那他们去救人算不算牺牲?她说是啊,就是牺牲啊!我说,既然牺牲,那就应该追认他们为烈士,对不对?她说,这个她要回去汇报。这是我和易小妹的第一次接触,她带着问题,说要去向上级领导汇报。

第三天,我才开始想到我应该干什么了。桃儿走在悲伤的阴影里,她步履蹒跚,满腹心事,一面在酒店看着孩子,一面来到医院看望他的公公婆婆,她对我一直很尊敬,也很听我的话,我不忍心对她多说什么。这天早晨,她穿过外面的阴雨,来到医院的阴影中,在我身边坐下,默默无语。我说,你照顾好孩子,要打起精神来,处理后事。她点头答应,接着,我问她,事故当中救人的另外两个人是谁?她说是黄辉和钟广文。他们的家人在哪里你知道吗?她说知道,就在我们住的夕阳红公寓。我这才知道,桃儿和她的娘家人被安排住在夕阳红公寓,我们其他的人住在阳钢宾馆,是分开的。显而易见,这样的安排是有理由的,隔开一段距离,免得我们多接触,也免得我们一起商量。我问桃儿,可以找到他们吗?我想了解一下情况。桃儿说,就在夕阳红公寓二楼,我们住在一个地方,能找到。我让她打听清楚他们在哪个房间,我去找他们。其他人家呢?她说,其他人家可能在别的地方,我也不知道。我问,他们是哪些人?桃儿说,舅舅,这些名单网上都有了。我让她给我发一下。她的声音充满了哀伤和压抑,这是我从来没有听过的声音,这是她不该有的声音。

我在手机上很快搜到了有关阳钢火灾的铅黑色的消息和遇难人员铁灰色的名单。

甘肃阳钢大沟矿火灾事故致 12 人遇难

兰州 8 月 17 日电,2016 年 8 月 16 日 14 时许,甘肃阳关钢铁股份有限公司大沟矿在斜坡道支护作业过程中,施工方陕西鹤金建筑工程公司气焊作业时导致木板和干草着火,巷道内产生浓烟,井下 9 名工人被困。

事故发生后,省委书记、省长做出批示,全力抢救被困人员,严防次生事故发生的要求。并指示省安监局派员前往事故现场指导救援。市委、市政府立即启动应急预案,调集市矿山救护大队等多方救援力量,在市、县两级主要领导和分管领导带领下赶赴现场开展抢险救援。经过多方全力搜救,截至 8 月 17 日 4 时 06 分,井下被困 9 人均已找到,救援升井后,抢救无效,确认死亡。在市、县救援力量到达之前,阳关钢铁股份有限公司大沟矿先期组织工人下井施救,造成3人因一氧化碳中毒严重,救治无效死亡,另有7人经全力抢救已脱离生命危险,正在留院观察。目前,现场救援工作结束,事故原因正在进一步调查中,善后工作也已全面展开。

  死难人员名单:大沟矿作业区安全员文超,皮带班长常军,皮带2班岗位工强宏、杨嘉红、闫向东、李玉成,钳工高亮,电工靳凯、朱晓峰,作业长黄辉,安全主管王筱,职工钟广文,共12人死亡。

  这一串的名字就像一串断了链的几个铁灰色的环扣!冰冷地摆在地上,正如眼下这冰冷的遗体,在殡仪馆的冰柜里,并排躺在一排排的房间里;如果没有房子,他们就在冰冷的烟雨中并排躺着,相隔三四米,却再也不能互相牵手。

  看过这条新闻,我想,筱是几点下去的?又是几点被救上来的?他是自己下去的,还是别人指挥下去的?在井下究竟待了多长时间?

  我问桃儿,筱的手机呢?桃儿说找不到。

  我急忙找到工作组的易小妹,问她,筱的遗物中唯独不见手机,你能否帮助找一找?她即刻答应,转身就走进了闪着亮光的楼道口。

E

我和王筱站在 B 井口。王筱无语,眼神中有莫名的恐惧和紧张,充满年轻人的无知。他显然没有感觉到我的沉重。我说:"事情出大发了,王筱!"我说这话的时候,我不知道这事情会有多大,不知道接下来会发生什么。王筱也不知道。

正此时,张三岩他们从黑暗的井口叫喊着,跑出来了:"他妈的,这是咋回事啊!"我急忙迎上去,问咋回事?他喊道:"里面塌方,井道堵得死死的了,进不去人。"

贾伺说:"矿长,这井口怎么塌方了,啥时候的事?"

我说:"你问张矿长,他管生产,井口塌方了都不知道,还要下去!同志们,井下的人已经没有力气接电话了,他们的生命危在旦夕,请你们抓紧时间,去抢救我们的工友!现在全体注意,立即返回 A 井口,最快速度!"

在弥漫得如布帏一般的灰色浓雾中,我们再次返回 A 井口。我不敢对司机说什么,王筱坐在同一辆车上,他对小张说:"小张,你不要紧张,安全第一。"王筱知道前面我已经出过车祸,这是以防万一的提醒。我没有说一句话,其他的车辆跟在我们身后,小张的额头上有汗流下来,他顾不得擦。

我急忙给张掖市救护大队打去电话求救,他们问了情况之后说,我们在10分钟之后出发,只是路上需要两个多小时,这你清楚,没办法,你们为啥不早点报警。我良久无语。对方也无语。等不来我的解释,他说,你们先请消防队快速协助救援啊!我说已经打电话了。

我再次拨通董事长的电话,给董事长说明了情况,接着说,董事长,请你和市上领导联系一下,再不能耽误时间了,我看要出大事情,人命啊,9条人命啊!

董事长说,抓紧处理事态,不要激动,冷静。我马上联系。

车在弯弯曲曲的路上小心地滑行,我急得头上冒汗。

离A井口还有一段路,车子很难走,我说停车,我下了车,带着王筱和作业长黄辉向半坡上的A井口直奔而去,那是砂石山坡,没有路,坡度在70度左右。我用手扒着冰冷的石子儿,抠住任何可以抓住的土石,向上爬。没有草,这是早年的废矿石堆积而成的山坡,正如我此前的人生况味一样,我没有顾忌一切。我的手被划破了,些微的疼痛,我看到有血染在了湿漉漉的石头上,我没在意,王筱在前面伸出手,拉了我一把,我们跨上了坡,跑步奔去。身后的两辆车也停下来,大家都在浓雾中跟着我跑起来。

说实话,我已经55岁了,跑起来真的不行了,加之这里的海拔将近3000米,呼吸之间,那浓雾似乎是烟尘,吸进嘴里,呛得我眼泪就要下来,跑起来费劲得很。

王筱扶着我跑,张三岩和贾伺在后面跟着,我说,这事情大发了,你们前面快跑,求你们了,9条人命啊!

张三岩喊:"大家快速跑啊,时间就是生命,快去救人啊!"他突然扶着我的手,小声沉重地说,刘矿,这防毒面罩你敢戴着下井吗?我是不敢,你清楚吗?这是要命的事情,不是开玩笑啊!这下去,会造成什么后果,你知道吗?这么多人送下去,如果出不来,谁承担责任?

我一听他说防毒面具,我一下惊醒了!这防毒面具就是防尘面罩,是我亲自办来的货,和排风机一样,是我置办来的,包括采购,我太清楚了,这怎么能防得住烟雾呢?但我还是压低声音说,怎么了,防毒面具怎么了?防毒面具没问题,放心下去!同时带上毛巾,沾湿了水,捂着嘴下去。

张三岩低低地喊,刘矿,这时候了,你还嘴硬啊!这东西,你不说,我太清楚了,我是不下,你下吧!下井的命令你亲自下,我不敢下这命令!你想好了!

说着,他捂着肚子,蹲在地上,直呻唤。

我跑上A井口前,工人们已经戴好了防尘面罩,接着,我上气不接下气,说:"贾伺,请你指挥,迅速下井救人!"贾伺喊:"安全科:罗西、王筱;生产科:钟广文、黄辉,还有我,组成第一组,先下去;第二组,他念了一连串的名字,接着下去,在800米拐角处接应,其他人员,在井下50米处接应,现在马上下井!

"矿长,我去了,你放心,我就是背也要把他们背出来!"王筱从我身边蹿出去,我的手伸出去,要拉住他,可他已经在我三四步之外,他顺手提了一个黑色的防尘面罩,和其他3人像一团橘色的火焰,飘进了井口,黑黑的井口瞬间吞没了他们。

我在一边喊:带上毛巾,弄湿了,捂着嘴巴——

他们从N型的洞口里面钻进去了,像投进了黑色深渊的几枚石子,无声无息。我突然害怕起来,他们能上来吗?我扑到井口,喊:"捂上嘴巴,用湿毛巾捂上嘴巴!感觉不行就返回——"仓促之间,他们哪来的毛巾啊！他们不知道，自己戴的根本不是防毒面具，是防尘面罩啊！

氧气罐呢！怎么没见他们背上氧气罐！我喊。

张三岩捂着肚子，走近前，说，刘矿长，氧气罐在哪里啊，有氧气吗？

怎么没有氧气？氧气呢？我瞪着眼睛说。

别那么看人，刘矿，你不知道嘛！张三岩说。

我不知道他从哪里知道这些，这一批氧气罐和防毒面具啊，最终害了我。我有气无力地蹲在地上，抱着头，又站起来，四面是浓雾，浓得化不开的雾，像铁灰色的烟雾，将我紧紧包围，我孤立无援。

"贾伺——"我的恐惧迫使我做出这样的决定，喊，"快来！第二梯队准备上，带上湿毛巾，迅速接应第一组。"

贾伺喊道：第二梯队，准备湿毛巾或者把衣服弄湿了，包在嘴上，准备下井，目标，跟上第一梯队。快准备！

那帮子人邋里邋遢，零零散散走近前，有人在找毛巾，有人用衣服在旁边的水坑里沾湿了，捂在嘴巴上，一面咳嗽着。

我的电话响了，是王筱的："矿长，井下烟大得很，呛人啊！咋办？我看下不去啊！"

我说："用衣服捂住嘴，弄湿衣服，注意安全！"

"好的，您放心，矿长！"王筱喊。

他说话的时候，我听见有人在喘着气，有人在咳嗽。他一边咳嗽着，一边挂了电话。

我蹲在地上，点了一支烟，又走进井口，向着里面大喊：不行就返回——

我闻到了一股沉重的味道,井下的顶上漂浮着一层铁青色的烟雾,像一句话,我听清楚了这句话的意思,一片寂静。我走出井口,外面一片寂静。我蹲在地上,井口的人都在看着我,都在嗅着我的味道,我感觉得到他们的嗅觉正在敏锐地扫视着我。

寂静了大约10分钟,井下传来喊叫声:"快来人啊——"

张三岩跑上前喊:"谁呀——"

"我,钟广文,快救人——"贾伺冲进了井口,有人跟着下去了,很快,他们拖着罗西,跌跌撞撞出来了,都喘着粗气。罗西耷拉着头,肥胖的躯体在钟广文的背上,双腿在地上拖拉着。

"咋回事?"我扑上去,罗西似乎不省人事。

有人说,钟广文说是罗西摔倒了,受伤了。

罗西被放在地上,眼睛闭着,脸色正常,像一摊泥。我问他,罗西,井下什么情况?他没有反应。我蹲下身,摸他的鼻翼,呼吸正常。一簇头围拢在我的周围,我抬起头,天变成了一朵铁青色的花朵。

我站起身,那些头散开,那朵铁青色的花儿消失了。转身问,钟广文呢?井下咋样了?大家左顾右盼,不见了钟广文。

有人说,他又下去了,说,前面的3个人估计有危险。

我喊道:"快,第二梯队快速下井救援第一梯队,不行马上返回!快——"

罗西像一头死猪,被他们拖在井口边的地上躺着,任由我怎么喊,他都不动不响。我明白,罗西不是摔倒了,是中毒了,或者是假装;我宁愿相信他是在假装。

我被一种巨大的恐惧笼罩了,看看四面的浓雾和被吓着了的全体救援人员,我对张三岩说:"快点让下井救人,他们3个这下肯定有危险,快点啊——"张三岩说:"下去一个,危险一个,咋办? 这太危险了!"

"他们进去不远,快点去救啊!"我几乎是央求他了。

"贾伺,快速带领第二梯队下井救援第一梯队!"张三岩喊。

贾伺站在井口喊:"第二梯队,全部下井,目标,第一梯队3个人! 快——"

张三岩此时似乎很清醒,他拿着手机喊:"120吗? 我是阳钢大沟矿,请你们快来救人,我这里有人在井下一氧化碳中毒,位置,大沟矿三号井A井口!"

几个人围着罗西喊话,我又跑过去,摸他的颈部动脉,听他的呼吸,一切正常。我想罗西是在装,他是留了个心眼,防护自己,我喊道:"快把罗西送到卫生所抢救!"

胡主任几个将罗西抬进了车里拉走了。矿上有简易卫生所,主要是给矿上的工人提供常见病的治疗和药物。我不担心罗西,他没事,我担心的是第一梯队王筱他们。

我再次拨通王筱的电话,他没有接。

我接着再拨通王筱的电话,还是没有接。我感到了一种黑暗,来自井下,我惶恐得不知所以。我的手莫名其妙颤抖起来,我知道,大事不妙。这是我亲手导演的悲剧,正在发生,在这铁灰色的井下和铁灰色的地面。

从B井口到A井口,到现在,1个小时过去了。

大姐的电话来了,我接起来,没有说话,身边吵吵嚷嚷,我胸口胀痛,手脚忙乱,我没有压电话,也没有接听,我把手机装在了裤兜里,像掩埋了手机。我能给她说什么呢! 姐姐啊,请你原谅我吧!

五

　　下午四点,像不在人间的时间。

　　我像一个影子,站在207号房门前。我听到房子里的说话声像石头和铁块在撞击。我用中指关节重重叩门,那声音惊得我自己倒退了半步,即刻,里面陡然变得一片安静,我感觉很多的耳朵贴在我刚才敲过的门板里面,我看了看小小的门镜,分明有一只右眼盯着我。我又向前挪动了半步,继续叩响了铁锈红的房门,声音谨慎了很多。"谁!"是一个男人的责问。"你好!"我这样回答。

　　门开了,开门的男人头上落着一层木灰,像刚刚熄灭了的一堆火,余烬尚在,就在眼角,红赤赤的,像火焰;他的表情是铁灰色的,脸上有一层烟雾般的忧郁和郁积的愤怒。他身后有一双眼睛看着我,眼睛里充斥着怒气和质疑,那男人铁着声问:"你找谁?"我说:"你们是黄辉的家属吗?"那男人说:"就是。"我坦白:"我是王筱的家属。"我听到我的声音像一团烟雾。"哦,进来吧!"那男人的表情略有纾解。

　　房内有烟在飘荡,淡灰色的。一个肥胖的女人躺在床上,宽厚的手正将一支烟塞进嘴里,却在唇前停下来,看着我。她的身边的床沿上坐着一个年轻的女子,脸色灰暗,眼神哀伤。靠近阳台的角落里的竹编圈椅内,坐着一个40岁左右的男子,嘴里正吐出一缕烟,身子没有表情地欠了欠。

头上落满烟灰的男人跟在我身后,指了指另外一张圈椅,说:"坐吧!"我感觉自己很沉重,坐在那软塌塌的圈椅内。

"我是王筱的舅舅,"我也点了一支烟,同时递给我身边的男人一支,"我们都是受害者,我们的孩子都是为了救人才死了的,我们应该联合起来。"

"就是,我也这么想,应该联合起来。这都4天了,也没有人找我们。"我看了看身边的男人,他的脸色在阳台亮光的映照下好多了,他点上了接过的烟,烟头上火点闪烁了一下,又照亮了他眼角的血色;一缕烟飘过来,和我嘴里冒出来的烟融在一起,罩在了对面床上那女人的前面,那女人朦朦胧胧。他接着说:"我们也没有你们的联系方式。"

"还有另外一家,钟广文家,在哪里?你知道吗?"我问。

"也在这楼上,在202房间。"床沿上的女子说。显然她很年轻,像桃儿一样,却没有桃儿悲伤。她的孩子两岁半。

"这是我女儿,黄辉的媳妇,我是黄辉的岳父,叫我老赵就行了。"头上落了灰的老男人看着说话的女子说,"我们岁数差不多吧,看你的头发……王筱的舅舅。"

听完这句话,我心头一震:我老了吗?我知道我老了,就在这3天之内,我老了很多。可是我才47岁啊!想到自己的头发早晨在镜子里一片灰白,有一句话像一只黑色的鸱鸮,从烟雾中飞临这个房间:白发人送黑发人呐!

"能不能叫一下钟广文家属,我们三家一起商量一下这事。"我说。

"去叫一下,看在不在。"老赵看着角落里的人说。他不声不响站起来,出了门,接着将门严严实实拉上,"这是我儿子。"

"这几天,门口经常有一些陌生的面孔,来来回回,我估计是厂里打发的人来监视我们,有时候就敲开了门,进门看看,又说走错了,转身就走了;还有的时候,说是服务员,进门来在房间转一圈,走了!他妈的,这是在监视我们。天呐,你说说,我们反而成了被监控的对象了!"老赵的话说得我头皮开始发麻。

"有这事?"我很惊讶。

"就这两天,估计是有人说要去拉横幅,他们才派人来监控的。"老赵低着头,一副做出正确判断的踌躇,转而,斜着眼睛问我,"你住在哪里?不在这楼上?"

"没,我们家的住在医院旁边的楼上。"

"你看你看,他们这是早就算计好了的,是为了瓦解我们,好让我们不容易联合起来。"老赵说得激愤之极。

门又敲响了。是一连串的敲门声。

年轻的小赵从床沿上站起来,急忙去开门。她站起身来,走路的时候,我发现她的确还年轻,却成了一个不到30岁的寡妇。

老赵急忙从床沿上勾起身子。

进来的人头上冒着几缕灰烟,似乎是脑门后着了火,刚刚熄灭。身后跟着老赵的儿子。

"来,坐这里。"老赵招呼。

那高个子男人晃了几步,就来到我身边的空圈椅前坐下了。我这才看清,他的头顶几乎是光的,脑门上竖起几缕灰白色的头发。

"我们都是受害者家属。这是王筱的舅舅,老汪。我是黄辉的岳父,你是?"老赵问。

"我是钟广文的舅舅,老李。"那人落座,老赵递给了他一支烟。我心里一惊,他至少六十七八岁的样子了,我知道钟广文 52 岁。他不喜不悲,面色红润,额头闪着一轮光芒。

门口又进来了一个人,男人,30 多岁的样子。

"找谁?"老赵厉声问。

那男人闻声顿在门口。

"我儿子。"老李说。

老赵解释说有人总是鬼鬼祟祟盯梢,他还以为是公司的人跟上了。

"你说吧,老汪,啥意思?"老赵说。

"我们都是受害者家属,我们 3 家的人都是为了抢救阳钢的 9 条人命才搭上了性命的,所以,我们要联合起来,一起商量一下,对公司有个一致的口径,提出我们的要求。"我说。

"就是,我看这些天,公司方面好像不闻不问,跟没事一样,他妈的,是谁叫他们把我们的人使唤下去救人的? 明明井下都着了两次火,烟都涨满了,还使唤下去! 再说,戴个防尘面罩,就去井下救人,那不是生生下去送死吗?"老赵说得唾沫点子在烟雾中飞溅。

我的脸颊上被溅了一点,我急忙用手擦了。

老赵也抬起手,擦了一下嘴巴。

"老娘就是豁出命来,也要和他们讨个说法!"躺在床上的老女人将烟头扔在我的椅子下面,同时喊。

"这是黄辉的妈妈。"老赵说,"你看一下,外面有没有人。"

老赵的儿子开了门,将身子闪出门外,看了一眼,又缩回来。谁也没有说话。他回身摇了摇头。

"老李,你说,这事情怎么办?"老赵说。

老赵的意思是让老李表态。

老李搓了一把光头说:"我有的时间,跟他们耗个一年半载。"

"我看,不行就去拉横幅,这公司不把人命当回事,这几天不管不问,好像他们管吃管住就没事了!"老赵说。

我说:"拉横幅,我同意。我听王筱的媳妇说,群里其他9家的人就在喊着去拉横幅,在新华商场门口。关键我们3家和他们不一样,我们的诉求是什么?"

"我们就是要讨个公道,要个说法,我们的人是谁指使下去送的命!"黄辉的媳妇小赵在一边说,说到最后3个字,很铁性。

老李一直抽着烟,看着阳台外。

我们3家坐在一起,才知道事情发生的基本经过:16号下午一点多,矿上接到井下9人被困的报告,作业长黄辉带着安全主管王筱和罗西、钟广文等12人到了现场救援,其中跑在最前面的是黄辉、王筱、钟广文和罗西,罗西因为胖,在中途摔倒,被钟广文救出来,此后,钟广文又返身进去,他们3人再也没有出来。身后的7人被一氧化碳熏倒在地。后来,陆续出了矿井。此后,大沟矿才求救阳关市消防支队,消防支队赶到后,是下午6点多,才将这3人从井下拉出来,但是,消防支队由于对设备没有足够的把握,不能下井救更深处被困的9人,只好作罢。直到晚上11点多,才请来了张掖矿山救护大队,最终在凌晨4时许,将井下被困的9人全部拉出来。

我最想知道的是包括王筱在内的这3个人,他们是几点下井的?其间在井下持续了多长时间?谁也不能回答。

"第一,要个说法,谁把我们的人指使下去送的命,冤有头,债有主;第二,我们的人是为了抢救你阳钢的9条人命才死的,是牺牲的,要求阳钢追授为烈士!"我说。

"烈士？这个行吗？烈士是军人吧？"老赵疑惑地问。

"天津港爆炸案,把民工都追认为烈士！可以的。"我说。

"那就行,我们拉横幅,就这两点要求。其他的,按照国家的规定赔偿,我们不说二话。"老赵说,"老李,你说呢？"

"这个,拉横幅……我们家的情况特殊,到时候再说,反正我这老羊皮也要换他个羔子皮！"老李说得含混。

"啥意思？你去不去嘛？我们3家的人都是为了救人呐！你的外甥钟广文还是救了一个人出来,又返回去才丢的命呐！"老赵说。

"我们家情况特殊……"老李的儿子在一边嘟囔。

"啥情况特殊？你们家有当官的？还是怕抓走了你们,被判个死刑！"老赵说。

"不是,谁怕！钟广文把罗西救出来还能再下去救人,谁怕！就是天王老子也不怕,不是你们说的那回事,把手机号留下,我们再联系吧！"老李说着,留下了我的电话号码,还有老赵的电话号码,昂着头,走了。

老赵的儿子送出门之后,又进来；老赵用眼神问他,他说,没人。

"这咋回事？3家子拧不成一条绳,麻烦！"老赵满腹牢骚。

"到时候再说吧,也许他有别的情况,总之我们每天联系一次,看情况再说。"我说。

我们像地下组织一样,在这里悄悄碰过头之后,散开。他们说,有人盯着,我倒也没有在意这些,盯着我们干啥！

F

　　第二梯队在张三岩的带领下冲进了井口,他们的脸上蒙着杂七杂八的湿毛巾和衣物,看上去乱七八糟。他们进去的样子很勇敢,像一队在泥塘里穿梭的泥鳅。我看见他们钻进了黑暗,像一缕彩色的风。我祈祷他们能够打破这铁灰色的烟雾,尽快下去将王筱他们3人先救上来。

　　正在此刻,井口的烟雾中钻出了一个人,他是张三岩。他接着电话从灰色的洞口钻出来,像一缕烟。他弓着腰,咳嗽着。

　　我心里莫名悲伤,他不敢下去,怕死!

　　不行,快,都上来。我想喊。可是,我却没有喊出来。

　　洞口的烟尘像幽灵一样一缕一缕从他身后飘出来,我闻到了外甥靳凯的气息,他完了。

　　我再次拨通靳凯的电话,电话是通的,但没有人接,那彩铃是《听妈妈的话》,我听到歌词里面正唱着——

　　　　妈妈的辛苦　不让你看见
　　　　温暖的食谱在她心里面
　　　　有空就多多握握她的手

把手牵着一起梦游
听妈妈的话　别让她受伤
想快快长大　才能保护她
美丽的白发　幸福中发芽
天使的魔法　温暖中慈祥
……

我的眼泪下来了。他是我的亲外甥啊,我的亲外甥啊!

正此时,姐姐的电话又打进来,我接了,不知道说什么,接起来却说:"大姐,出来了,刚出来,正出来,没事,先不打了。"

我听见大姐"哇"的一声在电话里哭了。那哭声像一块陈旧的丝绸被撕裂的声音,包含着几十年的沧桑和颜色,我的心痛得揪住了,我压了电话,蹲在地上。

张三岩走过来,说,完了。

接着,他又走开离我一段距离,拿着手机喊:"董事长,情况紧急,包括刘矿外甥在内的9个人可能没有生还的希望了,现在救人第一梯队的3人也有危险,其中罗西被救上来后,昏迷不醒,被送进了医务室;第二梯队8个人已经下去了,我怕这8个人也会有危险,请您尽快联系一下市消防大队,快来救援——"

接着他又在一边喊:"120吗? 我是大沟矿,快点派急救车上来,这里有数十人一氧化碳中毒,快来抢救……"

我猛然又拨通了靳凯电话,还是那首彩铃《听妈妈的话》,没有人接——

听妈妈的话　别让她受伤
想快快长大　才能保护她
美丽的白发　幸福中发芽
天使的魔法　温暖中慈祥
……

我又拨通了王筱的电话,也不接听。完了,完了!

我看着黑洞洞的井口和井口里面冒出的一股一股的铁灰色的烟雾,我无所适从。

正此时,洞口里隐约传来一个声音,黯淡得像一缕青烟。我走近前,洞内隐约可见一个人,趴在地上,扬着手臂,身边还有了两个小伙子已经冲进去了,张三岩也冲了进去,将那个小伙子拖出来了,他们七扭八拐,像一对变形的烟雾。

他们把那个人摆在洞口,那小伙子张大了灰色的嘴巴,一口一口吃力地呼吸着外面的新鲜空气,像饿极了的一条狗。我问:你感觉咋样?坚持住,坚持住。

他的眼睛这才转动起来,看着我说:"矿长——出——事儿了,烟大得很,呼吸——两口,人就——软了——"

我对着洞口大喊:"所有井下的人听着,赶快趴下,钻出来,快钻出来——"

"快点出来——快出来啊——"两个办公室的小伙子和一个司机在井口大喊,那声音却在对面的山崖响起来,对面是浓雾,看不见山,我知道,那是回音。

天呐!上天呐,真是该死!

此时此刻,我束手无措,张三岩无奈地搓着手,又对那几个人喊,快点喊啊——

那几个人又冲进去了,有一个被拖拉着出来了,坐在地上,张大了紫色的嘴巴,大口呼吸,大口呼吸。

此刻,我脑海里切换着两个人的面孔,靳凯和王筱张大了嘴巴呼吸,他俩艰难地张大了嘴巴,喊不出声音;50多岁的钟广文,把罗西拉出来又进去了,他这是干啥啊!明明知道下面是什么情况,他却还要下去!他们一张张变形的脸庞和黑紫的嘴巴都在我面前闪烁不定。

消防车的警笛在远处响起来,在这铁灰色的群山中像一束亮光照进来。

"快去叫啊——"我喊。

办公室的人脱下衣服,面对着浓雾在摇晃。

听声音似乎是很近了。

终于,警灯和橘黄色的消防车钻出了浓雾,在山脚下不远的地方扭动着身子,向前爬行。

快啊——快点啊——

有人喊。

我呆立在井口,看着黑洞洞的井口,祈祷:坚持啊!来了!

一群橘黄色的消防战士向我跑过来,身后是胡主任,喊叫着,从我身边侧身而过,钻进了井口,像一片又一片阳光。

我蹲在井口,手持着烟,我能看到烟头闪烁的红光点。

手机在响,我掏出手机,又是姐姐的,我没有接,我看见时间是下午3点23分。

手机铃声终于结束了,我恐慌不安。

接着,电话铃声又响起来,我看是总经理李忠勇的,我接起来,他缓缓说:"啥情况?老刘。"

"井下焊工作业,点燃了麦草,9个人被困;前往救援的第一梯队3人没有出来,第二梯队7人没有出来……"

"消防队到了吗?"

"到了。"

"别紧张,老刘,事情既然出了,沉着指挥救援。我稍等就来,别慌。"李总永远就是那副不慌不忙的样子,事不关己,他总是在内外之间。

"这是我们的刘矿长。这是消防队的常大队长。"胡主任介绍我身边穿着整齐的消防指挥官。

他握了一下我的手,问:"最后一批几个人?"

"出来了一个,还有7个。"我说,我知道自己此时就是呆鹅一个。

常大队长拿起对讲机喊:"全体注意,遇到一个救一个,先外后内。"

他的对讲机发出吱吱吱含混不清的说话声。

"总共是19人,对吗?"常大队长问。

我说是的。

他走过去,捡起井口边的防尘面罩,仔细看了又看,说:"这是防尘面罩,能挡住烟雾吗?"

胡主任无话可说,我更无话可说。

"带氧气罐了吗?"他又问。

"氧气罐坏了,没气。"胡主任说。

"他们是去救人的,不是送命的。"那大队长说。

无语。

铁灰色的烟雾从井口一缕缕飘出来,融进了浓雾当中。

一个消防战士背着一个工人出来了,他歪着脖子,头斜搭在消防战士的肩头。

消防战士卸下面罩,喘着气说:"烟大得很,都被熏倒了!"

我跑过去,那个躺在地上的工人张着紫色的嘴巴,艰难呼吸。

120 的人也到了,他们是白色的,他们穿插在橘红色的人群中间。他们拿着白色的氧气罩,罩在那个人的嘴巴上,同时,按压着那人的胸部。

又有消防队员背着一个工人钻出来,一个直僵僵的工人被摆在地上,一群白色的人围拢过来。

橘红色的人有出有进。

"有没有生命危险?"我问。

"还行,没关系。"白色的人回答。

7 个工人在井口摆成了一排。

第一个被救出来的人缓缓坐起身来,抚着胸口,惊恐地看着我,看着周围惶恐的人群。

"先把这些人送医院,快——"有个白色的人喊。

那 7 个人被抬上 120 车,哇哇叫喊着,那车下山去了。

我不知道时间是几点。

六

貌似浩浩荡荡,下午5点多,筱的大爹三爹四爹来了。他们是专门集结在一起才来的,似乎是为了相互壮威。他三爹在古浪,和王筱家在一起,离嘉峪关最近。四爹在新疆哈密吐哈油田,在嘉峪关西面,距离600多公里;大爹在广州做中学教师,是乘飞机到了兰州中川机场,和他三爹在武威会合,又来到阳关的。至于他四爹怎么和他们走在了一起,就不得而知了。

这是第三天下午。

接着,筱的干哥哥芦友从新疆开着车来了,带着他的媳妇。他们两口子都在乌鲁木齐机场打工,听到消息,专程赶来看望干爹干妈。每个亲朋来了,都去医院看望姐姐姐夫,难免一场哭。三姐不断地哭,嗓子哑了,缓一缓;等稍微好些,继续哭,眼泪一直流个没完。

筱的干哥哥芦友是姐夫在高中时候认姓闯的。在河西民间有一个习俗,如果孩子小时候总是哭,总是闹,没有办法了,就要闯姓,也就是认个干爹。芦友正是姐夫在高中上学的时候认芦友为干儿子的,多少年来,这关系一直在走,也一直在延续,包括筱结婚,筱的干哥哥结婚,等等的事情,都要聚在一起;加之,芦友本来和我老家在一个村子上,一直以来关系很不错。直到现在,芦友从遥远的新疆听到这噩耗,又电话证实了消息属实,就开着车,拉着媳妇,拼命赶过来,一则来看望干爹干妈,二则来帮助处理事情。

我得空到了门外,想起张掖矿山救护大队还有我一个朋友,我急忙打去电话,说明情况,想了解矿山救护大队救护的时间和过程。他的声音充满抱怨,说,他们报警向我们求助迟了,太迟了!16日早上11点左右就着火了,直到晚上11点多才向我们救护大队报的警,我们从张掖市内3小时赶到大沟矿,已经是凌晨2点,我们只是救出了井下被困的9人,那9人身体早就硬了。有的伸着胳膊往上爬,有的从台阶上滚下来蜷着身子,有的捂着鼻子,有的抱着头,有的挠着胸脯……各种各样的动作定格了死前最后的姿势!如果矿山在派人下井救援的同时求助我们,不要说救人的3个人,井下的9个人也没有问题,可以活着被救上来!再说,他们救援的时候,几乎就没有配备任何防护措施,戴的是防尘面罩,那对一氧化碳没有任何作用;还有,他们连最起码的一氧化碳报警仪也没有佩戴就下去了。如果戴了报警仪,在一定浓度下,报警仪会自动报警,说明已经不能在这种环境下待下去了,得马上返回。

呜呼——

生命原来是被耽误的!筱啊,你真是死得冤枉啊!

第四天早晨起床,睁开眼睛,天还是一片阴霾,雨还在下,像哭累了的人,眼泪若有若无;城市的上空飘着浓雾,仍不见太阳出来的迹象。压抑和沉闷笼罩着阳关所有的人。走在街上,随便找个人,他们的脸上都蒙着一股悲凉之气。一股石头燃烧的味道还在弥散,在悄悄地弥散。

四天来,我从未见过这个城市的一个笑脸。

7点钟来到医院,三姐坐在床上,有气无力,我抓着她枯萎的手,她就开始哭,一个晚上积累的泪珠又滚出来。早餐她开始能喝一点小米粥了,只喝清荡荡的汤水,很少吃进米粒儿,她说心里严严实实的,什么也吃不下,吃下去,就搁在心口,一动不动。她的脸庞消瘦得小了一轮,脸色枯黄,发黑,黯淡;她原本胃口好,眼下面黄憔悴,脖子里的皮都松了;脖颈无力承受头部,她只有靠在床头上,或者躺在枕头上。我看着姐姐的这样子,心情像天空浓稠的雾霾一样,沉重至极。

吃过早餐,易组长照样画着红唇来了,她很客气地坐在我身边的椅子上,说,你们昨天的意愿给领导报告了,领导也和民政局联系了,他们说,他们救人牺牲这是事实,但是,一则,这是他们职责所在;二来,矿山救护当中还没有评定烈士的先例,这事情恐怕有难度。

我听了这话,悲愤得喘不过气来,我看了她半天,她有些慌乱。我才说:解放军保家卫国,战死沙场,舍己救人,服从命令,这都是他们的天职,他们死了,也是职责所在,难道也不能申报烈士?矿山救援中没有先例,中国的第一个烈士也没有先例,是从哪里来的?这完全是扯淡!告诉你们的领导,请你们不要忽悠我们,不要玩弄死者,我手头上已经掌握了一个证据链条,长达六七个小时的音频证据,如果你们还要糊弄人,我将把这些东西公之于众!易组长听完这个急了,说,他舅舅,请你不要生气,我也是工作人员,上面的意思我传达了,我可以把你的意思再上报上去;你可不要对外发布,这我们承受不起啊!请你相信我们,相信国务院、相信调查组、相信阳钢!坐在一边的筱的大爹终于忍不住了:请告诉你们的领导,我只相信我自己!

易组长半响无语。过了一会儿,她突然记起了什么,从手提包里掏出了手机，说，这是王筱的手机，我完好无损地交给您！我接过来，看见手机外套着一个塑料袋，袋子封口有张掖市公安局的字样。我接过手机，她逃离般地走了。

我把手机给了桃儿，让她认真保管，手机里面有筱的通话记录和短信，以及大量的个人信息，我敢肯定，手机里面有证据。桃儿接过去，掏出手机，她知道筱的手机密码，打开，看到了如下的听话记录：15点15分前，有很多安全科科长贾伺的电话，这说明他们已经离开了办公楼，因为贾伺没有下井救人，他肯定在办公室指挥。15点15分，他最后接了一个电话，还是安全科的科长贾伺的电话。说明此时此刻，筱已经到了井下，他到底给科长说了什么，无从知晓。但是可以肯定，这是他在井下接到的最后一个电话。接着，桃儿从手机里翻出了一个短信，照样是安全科长贾伺发来的："人在支状闸门处。"这个短信里面的7个字说明，是贾伺在指挥筱他们到达被困人员所处的位置，救被困者上来！18点40分，桃儿打通了筱的电话，有人接了，桃儿在手机的另一端只听到现场一片乱哄哄的叫喊。那肯定是消防战士，也许刚刚将他们3人从井下拉出来，他身上的电话响了，那位消防战士从他的工作服里面掏出了手机，他接上了，一听是筱妻子的，他无言以对，他来迟了，没有将他救过来！由此手机的时间节点可以推算，他在井下至少被滞留了3个小时，在浓度极高的一氧化碳环境下，哪怕再强壮的身体，也经受不住这要命的气体！

筱是被生生耽搁了生还的机会！

随后，他们从矿上筱的办公室送来了一大包孩子的遗物，其中有他的工作服、吃饭用的盘子（里面有一副碗筷）、笔记本、皮鞋、工牌、剃须刀、毛巾等。

我和姐夫蹲在地上,一一翻检,那些东西开始散发出一股亲切的味道来,它们躺在地上,被姐夫一次次捡起来抚摸,它们开始低沉地诉说。看见那些盘盏,就想起他狼吞虎咽吃起东西来那可口香甜的样子;看见那两双鞋,就知道筱在下班之后穿的皮鞋,上班时候穿的运动鞋;看见那剃须刀,我想起,前年的父亲节,他给我送了一台飞利浦的剃须刀,我感动了好久,这是我这辈子收到的他的最后一份礼物了!而他自己用的还是一个很一般的剃须刀。他的工装和一套崭新的焦黄色的工装,旧的一套上面还有他的汗渍,流淌着我们家的血液的味道,新的工装整整齐齐摆着,也许他留着想要送给老家的哪位亲戚呢!此前,他冬天的棉衣就送了我大姐夫、二姐夫各一套,还有皮手套、皮鞋都一一送给各自的亲人,还有皮裤,都送给农村的亲戚朋友,在冬天,这些东西的确顶事,能派上用场,御寒祛湿呢!而今,他走了,在那边,谁又能为他送去冬装,让他感受到温暖呢!

最后,筱三叔说把这些全部烧了去。我说,这本子留下,里面有好多字迹,这是他的文字性的遗物。其他的除了一副碗筷我留下了,留给了他的儿子天天,这是所谓的衣钵,让孩子做留念!将来长大了,他会端着这副碗筷,想起自己的爸爸在啥样的环境下献出了自己年轻的生命!其他的下午送到殡仪馆去烧了吧!

姐夫翻检着这些东西,如同见到了自己的孩子,哭得直不起身来,他悲恸的哭声如同从心里流淌出来的血液从千丈高崖上落下来,轰然作响,令人心碎。他必然闻到了儿子的味道,那种让人窒息的烟雾,那令人喘不上气来的黑暗!他必然想起了儿子的某些话语,听到了他在世界的另一边对他的叮嘱:爸爸,你别难过啊!你的身体要紧啊!

姐夫将那本子拿进了房间,塞在枕头下面。俯身趴在枕头上,一直在哭,瘦弱的身子在惨白的病床上起伏难平,我看着这个可怜的人,蹲在地上,心头像压了一块石头,那石头凌厉的棱角切割着我的心,便有血淋淋的东西从我的眼睛和喉咙涌出来。我难以自已,起身踉跄着出了病房的门,下了楼梯,蹲在医院的院子里捂着嘴,喊出了他的名字!

筱生在正月初五,喜庆的日子,我由此判定,他的人生将一直带着喜庆和正月的阳气,不会有任何的灾难和不幸。他脸色黑黝黝的,眼睛明突突的,我对他心爱有加。等他一岁会说话,他叫我只有一个字"舅"。那时候,三姐的婆家离我家仅有3公里远,三姐总是抱着筱,徒步或者被姐夫自行车捎着回娘家;我正读大学,回来的时候,见了他,我总要和他玩半天。家里只有爹妈,妈总是坐在门前矮墙前的一块青石头上,一直在等待;我平日回不来,她就等3个姐姐。远远看着三姐抱着筱来了,她就急忙进屋,煮两个鸡蛋。又坐在青石头上,看他们娘俩慢慢走近。那时候,家里困难,全家的收入都供我上大学。爹妈年迈多病,做不了多少事情。等筱和三姐进了家门,及时给外孙子一个煮鸡蛋,算是最好的招待。筱说话早,一岁左右就会说话,他抱着圆润的鸡蛋,一遍遍叫着蛋蛋。

那时候,全家人就笑了。

这时候,全家人都哭了。

下午,我嫂子从遥远的瓜州来了,携带着满身的汗臭。她原本在打工,到瓜州才一周左右,不知道挣没挣到来阳关的路费,就匆匆赶到了阳关。

我嫂子今年50岁,筱出事的时候,她正好在瓜州摘棉花,每天能赚130块钱左右。她也是刚到瓜州不到半月,听到噩耗,就坐火车赶到了阳关。我问她在瓜州的情况,她说,每天早晨七点出门,早晨吃的是炒菜馒头,中午是馒头炒菜,下午是面条。她还说,早饭有时候是稀饭,烫得很,这稀饭要会吃,不要搅和,要一层一层吃,上面的一层吃完了,下面的一层就凉了,这么分层吃下去,你吃得肯定最快,可以吃到两碗;但第一碗不能舀得太多,才有可能吃上第二碗;晚饭是面条,有汤面条,也有拌面,自然是第一碗要吃少,第二碗要多,这就能保障吃得好又饱。说这些的时候,她似乎是给我传经送宝,担心哪天我到了这一步忍饥挨饿。

　　我嫂子是有口无心的人,该说的一句少不了,不该说的,也不管合不合时宜,总要说上好一阵。她说这些的时候,我俩已经从殡仪馆回来,站在阳关医院的楼下,我只是听,看也不看她,听到最后,她的声音渐渐小了下去。她似乎意识到了自己的废话太多。我说,能吃饱就好!她说,别人吃饱吃不饱,我是不会挨饿的。我看着她黑而厚的嘴唇,似乎就是这么吃大的。我内心感慨,原来也没有这么厚,没有这么黑啊!她已经没皮没脸了,说啥也不在乎,她在乎的是挣了多少钱。不过,令人感动的是不管她的嘴唇多么厚黑,3小时前,她趴在筱的灵堂前哭的时候,确是发自内心,正如她说笑一样,她的哭也是毫无顾忌的,放开了声,这让我想起她的腹腔之大,才有她如此嘹亮的哭声。她一开始哭得很悲壮,后来,慢慢哭得接不上气了,她一边喊着筱,同时夹杂着爹爹妈妈,还有老天爷!她最后开始大骂老天爷:不长眼睛的老天爷!瞎了眼睛的老天爷!我知道,她骂老天爷,除了对筱的无限悲伤之外,还有更多层的原因。我嫂子此前的丈夫并非我哥,她的丈夫原来在山区,也是出门打工的时候,出了车祸,死了。正在此前,我前面的嫂子也因为心脏病死了,两家合为一家,她便成了我嫂子。嫂子带着3个孩子来到了我们家,一个15岁的女儿,两个13岁和10岁的儿子。我的侄女那时候才17岁,加起来总共是6口人。面对此情此景,她自然想起了她可怜的前夫,肯定也想起了她早就死去的爹娘,以及她在新疆抢着吃饭的可怜情形,她咋能不哭呢!哭到最后,她几乎上气不接下气,我知道,她是动了真情的,站在一边的人都被她的哭声打动了,我急忙使唤外甥女去劝慰她,几个上了年纪的女工一边抹着眼泪,一边蹲在她身边,温柔地拉扯着她的手,扶着她的身子,劝慰她。她趴在冰冷的水泥地上,腰上的横肉露出来,大红的线裤也露出了一圈,屁股上沾满了泥土,她根本不管不顾!几个男性工作人员在一边悄声询问她的身份,有人已经知道她是筱的大舅母,所以,他们觉得她如此痛哭也在情理之中,因此,他们抽烟的照旧抽烟,聊天的照常聊天,只是声音小了些。总算哭完了,她被拉在身边的一个小凳子上喘息了一会儿,年龄小一些的女孩子可能以为她这样会哭死,谁知道这对她来说,其实并不费劲。而后,她站起身来,我走上前说,去医院吧。姐姐姐夫还在医院,她转身提上自己两个装过白酒的红布袋,跟着我,神态平静地向前走。

此时,我们站在医院的楼下,她说,你放心,我们出门惯了,哪能让自己吃亏!我问她,强子在哪里打工。强子是我嫂子前夫家生的大儿子,是她带到我哥家的老大。她说,不知道,可能是在新疆吧,好像说是在新疆的山里探矿,进了山,就出不来了,手机也没有信号。这都28的人了,也不找对象,上次回家来,去看他奶奶,还淘了一场气。我问咋啦,她说儿子晚上叫了一帮子哥们在家里喝酒,喝到一点多还不散场,奶奶实在忍受不住他们吵闹,进门把他骂了几句,目的是臊走别的娃们,谁知道他觉得奶奶不顾他的脸面,当哥们的面臊了他的面子。他的那帮子哥们散伙之后,奶奶可能又唠叨了他几句,他骑着摩托车就走了,后来几天也没有回家。最后,他把摩托车交给了一个娃娃,第四天才把车骑回家。他走了,过了一个多月,才来了一个电话,说是在新疆。不管他!逛去,总有他逛够的时节!嫂子坚定地说。我给她宽心说,没事,娃们心里也着急,说不定还能领个媳妇回来!嫂子这下听得高兴了,咧开大嘴巴笑着说,我就说了,叫他外面领一个回来,又不花钱,也不送彩礼,你哥非要在本地找。本地的丫头更难找,像我们这七凑八拼的家,谁一听都头痛,谁的丫头给我们?再说了,就是能在本地说一个媳妇,光彩礼就得十万,还得有车,一个小车又不得十万,二十万能娶进门,都算便宜的。你也给安顿着点,最好在外面领一个来,唉!我又问元子呢,最近联系过没有?我说的元子是嫂子的二儿子,他在深圳打工,上次我去深圳的时候,约他在深圳北站见过面,他是一个很聪明的孩子,可惜家里当时处境艰难,没有供他上完高中,后来在同村孩子的介绍下,才到深圳打工。嫂子说,王元我放心着呢,他其实懂事些,比强子听话多了。前些天也打过电话,说不让我去摘棉花。我就说,不摘棉花,你的弟弟妹妹上学住宿吃饭,咋办?他说他给钱,我说你好好存着,到时候说媳妇,我可连一分钱都帮不上你,全靠你自己;你的钱我一分不要,到时候也帮不上你。我说,你说得对,让他挣了钱就存好,城里说个媳妇,虽然不送彩礼,总得有个房子,买房子至少也得几十万的首付,尤其深圳,就算是东莞,房价也上万了,到时候咋办?

嫂子在宾馆、医院和殡仪馆之间跑了8天,每天在宾馆吃饭,她毫不犹豫,也不客气,在餐桌上,她并不因为筱的事故而在口腹之欲上有半点的含糊,再说,这餐桌上的菜的确不赖,每顿饭每桌 10 个菜,每次总有一条鱼,少不了牛羊肉,还有各种蔬菜,然后加上面条米饭还有花卷。嫂子大快朵颐,但凡她瞅在眼里的好菜好肉,基本没有逃得过她嘴巴的。她一面吃,一面还要劝别人吃,不要浪费。

　　她在阳关待了七八天,哥哥已经在家里催促不休,她只好抱着姐姐哭了良久,恋恋不舍地回去了。

G

"矿长,家属在厂门口,要到矿井口——咋办?"胡主任接完电话说。

我看着李总,我知道此时我的眼神是多么脆弱、无助。我第一个想到的就是我的姐姐和姐夫,他们肯定就在众多的家属当中。

"一个也不准让进来,包括矿长的姐姐姐夫!告诉他们,全部下山,就说人都到医院了,到医院等待。"李总坚决地说。

我的电话在响,我看了一下,还是我姐姐的。我设置了静音状态。我依稀看见我姐满头白发凌乱,趴在厂门口的浓雾中哭叫着,我姐夫也是白发苍苍,始终没有给我打一个电话。他们的身边是大外甥两口子,还有二外甥一家四口。

我远远看见人们围住了厂大门,大门口立着一块巨大的石碑,上面写着八个字:安全生产,平安回家。

两辆救护车叫唤着,从人群中穿过去,在迷雾中飞驰。

天色暗淡,浓雾未散,人群匆匆。

"什么?迅速撤出来——撤出来——"常大队长喊。

"咋啦?还有12个人呐!"李总问。

"我的人的命谁救?"常大队长喊,"你们就是让他们去送死的,我不能让我的战士去送死！"

"完了,他们完了……"李总喊。

一个消防战士爬出来,身后是两个消防战士,互相搀扶着,像一团火,倒在井口。

常大队长呼叫着,120的白衣人围拢上来。

消防战士们陆续撤了出来。

"消防战士都出来了?"李勇忠问。

"还有4名战士,没有出来!"常大队长说。

出来的消防战士有的坐在地上,有的躺着。

李总跟着常大队长走过去,我也跟他们过去,蹲在一个红衣人的身边:"啥情况?"

"3个人,搬上了传送带,呵——开动传送带,他们危险——"那红衣人说。

原来消防战士们是将他们抬上传送带,才返回的。

"快——开动传送带,到传送口接应——"李总喊。

人们纷纷挪动腿脚,向传送带口跑去。

传送带在下面的井口,是将石料直接输送出来的履带。我急忙跑下山坡,李总和白衣人都向山坡下跑。

身后,常大队长和司机将消防战士一个个扶起来,爬上消防车。

刺目的灯光在传送带口打开,传送带缓缓向外伸出,履带上面还是白色的矿石,张三岩拿着对讲机,指挥操作。

终于,一个人出来了,是钟广文,僵黑的面容,僵直的身子,海蓝色的工装上沾满了白色的尘埃,显然是倒在地上,膝盖上尤其白得瘆人,他是爬行了一段吗?他歪着头,头上没有几根头发。

人们纷纷上前,将他抬下来,放在地上。他似乎是僵硬的,又似乎是软的。我上前抓住他的手,冰凉,无温度,却是软的,我摇着他的手,他一动未动。我将手搭在他的鼻翼,没有呼吸,我的手上却染上了一点冰冷的黏液,是红色的,血液。这是呛出来的血液!

白衣人立即将氧气罩扣在他的嘴巴上,有人在一边喊:"老宋,老宋——"

有人用力在他的胸部一下一下有节奏地起伏按下。

第二个人出来了,膀大腰圆,身材魁梧,他的面色微黑,似乎带着笑意,傻傻的,这就是王筱。人们围上前,传送带在张三岩的指挥下,刚好停下来,人们吃力地将他从传送带上抬下来,放置在平缓的地方,和钟广文并排摆在地面。

我抓住他的手,他的手上满是泥土,他的手是蜷着的,攥得好紧啊,似乎是下了很大的决心,或者是使尽了所有的力气;手指上的泥土是白的,染在我的手上,也是白的;我喊他的名字,他似乎是在佯装,脸上的表情还是微笑,像快佯装不住的样子,马上要笑出声来。我再看,他的鼻孔里钻出了一条红色的虫子,顺着他歪着的脸颊爬出来。他的颈部动脉还在跳动,微微的,似乎是在跳动。

"他还活着,快,快救他——"我喊。我说过的,一定要把靳凯救出来,就是背也要把他背出来,他完全是为了救我的外甥啊!我被人们拉起来,我站着看他,他还在微笑,躺在黑漆漆的地上。

白衣人拿着白花花的氧气罩,扣在他紫黑的脸上,将他的脸色掩盖了,有人喊:"快救他啊,大夫!"

白衣人在他的胸部快速上下挤压,有人在旁边喊:"王筱——醒来,王筱——"

第三个是黄辉,他表情平静,似乎已经知道了事情的答案,微闭着眼睛,被放置在王筱一侧,被施以同样的抢救。

"不好,"一个白衣人喊,"送到城里来不及,把他们先送到医疗室,打强心针,快!"

"抬上车,快!"李总指挥。

救护车开始哇哇叫着,闪烁着一轮一轮的希望之光。

人们抬着钟广文,下了山坡,放进了车内。

人们喘着气,抬着王筱,送进了车内。他最重。

人们抬着黄辉,跟在后面,送进了车内,3个白衣人上了车,救护车快速叫着,缓缓钻进了浓雾。

黑色压住了矿井口,刺目的灯光能照亮有限的一点空间,人群再次回到井口。

姐姐的电话再次打进来,我接起来,是大外甥,他也不叫我舅舅,大白话直问:"人呢?人现在出来了没有?"

我号啕一声,向黑洞洞的井口冲下去,前面有些微的灯光:"我的娃啊——靳凯——"

我跑了不到几十米,身后有人将我抱住了:"不能啊——刘矿——不能进去啊——"

"我亲亲的外甥啊,我的苍天啊——"

那人把我摔倒在井巷中,那人手脚粗大,充满了力量,似乎是王筱。

我爬起来,俯身再次向井口冲去。

几个人将我拖住,有人扯着我的胳膊,有人拽着我的手,有人抱着我的腰。烟尘很大,我在呛人的味道中,咳嗽着,被拖出来。

"快出来,快拉出来——"李总喊。

我被他们裹挟着,我拖着屁股,向后,他们向前,向井口拖着我挪动。

我大声号叫着,我终于失控了。

"老刘,你冷静一下,现在不是闹情绪的时候,请你冷静!我们尽快商量解决问题的方法!"李总喊。

此时,110警车呼叫着上来了。

几个警察询问了外围的人,接着向我走过来,他们的衣服完全是黑色的,在灯光下,帽徽和肩章闪烁着银光,像小小的萤火虫。他们来到我的身边,问我情况。此时,我想到了徐大江,他人呢?他的人不是下井去救人了吗?怎么一直没有见到他呢?

天黑得很沉,像裹着一件黑色大氅。

我拨打他的电话,他没有接,我说,是他知情不报,快找徐大江!他还说他的人已经下井救人了。

矿井口,站着几十号人,束手无策。有白衣人,有红衣人,更多的是蓝衣人,他们都是我们公司的,此时都是黑衣人了。他们挪动着脚步,不时接着电话,挪动着脚步,无奈地看着的井口里冒出一缕缕铁灰色的烟尘。

井下我的外甥靳凯他们9个人的手机还通着,就是没有人接听。

有电话打进来,我接起来,是张掖市矿山救护大队的,他们正在山下,找不到井口,我说,我马上派人来接你们,我转身喊:"快,快去接应张掖矿山救护大队的人,他们来了,胡主任——"

他们终于来了,快点啊!

几个人头戴矿灯,像几只萤火虫,向山下跑去,在深深的夜色中,微弱飘忽。

山上的人手持矿灯在绕着,一圈一圈。

不远处,警笛在叫,却不见车灯。

七

晚上,我才清楚,医院的陪员全是矿上的人,唯独易小妹是从集团派来的领导。矿上的大多参与了救援,或者就在现场,他们叫高兰兰、杨鹏鹏、马超,还有两个不熟悉。他们有的是主动来陪护的,有的是公司派来的。他们在屋子里互相诉说并印证着当时的紧急场面。高兰兰说,那天的天是阳关多少年来从未见过的天,阴云密布,雾大得很,对面都看不见人,雾将大沟矿山头笼罩得严严实实,这天气太罕见了,井下巷道无法排风。原本这巷道的设计都是向外排风的,奇怪的是那天的风一直朝井里面灌,烟根本出不来;我问时间,她说她根本无法判断时间的早晚,感觉像白天,又像黑夜一样;筱拉出来的时候,她一个人在医疗所,她感觉浑身颤抖,不知道如何是好!高兰兰是医疗所的医务工作者,她面对平躺在地上的筱大声喊他的名字,他没有反应,然后,她问,你不想你的天天吗?他似乎点了点头!他时常总是拿着手机,给她看自己儿子的微信视频,所以,高兰兰知道他的孩子叫天天。她又问,你不想你爸你妈吗?他又点了点头。再问,你觉得可以撑得住吗?他摇了摇头!我问,那是几点钟。高兰兰说,我不知道,那时候,我已经彻底没有了时间概念,我真的不知道。闫鹏鹏说,根据手机上的通话记录,高兰兰见到筱的时候,已经是在18点40分以后。他们三人被消防队员救出矿井，肯定是 18 点 40 分之前，刚刚拉出地面，就是他从皮带上接下来的筱，感觉人还软软的，像活着一样，他摸了摸脖子，脖子还是热的，现场人员在野外做了救护，可是没有任何苏醒的迹象，于是才将筱送到了医务室。医务室里，高兰兰他们在抢救无效后，才送到阳钢医院。马超说，拉出矿井后，实施了大约半小时的抢救。那么，高兰兰见到筱的时候应该是在 19 点以后。照如此推理，筱从 15 点 15 分到 19 点 15 分左右，已经长达 4 小时，其时，他早就没有了生命迹象，甚至，在拉出矿井的时候，他生命已经结束了。

筱在医务室的时候早就没有了生命迹象，哪有点头摇头啊！如果能够点头摇头，说明人还是清醒的，哪里还需要抢救啊！这肯定是高兰兰在极度的紧张之下的臆想吧！别人都在驳斥她的言说。

可见，高兰兰真的吓傻了！她一直是陪员，在最后我们离开阳关的前几天，易组长说高兰兰要辞职。她是东北大学矿山专业毕业的大学生，来这里也只有五六年时间，和筱一样，而这一次，她说啥也不想再待下去了。

当晚，筱被送到了阳钢医院，也就是 20 点以后，桃儿才接到矿上的正式通知，说筱受伤严重，正在接受抢救。凄风苦雨中，姑嫂两个想进去，又不被容许，只好站在阳钢医院外面的黑夜里，等待消息。正在此时，赵娣给我打了电话，时间是 8 月 16 日 20 点 40 分。在我安顿她找她海成爸之后，海成和他媳妇都来了。他们一直陪着桃儿，站在医院急救室的门外。直到 21 点多，才被告知，可以进去看看了，他们扑进去的时候，人已经冰了，硬了！躺在床上，他走了！桃儿和赵娣小小的年纪怎能承受如此之重的打击和难以名状的痛苦，她俩在现场哭得死去活来。

凌晨1点多,阳钢通知家属,要将人送到殡仪馆。她们陪着送筱的救护车,来到殡仪馆,最后看着殡仪馆工作人员将筱装进了冰冷的冰棺,这时候,她们才知道,他进了棺材了!他真的死了!她们哭得死去活来的时候,正是我和姐姐姐夫穿行在黑漆漆的凄风苦雨当中的时候,三姐在喊:筱呀,等妈啊!等妈妈啊!桃儿在阳关的黑夜里哭着说:筱,你走了,我咋办啊?这个年龄只有28岁的桃儿,终于伤心失望得心碎了,她说,我成了寡妇了!

"桃儿,咋办?最终我们得有个计划,将筱火化,还是咋办?"我问桃儿,"事情迟早都要解决。"

"舅舅,我想就把他留在阳关,离我近些。"桃儿说的时候,已经满眼泪珠……我说:"行吧,我和你爸妈再商量一下。"

我来到三姐和姐夫的病房,默默坐了半天,才问他们,筱最终回哪里?三姐哽咽着说:"我的娃,囫囵来了阳关,就得囫囵回老家去,将他完好地送回老家吧!"姐夫气息微弱地说:"让他和他的一帮子弟兄们在一起吧,我觉得还是在阳关好些,就留在公墓!让他们一块留着吧!"我想了半天,说:"要不还是送回去吧!这事情要从天天的角度考虑,现在把他留在阳关也对;但是,桃儿还小,才28岁,她迟早要嫁人,若干年以后,天天长大了,不知道定居天南还是海北,到时候,找爸爸,都不知道爸爸在哪里。让他回老家,天天将来长大了,还能有一天找到自己的爸爸,找到爷爷奶奶,找到他的根!在这公墓区,谁知道多年以后,是什么样子啊!"

姐夫不语,三姐坚持说要让筱回老家。她说,回到老家,她可以看爹爹妈妈,也可以看孩子。姐夫勉强同意了,但是他说,老家他也不想回,县城他也不想待。原来想,等他退休了,就在阳关带孩子,让他们两个好好上班。如今,回也罢!

我又跑回宾馆,见到了桃儿和桃儿爸妈——亲家两口子。我说:"姐姐姐夫的意思,将筱带回老家安葬。我的意思呢,筱回老家,也是对的。这是从天天的角度考虑的,他现在两岁不到,将来他长大成人了,起码知道爸爸是哪里人,爷爷奶奶在哪里,他的根在哪里。留在这里,事情完了,我们走了,桃儿三天两头跑到墓地去哭去想,咋办?再说,公墓多少年以后,谁知道在哪里,让人家扔了骨灰都不知道。"

亲家说:"你说得对,从娃娃的角度考虑事情,没错。就回老家,按照你姐姐姐夫的意思办吧!"

桃儿也说同意。她回到医院抓着姐姐的手,对他们说:"爸妈,你们说咋办就咋办吧!按照你们的想法办。我同意将他送回老家。"

要让筱回老家,就要在老家找地方,置办棺材,还有诸多的事情要办。我和王家三兄弟经过一番商量,决定让筱三叔和四叔回老家,准备办理后事。

我的眼前就出现了一座荒冢,孤苦伶仃,无依无靠。远处是凄凉的祁连山,山头上罩着难以散尽的铁灰色的烟雾。

午饭改到了宾馆,宾馆的圆桌上每顿饭要上八九个菜,有鱼有肉,有面条、花卷、米饭。早餐是自助餐,自然胜过医院。这是负责食宿的张琴安排的。张琴是一个高个子女人,身体瘦弱,这些天来,她的眼角含着眼泪,满脸都是悲伤,显得疲惫不堪。我总觉得的她的身体是最近熬垮的。有几次,她在殡仪馆都哭得眼睛成了一对红桃儿。后来才知道,张琴是为了我们陪同的家属吃得更好些,才让我们来到了宾馆就餐。

尽管每个人的心里充满了悲伤,但是,在餐桌上却少有客气。餐具干净,散发着刺目的光点;桌布整洁,令人望而生悲。

晚饭时分,张琴见我过来,她低沉地对我说:"舅舅,今晚你就住这边吧!这边有空房了。"说实话,我实在不想在阳钢宾馆住下去了,阴暗、逼窄,充满着恐惧。她给了我一张房卡。吃过晚饭,我上楼去,正是五楼的一个房间,宽大、敞亮、舒适。一缕夕阳正好难得地从阳台照进了房间,安抚了我连日阴暗的心情。

刚躺到床上小憩,女儿的电话就打过来了。我不知道接起来给她咋说,我想了一刻,还是接起来了,怎么给她说我还是不知道;她肯定是知道她哥的事情了。我接上电话,她就在电话那端"哇"的一声哭开了,她哭着说:"我哥哥呢?爸——"我的眼泪一下奔涌而出,我说什么呢!"我哥哥走了,你们咋不给我说啊!……"我无言以对。

女儿正好大三,接着就是大四了。她想要考中国传媒大学的硕士,假期回家后,待了一周,回到老家,看了看他的姥爷姥姥,接着回到古浪,在筱的陪伴下,和姐姐姐夫全家去了一趟附近的一个景点——石门峡。他们玩得可热闹了,在微信上发了不少的照片。筱对女儿夏铭更是情胜手足,这是他们家住在古浪以来第一次全家出去旅游,就是因为夏铭去了。她打小就在三姐家里住了一段时间,那时候,因为三姐对夏铭特别溺爱,惹得上初中的筱吃醋很久,说他不是亲生的。后来,筱到兰州上学,每个周末筱回来,夏铭都和筱两个有一场饕餮大餐。甚至他们兄妹俩要偷偷出去,在外面吃点烧烤作为享受。去年春天,夏铭在四川绵阳上学,突然颈部僵直,眩晕不堪。我在广州工作,急忙订了当天的机票让老婆飞去看望,筱在此后第三天,也飞往绵阳,这是他平生第一次坐飞机，急急忙忙去看望自己的妹妹。后来，夏铭说，哥哥住的是一个晚上几十块钱的招待所，但是我们两个吃得好，我想吃啥，哥哥就带我去吃啥！我对夏铭说，你哥哥挣得不多，一个人挣钱，你嫂子还没有工作，又要养家，又要还房贷，其实还很紧张，他哪里舍得乱花钱呢！也就是给你花钱大方些，给天天花钱大方些。筱后来给我说，绵阳的小吃里面他最喜欢的就是麻辣粉，很便宜，又好吃，实惠得很。

如今，夏铭听到这消息，岂不悲痛！我当即说给她订明天的机票。我随即在手机上给她订了机票，次日中午即可到达阳关。让她回来一趟，看看她的哥哥，送一趟她的哥哥吧！学习荒废了再补，但是人错过了就是一辈子！况且这是最疼爱她的哥哥啊！

夏铭还在北京哭泣，我在阳关没有哭出声，泪水却止不住在阳关这个陌生的宾馆里流淌。孩子们啊，你们咋这么不幸！无论贫穷或者富裕，在一起多好啊！如今，阴阳两隔，筱，你知道妹妹对你撕心裂肺的留恋吗？你的妹妹再也没有一生可以依靠的哥哥了！她可是对你最最信赖啊！

这两个独生子从此阴阳两隔，这痛将是夏铭永久之殇！

H

张掖市矿山救护大队的一行 15 人来了,他们在井口询问了情况,迎面最致命地问了一句:昨不早点报警啊!

我想起徐大江,我咬牙切齿。是他害死了我的外甥和井下的其他 8 个人!

人在什么位置? 大队长问。

张三岩说,人在支状闸门处。张三岩说,从这里下去,直行 800 米,左拐,前行 50 米,有三个岔口,一左,一右,一个中间,他们在右边的那条巷道里,千万不要走错了路。

他们整队进去了。

我们只好在井口外无奈等待。

天又下起了雨,在灯光所及的范围内,能看见短短的白线,落在脸上,觉得冰,像一颗颗冰冷的雪粒。

电话不断,人们都在接,都在向外诉说着无奈的悲伤和焦虑。

我接到一个电话,李总接了一个电话,我先听见李总说:"快速送到阳钢医院,快,以最快的速度,同时联系医院,做好充分的救援准备!"

我听见医务室的高兰兰在电话里喊:"刘矿,不行啊,人不行了,救不醒啊,咋办?"

我说:"快速送阳钢医院,救人!要救他们啊——"

我知道此时此刻,医务室内定然乱作一团,我感觉他们都站在原地,我总感觉王筱就在我的身边,他高大壮实的身材一直在我身后,我说过,我要起用他的,我是想让他做党办主任的,只是没有给他明说。这几天,我专门将他抽调出来,做国家绿色矿山申报工作,这活是文字工作,主要是一堆材料,他日夜加班加点,整这些文字材料,我知道他行,他的文字水平是能胜任这工作的。此前,他在通渭"双联",我让他写一份工作总结,他写得有模有样,有血有肉,我看了还吃了一惊。从中午到下午,直到他下井救人的时候,他一直站在我身边,我知道,他懂得在我随时召唤的时候,好有人接应传达。我是想通过这些文字来证明他的能力,为矿上争取一个荣誉,通过这次申报,给他一个立功的机会,然后将他名正言顺地安置在办公室的位置上。此前,我看见他每天抱来整摞的文字材料请我看,几天下来,他都整得差不多了,昨天,我还专门开了一个会,会上,我把这些文字材料放在会议室的桌子上,让办公室的胡主任以及所有的办公室工作人员传阅,之后,我说,这就是王筱在这四五天时间内整出来的材料,你们看看咋样?大家都惭愧得低下头,不说话。我说,王筱,工作还没有结束,这项工作就由你全权负责,等到全部工作结束,国家的绿色矿山荣誉落在了我们大沟矿的头上,到那一天,我们就给你庆功!大家也看到了,这些天,王筱确实是辛苦了,这样啊,先给你奖励800块钱的加班辛苦费,晚上买点夜宵,别再吃方便面了,虽然你身子强壮,但你还年轻,不能熬坏了身子骨。大家居然鼓掌通过……

我的外甥靳凯才22岁,还没结婚,连个后都没有留下来,还指望王筱将来起来了,好好拉盘靳凯呢,这下好,两人都出了事啊!这么多人啊,我怎么交代啊,怎么给股份公司交代,怎么给人家的父母交代啊!

电话响了,是张掖市矿山救护大队的,我急忙接起来,对方说:"找到了一个,现在已经放在履带上了,启动履带吧!""启动履带!"我喊。

贾伺指挥:"启动履带——"

灰色的履带从井口缓缓爬出来,带着死亡的气息。

我的心悬在那灰色的履带上,很柔软,似乎有血液在流淌,被那履带生生割破了。

履带前面是矿石,白色的、灰色的、铁灰色的,泛出冰冷的、中性的、寒冷的颜色,似乎在暗暗燃烧,烧出白色的火焰,冒出无色的烟雾,将天地笼罩。

"出来了,出来了——"有人喊。

"还活着,你看,还参着手呢——"一个欣喜的声音。

我看见皮带工强宏半躺在履带上,手扬在半空,身子倾斜着,似乎是要爬起来。

"停下履带,停——"张三岩喊。

我的心一下松懈下来,老天爷啊,你竟然还能让他们活着,真是谢天谢地呐!

我喊着,走近前:"快把他扶下来——"

几个人扑上前,抓住了老姜的手,他们惊呼:"老姜,老姜——"

我上前抓着老姜的手,他的眼睛盯着我,一动不动:他的手是坚硬的,像雕塑,像石膏像,他的胳膊也是坚硬的,坚硬地弯曲着,包括他的半蜷着的腿。我拉,他还是那样,他是以这样的姿势死了啊——伸出手来,希望有人拉他一把,将他从死神身边拉回来,可是一直没有盼来人啊!他死僵了!

"抬下来吧……"李总说。

工人们围拢过来,长短不一地喊:"老姜——老姜——"

他半躺在地上,还是那么拏着手。李总上前,将他的手按下来了。李总按得很吃力。他的手极不愿意地放下来。

苍天呐,完了,我的外甥啊——靳凯,完了!

"启动履带——"

半天没有,什么也没有,空荡荡的履带上一无所有。别人呢?

矿山大队的大队长给井下的人打电话,他用免提:"别的找到了吗?"

"正在找,又一个,又找到一个——他们不在同一个地方,等我们把他抬上履带,再启动。"那人在说,似乎声音来自另外一个世界。

天呐!他们四散开来,各自寻找出口,最后在无奈无望之际,躺在了各自寻找出口的位置。

"启动履带吧,两个人——"井下的电话打来了。

履带缓缓挪动,所有人的眼睛盯着这个井口。

好长好长的一段时间后,一个人蜷缩着,出来了!

"是皮带班常军啊——"

我看见常军半蜷缩着,像一条弯曲的虾一样,他的手抓着胸部的衣服,看来是窒息难受至极,他抓着自己的衣服想要撕开来,让喉管畅通无阻地吸一口气。

常军,可怜的常军,他孩子刚刚毕业,前几天还请我喝酒,让我给他出主意,怎么安置孩子呢!

接着是文超,他的手长长地伸出去,向前扒,似乎是在够什么,最终也没有够着,五指张开,头向后面巴望着。

他们死的样子如此凄惨!

靳凯呢?他在哪呢?

第七个人才是靳凯——我的外甥,他垂着头,身子蹾成一疙瘩,似乎是蹲在一个低洼地方,双手捂着嘴巴,一个手里紧紧攥着手机,他可能是听着他妈我姐姐的呼喊,生生被这铁灰色的烟雾夺了性命的。

我扑上去,抱住他,哭叫了一声:"我的娃啊——"

我被人们拉到了另一边,我强忍住了哭声,我用拳头砸着头。

此时此刻,大约子夜。

八

  雨还在下。初秋时节,阳关从未有过如此之长持续下雨的纪录,已经是第五天了。天的颜色还是铁灰色,烟色,是大沟矿井下冒出来的烟雾,染透了阳关的天。没有任何晴朗的迹象,冰冷,凄凉。缠绵不绝的淫雨,如所有亲人对遇难者的哀思。

  起床后,老婆说:"昨晚我梦见筱了!"

  这句话像一枚黑色的图章,盖在我尚未完全醒来的心头,我心跳加快。我说,梦见他,他啥情况?似乎是离开许久的亲人,没有得到消息许久的亲人。其实,这才是他离开我们的第五天。这是否是时间对空间的遥远距离呢?

  老婆说:"他就像原来的样子,笑眯眯地说,'尕舅母,你给我尕舅舅说一下,把我留在阳关。'他的样子就像原来的样子,一点儿也没变,还是黑黝黝的皮肤,样子一点没变。"

  我点了一支烟,站在阳台上,一股悲凉之气袭来。我骨头深处感觉寒冷,此后,我就感冒了,又是咳嗽,又是发烧。筱啊,你是舍不得桃儿吧,你是留恋桃儿,放心她吧!你们结婚还不到三年,正是如胶似漆呢!娃啊,咋办啊,把你留在这遥远的阳关,在这高原的边缘,千里之外,你的爸爸妈妈咋办呢?将来你的孩子长大了,他又该如何呢?你还是回去吧,你爸妈他们受不了啊！你还是回老家吧！

关于梦境的话,我没有敢给姐姐姐夫说,好多天以后,谁也梦不着筱,都说奇怪。所有的人都没有梦见他,觉得这太奇怪了,似乎所有的人睡觉都是为了梦见他。可是谁也没有梦见,他真的从我们这个世界消失了吗？谁也不相信他会就此消失。

我实在忍不住了,说他尕舅母梦着了。三姐扭转头来,偏着疲惫不堪的脖子,憔悴的眼神充满期待,急忙问,他咋说的？好像他走了很远的地方,隔了很长的时间,没有电话可以联系他,没有书信可以联系,没有任何联系方式,可是这一刻,突然有了音讯。所有的人都看着我,二姐、婷娃、赵娣、桃儿,我却说,他说让他尕舅母给我说,把他送到老家去。我撒谎了,我这个将近 50 岁的人啊,我怕三姐和姐夫听到这个梦境,有违筱的心愿。后来,三姐还是再次从我老婆那里证实了消息,知道了老婆的真实梦境,这是 20 天以后,她才知道的。三姐给我说了这情况,我吃了一惊,看着她憔悴的面庞,我拧着脖子说:"由着他呢！想留哪里就哪里！娃娃以后咋办呢！"此后,这事谁也不曾再提起过。也许,这是我唯一违拗他的一次,而且我说了谎。

每天早饭后,我都打发外甥们去殡仪馆给筱送饭,看看他,给他烧点纸钱,给他送去他时常喜欢的牛肉面。他生前最喜欢的早餐就是牛肉面,面是韭叶子,要多放些辣椒油,最好加上肉和鸡蛋。每天去殡仪馆烧纸送饭的人有桃儿和婷娃、赵磊、昌云、赵娣一块儿去,每天早晨都去。

我想让他们表姊妹们一起陪着他,热热乎乎吃个早饭,免得一天都寒冷哆嗦。这是唯一能温暖他的方式。

第五天早晨一大早,小牛来了。小牛是二姐的二女婿,二女儿刚生完小孩出了月子,孩子太小,来不了。他也在新疆打工,不到两周,听到消息,匆匆买了车票,从遥远的新疆阿勒泰赶来了。阿勒泰离阳关大概2000公里。

小牛家在陇南,长期在外打工,去年冬天,在深圳打工的外甥建宇说,她找了对象,要过来看看我。我很高兴,建宇终于找到自己的另一半了。建宇是二姐的老二女儿,身材娇小,一直以来,婚姻大事成了全家的忧虑,好在她在深圳找到了自己喜欢的人,我也挺高兴。她带着小牛来了,我们聊天,聚了一天,当日,小牛就回深圳了。去年上半年,建宇和小牛从深圳回老家,他们结婚了,后来生了小孩。小孩才5个月大小,建宇在家看孩子,小牛去了新疆打工赚钱。小牛从新疆回来以后,一直在陪伴姐夫;婷娃和二姐陪伴姐姐。这是基本分工。

这天,我让他们去殡仪馆稍微迟些,等夏铭来了,中午一道送饭。我知道筱也在等着他的妹妹夏铭回来。

安排完了这些事情,易组长正好来了,她说:"他舅舅,昨天,你们提的要求我都给上级领导说了,我们的组织部长11点要来医院,和你们见面谈。"

11点多,阳钢集团组织部的王部长来了。我和桃儿,还有筱大伯和姐夫一起去见王部长。王部长带着一些官场的气息,面含悲色,却也不乏架子,他首先说了很多道歉的话,也说了很多对不起的话。他看上去很朴实,见面就说,我们是老乡,没错,我们是凉州市的人,虽则相去不远,但是心理距离一下拉近了。多少次我都知道,这种心理明明是自欺欺人,可是多少次、多少人还是深信不疑。他接着就问我们有啥要求,我说我们要求还是申报烈士,孩子是去救人才死的,抢险救人是不可否认的事实,请你们认真考虑。王部长说,这事情我亲自去问过阳关市民政局,民政局的石局长专门说了,一则这事情是在他们的职责之内,第二呢,此事在阳钢和其他企业内部还是第一次,看看这事情,可能有点麻烦。他说的话,和此前易小妹说的一样,说明王部长此前就是阳钢集团派去阳钢市民政局接洽过的人。桃儿就坐在我的身边,听了这话,似乎是原本质疑变成了事实,她无法接受,说:"你们不报,就等于不认可筱抢险救人的事实,连这个也不认可,我也不活了!"说着,低下头去。我转过头,看见她手持一块刀片,向手腕划拉下去,手腕上立即翻出了一个6公分长的白肉口!"快叫护士来!"我大喊,我看见桃儿的手腕上有一个6公分长的口子,向外张开,血从里面冒出来!易小妹急忙跑出去叫护士。我一面掏出纸巾,压在桃儿的手腕上,一面高喊:"快——护士——"王部长面色呆滞,不知如何是好。护士们来了,将桃儿迅速扶到负一楼的急症室处理。

我看着窗外,悲从中来。

"王部长,你也看见了,你们没有诚意,以这样的态度来处理事情,后果是什么?你应该清楚,这么简单的事情,你们就是不做,咋办?报不报是你们阳钢的事情,审批不审批是民政局的事情,你们连最起码的救人事实都不承认,算得上一个有良心的企业吗?!还指望谁为企业卖命啊!"我面对着窗外一片冲天的白杨树大声说道。

房间剩下了我和背后的他,我不知道他面对着什么方向。

正此时,一个护士站在门口,她是个矮个子,冷冷地问我:"我们院长问,刚才那女的是什么身份?"我转身走到门口,大吼一声:"公民!"我知道此刻自己像一匹狼,定然眼睛血红。那一刻,我自己如果看见了自己的表情,定然也吓得魂飞魄散。那护士转身就跑,这必然是她职业生涯里最可怕的一次经历。我声色俱厉地接着喊:"你们救人难道还要分级别吗?"这一声更是凶恶,吓得那护士再也没有回头,直至消失在楼道的尽头。我相信,这可能是那护士今生见到的最可怕的一个表情,也是她听到的最可怕的一次吼叫。

而我身后的人也是我今生见到的最可恶的企业干部。

三姐闻听桃儿又出了事,跟跟跄跄哭喊着从病房出来,又一下倒在地上,声嘶力竭却只能微弱地哭叫着:"我的桃儿咋啦,我的桃儿咋啦?"我们急忙将三姐扶起来,她已经哭得上气不接下气。一面喊着:"把我的娃娃还给我啊!你们把我的娃娃还给我啊!"我扑上前去,她已经倒在楼道地上。我一边扶起她,一边说,桃儿没事,三姐你先休息,我们去楼下看看桃儿再说。三姐这才挪开身子,在一边嘶哑地哭喊着。王部长本想和我一起去楼下看看桃儿的情况,又裹足不前,劝慰起了三姐。原本我想,这样也好,正好让三姐出口气,和这王部长理论一下,究竟怎样处理这件事情。而眼下,桃儿情况尚不明朗,谁知道会是什么情况!我心里着急,急忙劝三姐不要纠缠,别人扶着三姐进了房间,我在前面,王部长跟着,快速下楼,去急诊室。

所有的家人随即纷纷跑下楼,都铁青着脸,半张着嘴,眼神模糊,拥在负一层急救室的门口,伸长脖子巴望着。

一个高个子白大褂迎出来,不慌不忙对王部长说了一阵的话。王部长接着拉我进了那高个子的房间,才向我介绍说:"这是我们阳钢医院的副院长,也是老乡。伤势不重,你先不要紧张,老兄。"我说:"院长,没有伤筋动骨吧?"院长说:"你放心,没有。我是搞骨科的,这些我还懂,请你放心!"我这才放下心来。随即又问:"不会伤了筋吧?没有破了大动脉吧?"得到的答案是没有,肯定没有。我这才放下心来。

后来才知道，前几天，桃儿就有自杀迹象，她失去了自己最爱的人，面对眼下这种种令她伤心无奈的事情，她是不想活了，曾经在深夜悄悄割过一次腕。后来，是她姐姐娟儿发现了，当即制止，并时刻陪护在侧劝慰，但此事一直没有声张，我也不知道。这次之后，娟儿才给我说了情况，我盯着娟儿美丽憔悴的脸说，娟儿，这次之后，你要时刻盯着她，不能再让她胡来；要多做她的思想工作，不能再想不开，我们大家一起所做的种种努力都是为了她和孩子，她要再这样，对得起孩子吗？

据院长说，有过这种自杀行为的人，随时都会有再次自杀倾向，因为她已经尝试过，不再害怕；尤其怕她钻了牛角尖，一直想着这件事情，不能自拔，她随时会再偷偷实施自杀行为，要随时注意，千万不能马虎。是啊，我知道，桃儿和筱的感情很深，虽然结婚才两年多，但算起来他们认识到现在正好十年了，他们从上学认识到现在，一直都深深地爱着对方，他们从来没有想到他们会分开，尤其想不到以这种阴阳永隔的方式分开。所以，从桃儿的角度说，有这样的倾向，从情感的角度我完全理解。

桃儿在急诊室的另一个房间缝合伤口，我在门缝里巴了一眼，她挽着袖口，将胳膊伸在桌面上，面色苍白，却凄美沉静。两个医生围在她身边，小心翼翼地穿针走线，她的表情没有半点痛苦，似乎只是在接受大夫的把脉一般。她越是如此麻木，我越不忍心看下去，随即拉上门，悄然站在门外。门外的人很多，我又独自上楼，给姐姐姐夫告知了情况，免得他们焦心。后来，据婷娃说，桃儿在缝合伤口时，没让打麻药，让大夫直接在那皮肉之间生生缝合。大夫劝她打点麻药，否则会很疼，她说："这点痛算什么，我真正的痛在内心深处，那才算痛！"她始终没有哼一声，神情冷得像一块冰。15分钟后，长达6公分的伤口被缝合。随即,她被安排到了三楼三姐隔壁的一个房间,躺下输液。

三姐听得桃儿缝好了伤口,立即从房间过来,扑进门,抓着桃儿的手,哭成一团。她说,无论如何也不能让桃儿再受任何伤害了。后来,她索性从原来的病房搬过来,和桃儿住在了一起。三姐的身体极度虚弱,她坐也坐不住,只好躺在另一张床上,看着桃儿,语气微弱地劝说桃儿。桃儿懂事地点着头,眼泪一连串淌下来,哽咽着答应再不胡来。桃儿果然坚强,吊完了液体,一个多小时后,她就起身回了宾馆,去看望孩子。这大概是她此时此刻最要紧的事情了。

我看着她和娟儿离开病房,走在医院空旷的院子里,突然感觉这世界对她而言已经冷漠到了极点。

此后,她再也没有吊液体。

三姐搬进这病房,正好让她和姐夫分开,住在两个病房。这原本就是我的想法,为的是来人看望,伤感的时候,只有一个人,另外一个人不受影响,否则,一个人伤心哭泣的时候,另外一个马上跟着悲怆难捱,悲伤真的可以传染。

王部长随我们上楼,没有什么话可说。我说你还是回去吧,好好和你们的高层商量一下,我们希望阳钢就他们3个申报烈士的事出一个红头文件,上报给阳关市民政局;至于民政局怎么办,这是他们的事情,另当别论。

时间已经是下午一点多了,王部长满腹心事地走了。我知道,尽管如此,谁也不愿意看到眼下的情景。

女儿飞机晚点,两点左右,终于来了,下机直接去了殡仪馆。我又急忙随着孩子们去了殡仪馆,夏铭已经趴在筱的灵前,哭得泣不成声,见我们来了,终于喊出来了:"哥哥——哥哥——你咋就这么走了啊!哥哥——"

夏铭长长的呼喊和哭叫再次激起了很多人的伤感,外甥们一起跟着哭叫起来,悲伤像一座又一座难以逾越的冰山!这个停尸房门口留下了多少的伤痛,洒下了多少的眼泪,只有老天知道!

雨还在淅淅沥沥地下着,不大不小,像我们每个亲人心里流不完的眼泪。我可怜的女儿啊!她趴着哭够了,站起身来,抱着我,再次颤抖着身子哭。父女俩站在雨中,泪水和雨水交织在一起。

婷娃前来劝阻,她又和表姐抱成一团,赵娣也抱在一起,哭作一团,我的心碎了。等她们终于停下哭声,夏铭进了停尸房,趴在冰棺上面,直勾勾地盯着筱的尸体,看了半天。

我点了一支烟,放到了筱的灵前,又给他祭奠了两杯酒,让他知道,此时此刻,亲人们的悲怆难舍!

早上,一个和母亲生前唠过无数次家常的亲切的声音从电话里传来,那是二舅母从老家打来的电话。二舅母就是海成的妈,是在一个村子打小看着我长大的长辈。她在电话里面哭着问,你姐姐夫怎么样?我大概说了一下情况。她说她下午就来看他们。我知道,虽然海成在阳关,但是二舅母不常来阳关,原因是家里还有二舅母的哥哥,都60多岁了,自双亲去世就一直住在二舅家里。他自小就患癫痫症,生活一半不能自理,一直由二舅母伺候着,已经伺候了几十年了!她离不开大表舅。我说:"你不要来了,二舅母,我们都在,海成每天来,有我们在,你放心,你家里还有大表舅要伺候,你别来了。"二舅母哭着说:"我咋能不来啊,娃,你三姐成了啥样子了!老天塌下来了,我不来行吗?我天天晚上想着睡不着啊!"我说:"那就来吧!二舅母。"她说:"主要你大表舅在家里,我叫我大姐来伺候几天,没关系,我下午就到了!"

母亲活着的时候,是和二舅母相依为命过来的。二舅舅当时在外地当工人,每次回来,带的礼物都是三份,每家一份——我们两家,加上太爷家。每年冬天,他拉来一车炭块,三份,一家一份。每年春节或者过年,母亲和二舅母、太爷家一起蒸馍馍,做熟食,其乐融融啊!那时候,他们抱着筱,在一起看着他可爱的表情,幸福异常!如今,太爷走了,大舅爷走了,三舅爷也走了,我爹妈都走了!村上就剩下了她一个人和二舅母了,而今,正值青春年华的筱居然也走了,那些先人们在那边会拉着他的手,为他引路吗?

二舅母自幼聪慧,但她命运不济。上学的时候,她学习成绩很好,可是家境困难,在她和弟弟之间,需要一个人退学劳动干活,否则家里没办法过日子,在农村,就轮到她这个丫头了。没有上完高中,她就从学校被拽下来了。她的弟弟高中毕业就考取了大学,在当时实属少见。二舅母的学习好,功底扎实。我上初中的时候,还给我辅导功课,她的记忆力惊人,在劳动干活数年后,居然还记得中学学过的知识。后来,嫁给了我二舅,二舅又在外地工作,家里的事情我爹妈操心得多,我们三家几乎就是一大家庭,三家人一起相濡以沫度日。安装大门,三家的都一样:都是二舅舅从外地买来的,颜色也一样,大小也一样。钱等到宽松的时候,庄稼下来再说。就连树园里种的桃树都是三家子一样。八十年代末,太爷去了一趟兰州,从兰州带来了六棵桃树苗子,是白粉桃的苗子,三家每家两棵,后来,我们家那桃树结了好大的桃子,筱也吃了,夏铭也吃了。俗语说,前人栽树后人乘凉。后来,我爹妈走了,太爷走了,大舅爷走了,再也没有那么香甜的桃子可吃了,三家的桃树都死了!

事发次日,我老婆从兰州给筱带了6个大桃子来了,不知她是怎么想的,端端供在筱的灵前。我看见老婆的头发白花花的一截子,心里陡生悲凉!筱啊,这味道你还记得吗?这是你舅妈的味道啊!还有姥姥的味道啊!还有那温暖的家族的味道啊!

下午,二舅母在阴霾暗淡的天色中来了。真正让我伤痛难忍的是她老了,面色焦黄、枯萎,再也没有了当年鲜亮饱满的肤色。当年嫁给我二舅的时候,我正上初中,二舅母正是人生最好的年华,黑油油的辫子,活泼泼的身材,既能在地头受苦干活,又能算账,在村子上,数她心算最厉害,全村总共浇了多少方水,每家浇了多少方水,只要问她,她一下就能说出数字来,一分不差,是村上有名的快算高手。如今,为了她的哥哥,她不能随着两个儿子去城里享受生活,她满脸皱纹,脸色赭黑,身子瘦得缩了一截,她趴倒在筱的灵前,缩成了一团,瘦弱可怜。她哭得泣不成声:"筱啊,你二舅奶奶看你来了……"我再也忍不住了,她代表的是上一辈啊,我的上一辈啊,所剩不多的上一辈!她心里装的还是筱,小时候,她和我妈一起抱着他,逗他开心的情景还历历在目。她一天天看着他蹒跚走路,听着他长大说话,为他的前程担心,为他的家庭着想,为他的日子牵挂操心。如今,她再也不能和这个可爱的孙子说上一句话了。

我蹲在地上,眼泪无声地洒落在水泥地上,像一朵黯淡无光的花朵,开放在泥土上,最后渐次消失。

雨还在下。我扶着二舅母单薄的身子回医院。路上,二舅母问我情况,我说,就是被烟活活熏死了。二舅母扭着头问,那矿是石灰石矿,石头怎么着火啊?……

还没有进病房,在漫长灰暗的楼道里,二舅母的身子就开始簌簌发抖,她的哭声哽咽难忍,从喉咙里憋出来,等她刚进了病房门,看见三姐的那一刻,她扑上去,抱着三姐,再也忍不住了。整个楼道里充斥着令人心酸不已的哭喊,这是两代女人最为辛酸的时刻。

好不容易,我和海成才劝住了三姐和二舅母的痛哭,二姐却还在一边哭个不休,婷娃将她拉出门去。

1

9具尸体摆在我面前。有的斜躺着,有的横卧,有的蜷缩,有的挠心,有的抓肺,有的手里攥着手机,有的手里攥着一把泥土,在生命的最后时刻,他们那么无助无望,没有等到人来救援,生命就这样被耽误了!他们都睁着眼睛,怒目而视,我不敢直视他们的眼睛。我想你们咋不瞪着张三岩啊!从我被张三岩告知事件之后直至我赶到现场,超不过一个小时,这一个小时内,张三岩就在等我,等待我的到来,他连一个屁都没放,完全就是靠等,就是不作为,就是不承担责任!没有明确指令该怎么做,没有发出救援信息,我恨他,是他耽误了这些生命!

其次就是徐大江,这个人面兽心的畜生,他那么早就知道事故发生了,却一直在隐瞒,甚至关了手机,这个流氓,这一次真是害惨了我啊,害了这9条生命啊!他害了多少人啊,这一次我决不轻饶这个混蛋!

"110的同志们,请你们迅速控制徐大江,是他的人点着了火,明知事故发生,知情不报,这是隐匿事故,别让这流氓跑了——"我喊道。

在这悲伤难耐的时候,我这样喊。110的人似乎突然明白了他们的职责,他们开始向公安局领导请示下一步该怎么做。

"下一步怎么办?李总。"张三岩问。

"我请示董事长再说。"李总说。

稍后,他打完了电话,说:"迅速把死亡者送到殡仪馆,尽一切可能抢救伤员。"

股份公司的人在安排车辆,很快,他们指挥着将死人抬上车。我扑过去,在黑暗中寻找我的外甥,有人说,矿长,这是靳凯,我扑下身子,抓着他的手,他的手坚硬、冰冷,完全拒绝被我抓着,他攥着拳头,一动不动,我摇晃着他的手,他丝毫没有动一下,似乎在斥责我:这时候你才知道喊我了,那时候,我在人间的最后一刻,你们在哪里?你在哪里?你还是我舅舅吗……

有人将我拉开,他被抬起来,像一块铁,和黑夜融在一起,难分难舍,被缓缓放进了冰冷的车厢。我扑上去,爬上了车厢,却被人拉下来,我的娃啊——我哭喊着。有人在号叫。

他们都被抬到了车上,像一堆货物,被码上了客货车,接着,车厢里坐了两个人,车子缓缓发动,两只车灯像是从幽界爬出的死者的灵魂,划过黑暗,向山下去了。

在一片混沌当中,工人们在无尽地哀叹、哭泣,有人在叫喊。

子夜之后,夜黑得像一块铁,我亲手把外甥送去了殡仪馆。

"矿长,你要冷静,现在事情很复杂,你要处理很多事情,不能再感情用事了!你先要保持清醒状态,事情还很多啊!"办公室胡主任对我说。我猛然才觉得我现在的事情多得没办法再多了,理不出头绪,不知道干什么好。我问,前面送下医院的4个人咋样啦?他说,都没了,一个也没有活下。

天呐!12条人命啊!这是在我的手里酿下的惨祸啊。

我给大外甥打去电话,说,去殡仪馆吧!我听见他的嗓子发出了奇怪的一声叫喊,我知道,他再也承受不了了。我急忙压了电话。

我这个矿长还有啥脸面站在这里!

外甥死在我面前,死在我领导的工作现场,我还有何脸面称为舅舅!

我混混沌沌上了一辆车,被拉着去市里。

车穿过黑夜,又到了黑夜。身后是大沟矿死一般的黑夜,前面是被遇难者家属围死了的阳钢医院,我下了车,冷雨还在下。

站在医院门口的家属像天上落下来的冰冷的雨滴,他们穿着雨衣,立在这里,明晃晃的。他们紧张地巴望着,在打探消息。

我们随着李总走进了医院急救室,连续七八个房间,病床上都是我们的人,每个人的嘴上都扣着氧气罩。还有消防战士,总共躺着十几个人。

我问,下去救人的王筱他们3个呢?有人说,送殡仪馆了。

李总问,这些人咋样?

医院的胡院长在一边说,他们还在抢救,应该不会有什么大的问题,请李总放心。

"殡仪馆那边安排好了吗?"李总问。

有人在他身边回答,安排好了,擦洗干净死者身体,都换上了新衣服。

"王部长,你们去殡仪馆再看看,注意安抚家属,一一慰问,消除隔阂,处理事情。"王部长在一边答应着,带着一拨人走了,消失在深长而幽暗的走廊里。

"胡院长,我们现场开会。"李总说。

"好的,"胡院长转身对身边的人说,"开会议室的门,准备开会。"

医院是公司的医院,协调这些事情都不是问题。

我们来到会议室,矿上的张三岩、办公室张主任都在。公司的李总还有两个副总,徐长山、林怀宇以及办公室张主任,还有纪委周书记。医院的胡院长和赵副院长也在。

"大家都不要紧张,事情出了,解决问题。我见过这样的事情多了,矿上死几个人,是常事,都不用紧张。现在,我们急需要做的事情有三件:第一,医院紧急抢救,不惜一切抢救现在医院的这些人;第二,安抚好家属,处理好家属和矿上的关系,不能让事态扩大,尤其防止发生次生事故;第三,立即上报安监局,矿上停止生产,积极应对调查;第四,老刘啊,这次的事情出大了,你要有心理准备,做好接受处理的准备,从现在开始,大沟矿全面停产,中层以上人员在矿上就地待命,接受调查。胡院长,你先说说抢救的事情,言简意赅啊——"

刘院长说:"从目前情况看,抢救的这13个人生命体征稳定,我们已经安排了最为得力的人员,守候观察,力争把他们都从死亡线上拉回来,请李总放心。"

李总说:"送到医院就是你的人了,要是再出什么差错,我拿你是问。"

胡院长似乎要说什么,再没说,嘴唇嚅动了一下。

"家属安抚问题由组织部王部长全面安排,他现在去了殡仪馆,这方面,请办公室配合,把握以下几个原则:第一,矿上的人少安排,尽量抽调公司的人,家属不认识公司的人,免得走漏风声和引发矛盾;第二,每一家的家属安排一个小组,组长由公司工会安排,三四个组员,做好心理疏导工作,安排家属食宿,暂不答应任何家属的要求,但是要全部上报信息;第三,尽快促成安葬,人死为大,入土为安,早埋葬了事情少。"李总说。

办公室张主任说,明白。

"向国家安委会上报的事情,由我和董事长商量后再做决定。关键是矿上,老刘,从现在起,赶快回去,守在矿上,看看还有没有什么后患。哦,另外,控制陕西鹤金公司的主要成员,立即上报市安监局、市检察院、市公安局,介入调查处理。老刘,你还有啥说的吗?"李总说。

我站起来,说:"我最后有一个请求,我这矿长也到头了,进班房也就是明天的事情,两件事情,向在座的每个人交代清楚:第一,陕西鹤金公司的徐大江明知早上井下着火,隐瞒不报,造成事故进一步扩大,要求追究陕西鹤金公司的第一责任;第二,我们矿上值班领导和其他人延误救援时间,发出错误指令,导致12人死亡,也希望追究责任。"

"好吧,这些都记下来,老刘你坐下。"李总说,同时扬起手臂,想要按我下来的样子。

我感觉到我的小腿在颤抖,嘴唇也在颤抖。

"从现在起,事故善后全部交由股份公司办理,矿上所有人员立即返回矿上,不得离开矿上一步,该接受调查的接受调查,该停职的停职,该反省写材料的写材料。"李总说,"现在散会。"

"我有一个请求,我想去殡仪馆看看他们——"我对李总说。

"老刘,别去添乱了,我知道你外甥也在其中,还有其他人,你去了,你怎么面对他们家人,还有别的家属?你怎么向你姐姐姐夫交代,算了吧!快快回矿上,好好想想,该怎么办!"李总说着,已经出门了。

矿上的人走在一起,张三岩也在其中。我们乘车从黑夜里穿行,似乎走在地狱,我知道,此去便是牢狱,无边的黑暗在等着我。

下了车,秋日的冷雨淅淅沥沥还在下,灯光照射下的雾,像烟尘一样,一股呛人的味道扑面而来。面前就是办公楼,办公楼上不少房间的灯还亮着,痛苦地走过每一层,我都感到他们那12个人在不同的门口望着我,在黑暗中,我进了房门,躺在沙发上,一时天旋地转。

他们各自都无声地回了办公室。

影影绰绰,外甥靳凯和井下的那些人来了,他们互相搀扶着,站在我的面前,啥话也不说,只是低垂着头,望着地面,他们脸色黑紫,满腔怨气即将迸发出来,将我压倒……

这是一场噩梦,我知道,他们来了,来找我索命的。

我站起来,从柜子里拿出一瓶酒,对着空荡荡的房间说,去吧,你们别再缠着我了,我有什么办法,今天,我或许就进了班房,你们再也见不到我了,我对不起你们啊——

我将房门打开,将酒洒在地上,酒花四溅,在冰冷的地上滚动,像冰冷的眼泪。

九

几乎在每个早晨,睁开眼睛,先要看天。今天如过去的几天一样,天还阴沉着脸,一脸不快。我马上想起自己从千里之外的兰州来阳关是因为筱走了,悲伤逆袭,心头上的阴云重得像一面锅盖,心绪被铁灰色的烟雾笼罩着。

第六天,天空依旧。铁灰色的虚空。

我一直闻到阳关的空气里有一股烟味,虽然我也有抽烟的坏毛病,但是,这种无色无形的味道一直充斥着我的心肺,呼吸之间,觉得难受至极,我开始咳嗽。咳嗽着咳嗽着,眼泪就被呛下来了。想起阳钢连起码的申报烈士的事情都不做,不仅怒火中烧,悲从中来。

六天前,我和所有的亲人们一样,如筱一般,钻进了一条深不见底、没有出口的矿井之中了,我们找不到出口,我们深陷其中,我们什么也看不见,我们被无形之手束缚着徒劳挣扎,却不自知。

筱的儿子天天还不到两岁,等到他长大了,他都不记得自己的爸爸长什么模样,也不记得爸爸多么爱他,多么宠他,也不知道爸爸是干什么工作的,为什么年纪轻轻就死去了。即便他懂事了,他的爷爷奶奶,他的妈妈将如何向他解释?如果有一张烈士证,他自然会清楚,他爸爸的死也有点价值。再者,天天从现在开始,在爷爷奶奶的怀抱当中,就已经成了单亲家庭的孩子,他长大后,上了学,如果有孩子说他是个没有爸爸的孩子,他将如何回答?他伤心无助的孤单样子,现在就可以想象得到,他的委屈和苦衷将无处可诉!如果有了这张烈士证,孩子将自豪地说,我爸爸是烈士,是为了抢救别人而死的,是英雄!他不是懦夫!孩子的内心里将有一根精神支柱支撑着他,让他好好活着,为他爸爸活着。这张烈士证,作为舅舅的我应该有义务和责任为筱和他年幼的儿子争取,他躺在冰冷的冰棺里,没有像常人一样及时得到安葬,他也在等待。烈士证,这是让他的灵魂得以安息的唯一途径,也是对他救人行为的认可。当时,他抱着巨大的救人信念冲了下去,而且冲在最前面,如果到头来,他连最起码的认可都没有,他将如何瞑目!

我站在阳台上,看着被阴雨覆盖的阳关,心头沉沉的;阳关的人都在说,这12个人死得冤枉啊!连阳关的天都不晴啊!

吃过早饭,易组长来了,她叫我过去,递给我一张红头文件,正是"阳钢集团关于申报王筱为烈士的请示"。我仔细看过,又拿回去让我姐夫和筱大伯看了,做了些微的修改,对易组长说:"请你修改过以后,给我们另外送来一份,我们存着,以便后期给他的孩子有个交代。"

这份文件的前面部分是筱的简历,兹录一段如下:

> 8月16日14时许,陕西鹤金建筑工程公司在阳关钢铁股份有限公司大沟矿斜坡道支护作业过程中违章作业,引发火灾,导致大沟矿9名职工被困井下,在市县救援力量到达之前,阳关钢铁股份有限公司大沟矿先期组织工人下井施救,王筱等3名同志奋不顾身,实施救援,因一氧化碳中毒,救治无效后,光荣牺牲。

依据《烈士褒扬条例》第二章第八条之规定,"公民因抢险救灾或者其他为了抢救、保护国家财产、集体财产、公民生命财产牺牲的"可定为烈士,据此,阳钢集团为褒扬光荣牺牲的3位员工,正式申请3位员工为烈士。

易组长带着修改过的文件走了。我急忙去看三姐。坐在三姐的病床前,将那份拍下来的文件读给三姐听,三姐的眼泪又流下来,身子颤抖难支,哽咽难续。我知道她痛彻心扉,悲伤的泪早已逆流成河,但是,她内心一定还是有些微的慰藉:儿子的死终于有些价值了。

我急忙给桃儿也发去了那份文件,所有人听到这个消息,如在极度的悲伤中看到了一缕阳光,心情略有缓解。

我以为我们在漆黑的巷道里找到了出口。孰料我们还是在原地打转。

我独自在楼下后门外,点了一支烟,蹲在地上,看着水泥地缝有一群蚂蚁,排成歪歪斜斜的一个队列,匆匆忙忙地搬动着它们的家;看似目标清晰,其实仍是徒劳。

稍许,易组长又来了,说调查小组要筱的手机,做调查之用。我说调查小组不是独立调查吗?怎么让你要手机?易组长说,他们是通过我向你们要手机,作为调查线索之用。我说不管是做什么用,你不是调查小组的,我自然不能给你,还是让调查小组的人来,我亲自交给他们为妥,他们自己来取吧。如果真的作为调查,我肯定配合。因为筱的手机里面还有很多个人隐私,谁拿走,谁要为此负责。易组长点头称是。

中午吃饭的时候,我见到了黄辉的丈人老赵,他几乎每天都要在餐厅后院见到我,他说:"给你们说了吗?"我问:"说什么?"他说:"今天早晨,他们来人说,我们来人多,住宿吃饭产生的费用将来要从丧葬费中扣除。""这是什么意思?"老赵说:"什么意思你还不懂啊?这是不让住了,不让吃了!""吃是他们安排的,住也是他们安排的,现在不让食宿,还要扣钱,孩子没遇难前我们来阳关,咋不来住他们的宾馆,吃他们的饭菜?我们的孩子要是好好的,谁有空跑来吃他们的,住他们的!岂有此理!"我很愤慨。老赵问:"他们没有找你们说?"我说没有。老赵说:"钟广文家的已经走了,就是因为这个。早上我见了钟广文他舅舅,他还说让我给你说一声,他下午就先回家去。让你放心,我们的诉求不变,至于其他事情,随时电话联系。"我顺便通报了申请烈士的事情,他说,他们也见了文件。说着,老赵的眉头舒展,又有了一点安心。

我顺便还说了工作组来我们家要手机的事情,老赵突然想起了什么,说,我家的手机昨天才还来,手机说是被洗了,里面什么也没有了,连通讯录都没有了!我不禁感慨:天呐!

我说,你家没问他们原因?他说当时不知道,后来再没问。

我说,这是他们专门做的吧!这里面有很多的信息,也就是侦破事件的信息,譬如是谁给他打电话指挥下去救人的,谁发了什么短信,这些都是证据!

当天下午,桃儿给我说,矿上的马超给她私下说了,他也是听说的,我们家来人多,吃饭住宿都超过一万元了,他听说我们的这些食宿费用,还有姐夫、姐姐住院的费用,将来阳钢都要在我们的丧葬费里面扣除。我说,你别管,他们不是正式告知,说的时候就别当回事儿,谁要说这事,就让他找我。我们照常吃住,别理他们。

次日,桃儿又说,听说好几家人都搬回家了,都是因为怕食宿费用过高。我说,我们不能走,现在事情还没有眉目,如果回家了,你爸妈的身体突然出现问题,该去找谁!我们照旧。

我愤然,我悲怆。他们这是逼着让家属走人呢。

直到第八天下午,易小妹小心翼翼地对我说,他舅舅,我顺道给你说句话,咱们家这个食宿费用多,公司当初也是有标准的,公司规定,如果超标,将来……我愤然从椅子上站起来,指着易小妹说:"停!再别说下去!谁制定的这一项规定让谁来给我细说!"易小妹愣了半天,悄悄离开了。

当天下午,易小妹怯怯地又来找我,我说,易组,有些事情不是你的决定,我对你们的个别决定有些激动,请你谅解;同时,我们也不是冲着你发火,是针对你们阳钢集团的决定!跟你个人无关,你把话带到就行了,免得你受牵连。易小妹再三说她理解我们的心情,没关系。她接着说,他舅舅,申报烈士的文件改好了,给你们家一份。我接过文件,仔细看了一遍,是按照我们的意见修改过的,很正式,是红头文件,盖了章的。我将文件交给了桃儿,同时,易小妹说,王部长的意思是下午一起去民政局,交给他们,你也好当面问一问情况,因为咱们都不懂这些。我说,我不去了,我相信你们。但是,请你们在提交完文件后,向民政局要一份回复函,复印一份给我们,我们要保存,以便将来给孩子有个交代。

易小妹答应着走了。

当天下午,一个令人震惊的消息传来,钟广文家的签字走了!

签字走了,就是要从殡仪馆走人了,要火化安葬了!签的什么字,谁也不知道。

为啥?不知道。口风很紧,只是听说,明天早上就要火化。

说得好好的一起争取烈士证,他家难道不要烈士证了?钟广文可是救了罗西出来,后来又返身进去救人而死的!不可理喻。

钟广文51岁,在事发的前两天还请客吃饭,为女儿就业的事犯愁呢,据说女儿今年刚刚大学毕业,是不是阳钢答应为女儿安排工作了?谁也不知道究竟发生了什么。

我急忙找到老赵,问原因,老赵也不知道他家为啥签字同意火化。老赵的头上灰白一片,我们见面的老地方也破败不堪。

次日早10点,我们去殡仪馆送饭,看到有两家的停尸房空了,同时听到有人说,靳凯家的也签了字走了!

正好有一行人抱着一个死者的遗像,抱着骨灰盒,吹着哀伤的唢呐,缓缓走出了火化房。远处的遗像上是一个男人,似乎龇着牙在笑,嘲弄般的笑,这就是钟广文,他的头上一半是黑的,一半是白的。

接着听到,靳凯就是刘矿长的外甥!所以,第一个签了字火化了。接着才是钟广文家。呜呼!矿长是舅舅,靳凯家必然是被忽悠了:这事故的主要责任人是你舅舅,你们家还赖着干啥?还不带头走人,还想给舅舅闹事不成!靳凯家还有啥说的,自然签字走人,否则,最终追究到他舅舅的责任,那不是连累了舅舅嘛!这是完全符合常理的。靳凯,24岁,未婚,非正式工。

又过了一阵,一阵唢呐声响起来,身后跟着几个尼姑,穿着黄袍,念唱着经文。一个半大的小伙子抱着一个年轻人的遗像,遗像上的人一脸憨相,眉宇里目光中透着不谙世事的单纯。

他们脚下的水泥地坚硬如铁,在细雨中黑黝黝的;他们穿过滴滴答答的雨雾,消失了,留下的是一地的无奈与哀伤。

中午吃饭的时候,我见到了钟广文的表弟,我眼睛盯着他,脚步走过去;他装作不认识我,我在他面前停下,他被我的眼神锁定了。他似乎在等待我问他问题:"你还认得我吗?"他说,认得。我说你们走了?他说,是的。我说,咋就这么快啊!不要烈士证了?他说,我们家情况特殊,和你家不一样。我说,啥情况啊?他说我们正在发丧待客,忙,完了再说。我说你爸爸呢?他说,在,在里面待客,忙,没有时间。显然,他是不想跟我们多说什么。

情况特殊!钟广文情况特殊在哪里呢?后来才知道,他们家信佛的,安葬的这一天正好是第七天,按照佛家的规矩,第七天必须入土为安,否则,很难超度,下辈子投胎转世很麻烦。原来如此。

再后来,听说钟广文的骨灰被安葬在了悬壁长城那一段下面,也就是悬壁长城下的西面,有一座寺院,这寺院其实是一家私人寺院,正是钟广文家的,他的骨灰正式被安葬在这座寺院后面的佛塔之下。

再后来,又听到消息,钟广文原本就离异了,现在的女儿正需要工作;而他的续弦的儿子也在家待着,没有工作,现在正好赶上这个机会!女儿和儿子都被阳钢答应安排工作,他们自然早早安葬了!这就是他家的特殊情况。

据知情人说,当时,钟广文跟在筱的身后,筱跟在黄辉身后,罗西跟在钟广文身后,正在向里面快步前行。钟广文听到身后扑腾一声,转身,罗西倒在地上呻唤。罗西才26岁,身体很胖,他们叫他罗胖胖。钟广文转身就去救他,他是摔倒的,身体受了伤,钟广文使出浑身力气,把罗西好歹拉到了通风天井处。罗西躺在地上呻唤,钟广文接着又撵着筱和黄辉进去了……

此前,我们3家一起打听到了罗西,原来罗西和姐姐都住在阳钢医院。我和老赵、老李一起见的罗西。病房里正好只有罗西一个人,见我们进了病房,他挪了挪肥胖的身体,问:"你们找谁?"我说:"你是罗西吗?"他说是。我说:"我是王筱的舅舅。"我睇了一眼老赵,老赵说:"我是黄辉的岳父。"最后,老李看了半天罗西说:"你的脸上有邪气。"罗西说:"什么?"老李说:"我是钟广文的舅舅。"罗西低下了头,很快又抬起头来,从烟盒里面掏出了一支烟,自己点了一支。我们3人已经坐定。我问罗西:"当时是什么情况?"罗西说:"当时我就晕了,什么也不知道。""你晕了?不知道是谁救的你吗?"老赵问。罗西说:"不知道。""现在你知道了吗?"老李问。他还是说:"不知道。"我说:"你摸着良心问自己,你知道吗?"罗西摸着心,摸了良久,他偏过头,看着地面说:"钟广文。"我说:"罗西,你是活下来了,他们死去的人呢?起码有个说法吧!我们想知道,你们当初是谁指挥下去的?在井口徘徊了3个小时左右,究竟发生了什么?"罗西抽着烟,半天不语;有一阵,他似乎要说了,嘴角略略动了一下,抬头看了看我们3个,却什么也没有说。"你知道你活着,意味着什么吗?"罗西低下头,将烟蒂弹到了门外,一个红色的弧线插进地板。

半天谁也无语。

"罗西,你不说话,是有什么难处吗?"我问。

罗西点点头。

我们无声地出了病房门。

我去过悬壁长城,那是今年四月份。我正好来张掖,顺道来到阳关看看筱的情况。来阳关的次日,筱很高兴,要带我去看看阳关古迹,他知道我走到哪里都喜欢这个。他专门借了海成的轿车,拉着我去了天下第一墩,去了悬壁长城。接近中午的时候,我和筱从悬壁长城下来,在寺院外坐了很久,我们抽着烟,心情良好。那时候,杏花正开得艳呢,在荒凉的戈壁黑山下,别有一番生命的情趣。我俩坐在树下面,坐了很久,聊了很多。后来,仔细看了寺外的佛塔,都写着第几代第几代的名号,这寺院大概最多是第五代传人吧!钟广文这一去,大概多了一座塔,正是第六代!塔身是纯白色的,圆形,一级一级向上,越来越小,最上面放着一个玻璃瓶,红色的。塔身看起来很漂亮,黑白相衬,和黑山以及土黄色的长城形成了很大的反差,是这里的一道风景。想必去这里的人都会看到这一尊白塔!

钟广文安息在如此之地,是他的造化!如此这般的造化!

阿弥陀佛!

当天下午,我吃完饭,准备回房间休息,工作人员说,调查组的来要筱的手机,他们作为取证的依据去做调查之用。我让桃儿备份了手机里面的所有内容,将通话内容截屏保留好,将手机交给了来人,同时,认证了他的身份。他也拿出了调查组的工作手册,找到了他的名字,以作为他目前工作的身份证明,同时还拿出了身份证和驾驶证。我吃惊地看到,来人正是阳钢的人,工作手册里面,每个人的名字后面都标上了他现在的单位职务,同时,也标上了调查组的任职,以及手机号。来人只是作为一个通讯员的身份参与到调查组的。

他们不是口口声声说这是独立调查吗?怎么还有很多是阳钢的人呢?当时,我心里就对这调查心存怀疑。

我让他写了一个收据,内容为该手机仅作事故调查之用,不能作为别的用途,不能泄露个人隐私以及其他相关信息。此后他在借条上面签了字,写了他的手机号,交给了我。

他的包里面还有几部手机,他拿出来,让我看了一下。每部手机上面都贴了手机主人的名字,都是死者的名字。他们以此方式,又聚在了一起。总共有 6 部手机,形色各异,躺在那白色的纸袋里,像一具具浓缩的灵魂。这些手机当中,有他们的声音,有他们的内心最后的呼喊,有他们不为人知的隐私。

J

电话响了,一阵寒意袭来,我看了一下手机,凌晨六点。

是我老婆打来的,她小心问我,你咋样?我突然感到老婆还是最贴心的人,在这个关键时候,她肯定一夜未眠。昨晚,她打过两个电话,都被我压了。她再没有敢打过,只是发了两个短信,一个短信说了姐姐的状况,一个短信问了我的情况。

我说,老婆,今明两天我就要进班房了,这事情很大,罪责难逃,家里的事情就全靠你了……我这里还有两张卡,有人会给你,你好好收着,贴补家用,给姐姐姐夫安抚一下,我见不到他们了,也没脸见他们了……我听到老婆抽泣着说,姐姐晕过去住院了……我急了,问,她没关系吧?也没事,只是伤心过度,我现在在医院,我想来矿山看看你,可以吗?我说,来就来吧,再迟可能就不准了。我听到电话那端姐姐苍老而无助的哭声,像要断了气的呼叫:我的娃啊,开娃啊,你咋这么心狠啊……我压了电话。

我狠狠砸了自己的脑袋一拳。

昨天像一场噩梦,我的脑海中一片混乱。

我迅速整理思绪,想到整个事件,前半部分的主体责任是张三岩,我需要进一步理清,他们在干什么,证据何在。我走出房间,楼道内阴森森的,没有了一点生气,楼道的灯是黑的,我轻手轻脚,到洗手间,打开灯,发现一个人站在我身边,我吓了一跳,马上想到了鬼魂,我几乎喊出声来,仔细一看,原来是镜子里自己的影子。

从厕所出来,我伸出手,想敲响办公室主任的门,犹豫再三又收回了。

我回到房间,又给办公室小马打电话。我想迅速搞清楚,昨天早上的会议和部署情况,张三岩究竟是怎么安排的?直接问办公室主任,他未必说真话,我知道办公室主任这小子最近被张三岩忽悠得团团转。小马迷迷糊糊接了手机,为了让他清醒一下,我问他在哪里?他说在办公室,我说起来,到我办公室来一下,快点起来。他"嗯嗯"应着,似乎意识到这已经不同往日,他说,我马上来。我说,走路手脚轻些,大家还在睡觉。他说,知道了,矿长。我的门敞开着,手机的录音键早就按下来了。小马进来后,显得很惶恐。我说把门关上。他关了门。昨天你值班,是吧?他说:是。你们知道事情是几点?他说,早上11点多,快12点了。是谁给你说的?我是听到胡主任在骂,说张矿长说的,井下着火了,又熄灭了。那你们采取了什么措施?

没有采取措施,当时说灭了,我也再没有管。我问,张矿再没开会?他摇头说,没有,只是问了一下调度室,我和胡主任都在。调度室咋说的?调度室说,井下的人也向地面汇报了,没事。你们开会是几点钟?是1点40分,有会议记录。我说,现在去把会议记录拿来。他说,好的。他转身去了办公室,接着拿着会议记录来了,我打开会议记录,看见——

紧急会议记录

主持人

副矿长　张三岩

参会人

办公室　胡主任

调度室　胡　庆　冯成剑

安全科　贾　伺　王　筱　罗　西

生产科　卢　森　季山奎

记录人　马忠良

内容：

张矿长：A井下又着火了，早上11点多着火，说灭了。刚才又说着火，咋回事？怎么办？今天我们值班，要抓紧开会，一起想办法制定方案。调度室的说说，啥情况？

胡庆：我们在屏幕上也发现了，有一些烟雾，井下值班人员也说了。11点多就说了。当时灭了，也就再没管。现在看来，烟雾不大，井下的人请示撤出来，停止作业，咋办？

张三岩：生产科，咋办？

卢森：如果没多大关系，生产还是暂时别停，看情况再说。

张矿长：和鹤金联系了吗？

卢森：鹤金那边还没有联系。

张矿长电话联系鹤金。

张矿长：没事。我给刘矿打电话请示。

张矿长：等刘矿来了再说，井下作业继续。井下工人正想借此机会偷懒，谁不知道他们的小心思。

卢森：刘矿啥时候才来啊，怕耽误事情。

张矿长：我们在这里开会等他。

……

张矿长：刚接刘矿指示，快速组织人员，下井救援，一个小组从 A 井口下去,带队罗西;另一个小组从 B 井口下去,带队卢森,救人为主,越快越好!

我问会议结束时间咋没写?小马说,会议结束,就是你来之后。井下的人一遍又一遍请求救援,张矿长才安排救援,我们一直在会议室。

我说,补填上结束时间。我递给小马一支笔,小马补填了结束时间——会议结束:下午 14 点 40 分。去把这份会议记录给我复印一份,快去,手脚轻点,别人都在睡觉。

小马出去了。很快进来,手里拿着会议记录复印件。我说,来签个字。小马签了字。我说,好了,去,把卢森叫来。

小马出去了,我说别关门。

卢森来了,站在屋子中间。

我说,坐下说,把门关上。昨天你们下井救援是几点?

快 3 点了。

咋那么迟啊?

一直在会议室开会。张三岩说,等你的指示。啥?这狗日的,他给我第一次打电话,我就马上安排了,迅速救援,咋说是等我?卢森说,他在会上就是这么说的,等你指示再说。

我说着,递给卢森一支烟,问,你接到井下求救是几点?卢森说,是 11 点 40 多,快 12 点了,井下的人说,井下有烟,呛人,咋办?我就给张三岩汇报,是否要停止生产。他和陕西鹤金公司联系了,吵了架。他说,谁谁的请求救援?我说,靳凯说的。他说,鹤金说火已经灭了,没关系,先让干活,看情况再说。中间,运料组的又打电话,都一点多了。我说,咋办?火灭了,井下还是有烟啊,别出事啊。他说我们去看看监控。我和张三岩去看视频监控,监控室内,看不太清楚,你知道,我们这个监控说是彩色的,其实就是黑白的,我们还看见井下的人坐在地上,张三岩还在监控前说,他妈的别拿矿长外甥吓唬人,你是人,别人就不是人?等待救援。

我说,他妈的,就是他这四个字,害死了9个人!包括老子的外甥!

时间已经是早晨7点了,大家都起床了,楼道里人来人往。

卢森又站在当地。我拿起电话,给小马说,马上通知所有中层到会议室开会,你做好会议记录。

我对卢森说,去吧,到会议室开会。你没有什么责任,主要责任在我的身上。

小马进来了,我说,做好会议记录,同时注意做好会议录音。

小马知道我的意思。我塞给他一条硬中华,说,抽去吧,以后估计再也没有了,去吧。他踌躇着,走了。

会上,我说,事故已经发生了,我是法人,主要责任在我,但是,这中间,当班的领导和中层也难辞其咎,现在我们开会,把昨天的事情再澄清一下,也就是说,我们面对面,锣对锣,鼓对鼓,讲清楚事情发生的时间节点和处理措施,以便将来有个交代。

我问张三岩,张矿长,你是几点接到井下着火汇报的?

11点40。

我说,是谁汇报的?

张三岩说,卢森。

卢森,是井下的谁给你汇报的?

卢森说,是皮带班班长常军。我问,他是咋说的?他说,井下着火,烟大得很,忍受不了,请示停止生产,要求撤离。我说,你给张矿长是怎么汇报的?卢森说,我是原话汇报的。张矿长,你接到卢森的汇报时,是怎么处置的?为啥不给我打电话?张三岩说,我当班,我处置,就没有先给你汇报,我和卢森看了监控视频,似乎也没有什么,怕是井下的人想要乘机耍滑头,就暂时让他们等待救援。我说,你明确说了让他们"等待救援"这话了?张三岩说,我给调度说了,等待救援。我说,等到了几点?等了多长时间?张三岩说,刘矿长,你又不是公安,你凭啥这样问我?你的意思这事情就是我造成的?我说,我是矿长,现在还是,我有权利这样问你,这事故就是你的四个字造成的,要不然,从十一点多到两点多,这3个小时里,井下的9个人就不会活活被困死!小马,张矿长在会上说没说这四个字?小马说,说了。

我说,你说得好啊,9个人在井下求救,你让等待,还大骂老子的外甥是人,别人就不是人?这话你说了吗?我有些失控,对张三岩大喊。

张三岩说,你别威胁我,我就是说了咋的?你外甥狗仗人势,啥时候把我张三岩放在眼里,在井下越过作业长给调度打电话,要求救援,我当然不管,咋啦?你姓刘的也别想瞒天过海,老子进去了,你也别想脱了干系。你的一屁股屎还没有擦干净呢,老子清楚得很!

会议基本上算是吵架了。我说,等着瞧吧!

我说,大家各自珍重,同事一场,好聚没有好散啊,是我看错了人,导致了今天事故的发生,对你们都造成了影响,我在这里给大家道歉,请大家放心,我进去了,不牵扯任何无辜的人,但是,有责任的人,一个也不会放过,我把话放这里,老子的外甥打电话求助视为高人一等,就该死!散会!等着吧。

张三岩说,你也等着吧,防毒面具是防毒面具吗?氧气罐怎么没有氧气?你明明知道这情况,逼着3个人下去送死,这责任就是你的……

我点了一支烟,坐在会议室,小马给我端来一杯水,我点了一支烟。我想,还去什么办公室啊,恐怕公安纪检检察院的都要来了。这时,小马说,矿长,嫂子来了。

我回到办公室,老婆一站起来,她的眼泪就下来了。看得出她也是一夜未曾合眼,满面憔悴。我关上门,说,估计纪检监察的人马上就来了,我反锁上门,给了她两张卡,说这上面有钱,密码是孩子的生日后六位,抓紧处理。另外,这是几张借条,都是别人借我的钱,你回头催促要回来,辛苦你了,把孩子带好,等他明年高考完之后,上了大学,你就多考虑考虑自己。把这个U盘存好,以后仔细看看内容,有用处,有证据。穿上这工作服,赶快回去。照顾好姐姐姐夫,谢谢你了。我这次一定会进去的,说不定还要牵扯很多的事情,你好自为之。

老婆说,你,你放心,不管怎么,我会照顾好家里,别再胡说,我等你出来。老婆是个中学教师,知书达理,这事对她来说虽然是有点大,但是,面对我的安排,她还是镇定有加。

我扔给她一套工装,让她穿上,她穿衣服的时候,我想起了会议记录的复印件和录音,我急忙出门,从办公室小马那里要来这些东西,交给老婆:"这是重要的证据,你拿着,以后,这些东西有用,你回去慢慢琢磨。"老婆装好东西,抹了一把眼泪,出门走了。

我的门敞开着,将一条软中华摆在桌面上,我在等待纪检前来调查。

有人敲门,我下意识站起身来,是食堂的管理员端着早餐来了。我说谢谢你的关照,老钟,以后恐怕也吃不了你的早餐了,今天算是最后一餐吧,谢谢!关照不周,请多包涵。

老钟说,谢谢你的照顾,你不要愁,责任有当班领导。矿长,你也是个大男人,拳头上立马的人,怕啥,该吃吃,该喝喝——

我说,好,我吃,你等一下。我从抽屉里面又取出一条中华烟递给他,说,拿着,去忙吧。

我刚吃完饭,纪检、监察、公安部门的人就来了。开会宣布,从现在起,矿山全面停产接受整顿,所有中高层领导暂时停职检查,接受组织调查,所有人员原地接受调查,未经纪检监察部门允许,不得迈出矿山一步。

接着,单独谈话,他们一行6人,坐在我对面。我详细地叙述了整个事故的过程。他们说,你仔细考虑,慎重真实地写个材料,不得有半点虚假,否则承担刑事责任。我说,我懂。

十

当晚,我心里郁闷极了,尤其是易小妹正式向我们提出,要从筱的丧葬费当中扣除食宿费用,我气愤难当,在充满烟雾的空气和铁黑色的夜里,我迟迟无法入眠,写了一封长信。

致阳钢的第一封公开私信

尊敬的阳钢:

您好!之所以给您写信,是因为您是国企,是由国家资产组建的企业,有国家的内涵在其中。作为一个普通公民,我的外甥王筱在贵公司8月16日火灾事故中,为了抢救贵公司的9条鲜活的生命和贵公司无计其数的财产安全而付出了宝贵的生命!丢下了一岁八个月的儿子,丢下了没有收入来源、身患心脏病的老母,丢下了身患多种病症的父亲,丢下了没有职业的妻子,光荣牺牲!一切都在意料之外。

他的父亲母亲因过度悲伤住进了医院,他父亲心脏主动脉有堵塞、颈部动脉堵塞,心绞痛现象时有发生;母亲心脏血管循环回路不畅,已属陈疾;妻子王桃痛不欲生,两次割腕。三方亲友闻听这惊天噩耗后,从四面八方赶赴阳关,丢下手头的农活、工作、家庭,陆续前来为这个不幸的家庭送上抚慰。

  为了不耽误亲友的宝贵时间,8月21日下午,我们三方亲友召集了临时会议,决定留守人员12人,其他人员暂时陆续返回各自的家乡和岗位,并提出为他们登记购买返程车票。

  令人悲伤和不解的事情在8月23日下午发生了,负责我家的工作人员转告了公司意见,告诉我,我们家的来人最多,食宿花销自然最大,公司对这一块有标准,超标部分将从逝者的丧葬费中扣除!

  我家来的人固然很多,最多一天达到40多人,食宿的确是有花销,我家的穷亲戚也多,但是他们当中却没有一个乞丐,他们都有自己的生活,都在忙碌自己的生计,如果没有这天塌地陷的事故,没有这失去自己亲人的感同身受的悲伤,他们没有时间来这里"混吃混喝"!如果贵公司有足够的能力保护好自己的员工,我们的亲友万万不会浪费自己血汗换来的有限财力,不远千里跑到贵公司来要饭借宿!

  尊敬的阳钢,贵公司是一个庞大的运行机器,但是,这机器的部件依然由包括王筱在内的人构成,如果您的成员都懂得一个社会是由人和人的感情构成的这个道理,那么,请您停止这些损害国企的言论!如果您还将坚持,那么,我们所有的亲人将离开阳关,请您以国家的名义和从人性的角度照顾好王筱的父亲母亲和他的妻子,照料好他不到两岁的孩子,妥善处理好王筱的后事!

  尊敬的阳钢,祝您安好!

2016年8月24日

  次日早晨,睁开眼睛,我又想起这件令人气愤寒心的事情,躺在床上,打开文件,又做了反复修改。站在阳台上,对着阳关阴郁的清晨,抽了一支烟,吐掉了心中难以化解的郁闷,去了医院。

到医院,问候了姐姐姐夫后,将那封信交给姐夫看,再交给筱大伯看。后来以短信形式发给阳钢的董事长,看他们是什么反应再说。

孰料,早晨起来,桃儿和外甥们发现了一个奇怪的情况:渭水县北寨镇的追悼会内容在微信上被屏蔽了!谁在节骨眼上能有权利这么干?我想这肯定是阳钢干的,这是卑鄙无耻的行为!

正好易小妹涂着血红的嘴巴从远处走来。我当即在楼道叫住易小妹,问,这是咋回事?她当时也不知道情况,被我问得云里雾里,我说,请你转告你们的领导,要是阳钢屏蔽了这个悼念的微信,我现在就准备好了一封信,给你们审查,审查结束后,当即在我的新浪博客发表,随后在微信转开,你们删吧,我看看你们能删多少!我还有9篇文章都写好了,等着你们删!

我随即将昨晚写好的短信发给了易小妹,我说,转给你们的董事长,一定!务必!否则,你承担不起这个责任!

易小妹急匆匆地走了。

很快,她又回来了。她肯定是去打电话了,在核实了情况之后,回来对我说,他舅舅,微信不是我们屏蔽的,请你不要误解!我问了我们的李书记,他说肯定不是我们,我们为啥要删呢?这个追悼会本来就是对我们阳钢人的首肯啊!是树立阳钢员工形象的好事情,我们咋能删了呢!请你放心,这绝对不是我们删的。

那是谁删的呢?一切诡异的事情和苗头,让我们没有了安全感!

窗外,一棵树枯萎了,光秃秃地立在院内茂密的树丛中,形销骨立,凄凉不堪。

说实话,易小妹解释过之后,我也觉得自己太过激动,仔细想,他们说得对，我也相信这微信不是阳钢删的，他们没有理由删去这个微信。

我说，我给你们阳钢的那一封信呢，你们领导是怎么回复的呢？易小妹说，我们领导说，他下午给你打电话沟通这件事情。

下午三点多，我没有等来阳钢的沟通电话，倒是等来了一个意外的电话，是我单位的副总经理。他知道这事情，正是我在来阳关的路上。8月17日早晨9点左右，我给他电话说了大概情况，一则向他请假；二则，给他说说事情的大概。他说，你赶快去把事情办了，这么大的事情发生了，暂时别操心单位的事情了。单位这点事情，暂时可以推一推。他明白这事情的大小。他在电话里问事情现在咋样了，有什么情况等等。他的来电如一束亮光，让我暗淡的内心略有暖意。我略略向他述说了事情进展。孰料他话锋一转说董事长让我给你打个电话。我心里一惊，董事长让他给我打电话，这是什么状况？我马上想到，此前单位搞竞聘，我就是参加竞聘者之一，是不是有什么好事要告诉我，因为我不在单位，是不是按照程序，需要谈话之类的，这也属正常啊！再者，董事长关心我这事，又是多么令人感动。老总说，董事长在国外，此前阳钢方面有人给他打了电话，他不方便给你打电话，让我给你说一下，你在阳钢那边，处理事情不要过激，言辞也不要过分，要稳妥处理，他们阳钢这边说，他们会在法律法规允许的范围内尽量满足你们家属的诉求。我说，老板，我知道我们都是国企，但是，作为一个家属，我的亲人走了，一个独生子，小孩只有一岁多，现在不让我说话，我还是他舅舅吗！再者，我只是在这里向他们表达家属的诉求，阳钢连起码的申报烈士的事情都不做，死者岂不是白白送命了！他可是为救人而死的呀！老板没有多说，只是说，你把握吧，这事情属于你自家的私事,该怎么做,你自己应该知道,我只是转达董事长的意思。我说,我知道了,只要他们尽可能满足我们家属的要求,我知道怎么做。

我知道,阳钢的董事长是按照官场游戏来玩了,好吧,我陪你们玩!我随即写了一段文字,发给了阳钢工作组的易小妹。我发给易小妹的是截屏,免得信息传达失真。

尊敬的阳钢董事长:

您好!我已收到我单位董事长的来电,意思我也理解:不要发表激烈的言辞,不要做出过激的行为。你们会在法律法规允许的范围内尽量满足我们家属的诉求。尊敬的董事长,我家的一个亲人没有了,一个家庭最重要的一个支柱倒了,这个家庭现在面临着什么,您应该清楚!这人是为了救您阳钢的9条人命而死的,这个不争的事实想必您会承认吧!既如此,我们的请求就是申请烈士,在阳钢范围内(也在法律法规的范围内)给死者以应有的荣誉和奖励!另外,今早我发去的"致阳钢集团的第一封公开私信"不知道您收到否?还请答复。

王筱的舅舅于即日

我特别叮嘱易小妹,这是给你们董事长的,请你务必尽可能快捷地传递到他的手中,不要让过多的人知道,否则,有些责任你承担不起。你只是工作人员,我不给你惹任何的麻烦,这是官场,跟你没有关系,你明白我的意思吗?易小妹说,谢谢他舅舅,我明白。说着,她低头看着截屏,匆匆走了。

下午五点多,王部长的电话来了,说:"老兄,领导让我跟你聊聊,说说情况。一个呢,是你早上那封信的事情,说实话,我们也不想有这样的情况出现,更不希望大家来这里食宿,你说的都有道理。事情既然发生了,我们积极安排家属食宿,这本来是我们的初衷,后来说实话,也不是想要扣去你们的丧葬费,老兄,我们是老乡,你也相信我,说实话,我们也不会那么做的,只是这12家,人多啊!你懂得我的意思吗?""人多,吃得多啊!"我故意说。"不是,老兄,人多事多!""我知道了,人多事多,是怕我们联合闹事,对吧?""总之,人少一些,事情肯定少一些。""我不是那种鲁莽的人,闹事顶啥用?拉横幅、静坐、堵办公楼,这些手段都太陈旧了,而且我还不屑去做呢!"我说。"所以嘛,这件事情就算给你答复清楚了吧?""照吃照住。""嗯,行吧!另外,领导也说了,你们现在正式考虑一下,有什么诉求,现在也该提了,我们尽量满足,尽快解决事情,也好让死者早日入土为安。"我说,可以,我们商量一下,给你们一个确切的答复。

当天晚饭后,在夜色掩盖下的宾馆内,我召集了家里的重要亲友筱大伯、桃儿和她爸,还有我和姐夫共同商量的我们的诉求问题。

这是第七天。

最终,我们提出了以下要求,我会后写成文字,深夜发送给了桃儿、亲家、筱大伯以及姐夫。

尊敬的阳钢公司领导:

以下是王筱家属的主要诉求:

一、王筱在危急时刻,挺身而出,为抢救阳钢的9条生命和财产,见义勇为,舍己救人,光荣牺牲,本着抢险救人而献出生命的客观事实,家属请求阳钢集团在公司内部通报表彰,授予舍己救人英雄称号。在此基础上,公司应持续协调、推动、落实烈士证的申报工作,直至申报成功。

二、除法律规定的补偿金及公司保险之外,申请困难家庭救助金总计51万。

三、申请阳钢承诺王筱孩子王梓哲长大成人后安排在本企业就业。

以上诉求请予答复。

王筱全体家属
2016年9月2日

在失去一条人命的悲愤中,我们希望得到筱应有的尊严和荣誉,以及相应的物质补偿。

我们在迷失的井巷中找到了一条貌似正确的选择,是他应得的荣誉。生命无可挽回,看似唯有荣誉可以止损。

K

这是应该的。活该。会后宣布,我被"双规",我被控制了。

手机被收走,我的自由是两间房:办公室和会议室。工作暂停,写调查材料。

第一天,我写得很顺畅,我在哪里,几点被告知事故发生,几点赶到矿上,几点开会,几点赶到现场,几点指挥下井救援,几点救上谁,直到最后一个人,被拖上来为止。

下午五点,事故调查组的人来了,专门找我谈话,说是了解情况。

调查组的组长姓高,叫高白塔。这人我认识,是个好演员,在几次安检会议上见过他,他会装,装得很像,他扮演的角色就是没架子的官员,亲民、随意、不摆谱。

他介绍了调查组的成员,什么省纪委的处长、省安监局的处长、省公安厅的处长、省民政厅的处长、省国资委的处长、省工信委的处长等。接着说,事故已经发生,刘矿,你也要想通,不要折磨自己,我知道,这些死者当中,还有你外甥靳凯,我很理解你的苦衷,你也要想通,事情还得处理……听了他这话,我忍不住了,我恨自己,咋就那么懦弱,那么无能,那么丢人!我抱着头,浑身颤抖。

他们呆坐在一边,好久。我极力安静下来。

他说,你把材料写好,认真写,主要把事发原因,你在事故中的责任,矿上每个人的责任,包括死者的情况,都写清楚;不要有任何隐瞒,该想的都要想到,要全面,有重点,写扎实,提交上来再说吧。

我说,材料晚上写好上交。他们同意。晚上,我将材料一式两份,一份提交纪检,一份提交调查组。

次日一早,调查组的一位单独约我到会议室,指着这份材料说,你这材料不完整,难道股份公司的领导没有指示安排?你也没有请示汇报?难道事故所有救援是你和李总两个人指挥完成的?都啥时候了,还想贪功?明白点,你的材料里,多写写别人的好,这对你以后有利,否则,这事以后谁替你说话,这是领导对你这材料的意见,你看,好好修改,总而言之,你要为自己着想,别再想着邀功,这次事故你是一把手,难辞其咎,就看后续对你的处理,是轻还是重了,啊,好好想想,仔细写啊!仔细修改好,我下午来取。

刚刚被这位一番开导,接着又是纪检监察部门的来了。

同样是在会议室,我才知道,他们已经入住这楼上了。来者40出头,男人;另一位看样子30多,不到40岁。前者说,今天,你把有关陕西鹤金公司,所有你知道的情况,如实写出来,尤其是徐大江的情况,全要写出来,有多少写多少,知无不言,言无不尽。

我说,他就是个流氓。那男子说,好,你说他是流氓,你有啥证据,都要写出来啊,这就叫材料,才叫人信服啊!我说,和事故无关的也写吗?写出其他,可以作为立功表现,看你写不写,不写也可以。我明白了。我答应,我会认真写出来。

我早就盼望这一天,谁知道是这么一天。但是我还是要写出来。

徐大江,他原本是无业流民,我清楚,他和阳钢原董事长马震是老乡,他这个老乡帮马震私下干过一件事,就是将一名律师的耳朵割掉了。这律师当时正在调查马震。马震出事前,为所欲为,将公司的大部分财产转移到北京,我还亲自给他押运过一批货物到北京。这位律师调查马震,是因为有人指使。而割掉律师耳朵的事情,就是徐大江干的。徐大江从北京回来,马震亲自为他接风,我也参加了接风宴,那是30个人的大酒桌,马震说,大江,我的好兄弟,从首都北京回来,这次回来,我兄弟给我带了一样好礼物,大家想不想看啊?大家都说,看看看。当时,马震说,要看,都把杯中酒喝完。把所有酒杯子都倒满。那是高脚杯,倒的是白酒,满满的。我清清楚楚记得坐在马震边上的一个美女,是股份公司下属厂里的,长得不错,身材也很好,也把那杯酒喝完了。马震说,来来来,一个一个来,来一个,喝一杯,看一下!这个奇妙的东西,首先请美女,喝完那杯酒!那美女真的一饮而尽,真佩服她的酒量!那一杯正好四两。马震说,过来。徐大江将那锦缎盒子抱到了马震桌子前,小心放下。美女已经趄过身子,靠在马震身上。马震笑着,猛然打开,那美女看着看着,眼睛呆滞,面色由喜而惊,接着,捂着嘴,向厕所跑去了。我大概是第五个,前面几个看过后,脸色苍白。一个个乖乖地耷拉着头,回到座位上,一言不发。我走过去,端了一杯酒,站在马震身边,仰首喝完。马震说,刘矿看了别胡说啊,我说放心,董事长,徐大江给我讲了。马震说,都是自家人,没事,看看,这就是那宝贝!我看见一只耳朵,粗大的耳朵,还有血迹,连着黑色的血肉丝儿,躺在红色的锦缎上面。我早就知道这回事,并非特别吃惊。我说,董事长,你能保证这就是他的东西?马震说,大江,过来。徐大江快步走过来,马震说,这是谁的?徐大江说,您看看这个照片,就知道了,您是不信我啊?!那好,看完拜拜。徐大江没好气,大家看在眼里。马震没有特别计较,偏着头看拿手机。徐大江打开手机,翻开照片,照片上一个人侧着脸,一把刀正对着他的耳朵,刀上有一点血迹。接着,又翻出一张照片,那人捂着脸,躺倒在地。哈哈哈——马震笑得很清脆:敢动老子头上的土,他不知道马爷有3只眼,好!兄弟,来,我给你敬一杯!道歉!感谢!马震说着,满饮了一大杯白酒。

他说,兄弟,谢谢!规矩我懂,你也要懂!兄弟们,跟我干,就这,有福同享;不跟我干,也是这,下场悲惨!

徐大江说,还有个东西,您要看看,作为纪念——徐大江从衣兜里面掏出一个小东西,猛地摆在董事长的嘴前,笑着说,吃了它,哈哈哈——

马震吓得向后躺在了椅子上,说,你他妈的干啥,远点!徐大江说,董事长也有害怕的时候啊,哈哈,别怕!

马震说,老刘,怕啥呀,接着——我硬着头皮接着,凉凉的,似乎软软的。后来才知道,人为啥称玉为软玉!

马震说,你他妈的这是要加价啊!你胆子不小啊!徐大江。

徐大江笑嘻嘻地说,董事长,你看走眼了,这是玉石,叫肉玉啊,您怕它?说着,从我手里接过去,徐大江站直了身子,将那玉石耳朵高高举起,说,大家看清楚了,他用一把铜勺子敲了一下,叮叮当当发出清脆悦耳的声响来,这声响当中,我的确又听出了别的什么,浑浊、黑暗、无序、残忍。徐大江说,知道这是什么了吧?这叫肉玉。和肉一样,不贵,一百万!谁要?现场拍卖!

董事长狂笑,哈哈哈——你小子,吓得我们美女都跑了,快来,小妹,你看看,吓得你,玉石吓跑美人,真是天下大笑话,哈哈——

美女这才过来,小心翼翼地看着那耳朵,摸索了一下,才笑了:吓死我了!

"你们这帮子怂货,见了个玉石耳朵,就吓成了这样,叫你们长个见识,看把你们都吓成什么了?喝酒——"董事长笑着说。

大家传看着那只玉耳朵,都发出惊讶的感慨,后来,马震出事被双规后,大家才知道,前面看的是真耳朵,的确是那律师的耳朵。

此后,我和徐大江认识了。他仰头喝了一杯酒,亲口告诉我,阳钢马震董事长给了他100万,买走了那只玉耳朵。我知道是咋回事。这都不在话下,他此后就是马震的保镖了。只要马震出阳关,都有他在身边,无论是私事还是公差,都少不了他。马震此后被调查,就是因为那位律师的哥哥动了真格的,他派人盯上了马震,将马震的许多证据都掌握在手,而徐大江正是出卖马震的人,他把马震的重要信息卖给了那位律师的哥哥,律师的哥哥直接向中纪委反映了马震受贿行贿、跑官买官、勾结黑社会等事实,实名举报后,马震被一举拿下。徐大江当时替我给马震说过话,我的意思是,想通过他,给马震说说,提拔一下,马震也答应了。谁料到,还没来得及提拔我,马震就倒台了,我的事情也就搁置了。我只好依旧乖乖待在采购科。我他妈的只能在这倒霉的岗位上一干就是十多年。但是,徐大江掌握着阳钢更多人的秘密,在位的很多人的秘密。其中,他知道这律师是谁指使的,背后的人是谁。这也是我所关心的,我一直想知道这件事情,像一个重大的发现摆在我面前,我见了他就想知道这事。有一次,我俩都喝大了,我搂着他的肩膀,我俩的身边都是小姐,我敬了他一杯酒,附着他的耳朵,满嘴酒气,说,兄弟,告诉我,是谁指使那个丢了耳朵的律师调查马震的?他说,许正山!所以,许正山来了。徐大江在得知大沟矿要修建支护架工程时,他问我,总共计划多少。我说大概500万。他说他要干。我说我做不了主,你得找上面的领导。他就去找了,不过,他说过,只要上面同意,不许我阻挠。我答应了。这工程顺利到他手里了,标的800万。他的前提是这工程不接受我们管辖和监督,他说得很清楚,我们哥俩可以喝酒,但是工程质量不让我插手,这是他的事,建设完毕,验收就行,其他与我无关,让我只管给他拨款就是。我一肚子火啊,你他妈的什么东西,老子还好歹是早年的专科生,也是上过两天学的,你这二毬,当年在阳关街上耍流氓偷盗,无恶不作,进过几次班房,谁人不知。你不让我监督,我还是甲方吗?我无可奈何,就这样一个二毬,我知道这工程质量有问题,就是不能管啊,我派安全科的人去检查,他的人理都不理,霸气十足地说,跟你们没关系,滚开!为此还差点和我的人打起架来。这样,这工程基本是失控的。股份公司领导知道,这是谁的决定。徐大江说,这工程由股份公司安全处管理,是许正山亲口说的,谁不信就去找许正山。我也落实过,股份公司安全处是这么说的。

8月16日中午,我和徐大江在一起吃饭喝酒,他明明知道井下着火了,他却接完电话关机了。只管吃饭喝酒。他知道事故发生,井下人员求救,矿上的张三岩打电话来找我的时候,我才问他,他说他知道这事,火早就灭了。在一起回到矿上路上,他还骗我,说他的人早下井救人了,没事。接着,我打电话就找不到他了。在这场火灾中,徐大江有不可推卸的直接责任,他是施工方的负责人,也是隐瞒事故的责任人。

十一

　　第八天,天还是阴的,灰色,暗淡,无情。空气中依旧飘荡着令人窒息的烟味,充斥着我的心肺和大脑。

　　我以《八月》为题,写下了一首诗——

> 八月像一座从天而降的雪山
> 横在十六日深夜
> 我从暮秋的清晨惊醒
> 不相信你这娃子
> 敢和我开这天大的玩笑
>
> 惨白的八月落在我的双鬓
> 渗透了每个脑细胞
> 我如河西走廊的秋雾
> 茫然失措
>
> 八月像我的骨肉
> 冰封在棺

微笑依稀

却成往日

我的孩子啊！九月是你吗？

蓦然浮现的笑脸

羞涩胆怯的呼喊

多变难握的手

　　早餐后，易小妹通知，下午调查组要见你们家属，只见一个人，时间是两点。我说那好吧，就让桃儿去吧！易小妹说，不行，你舅舅不去，这事情咋行？还是你去吧。我说，桃儿是这一家的主人，她不去，我去了恐怕没用。具体谈什么？易小妹说，我也不知道，调查组是独立调查，我们根本掺和不上，他们问什么，我们根本不知道。

　　下午两点，我和桃儿准备好了，一起去。易小妹打来电话说，等一下，上一家谈完了让你们随时过去，请你们做好准备。两点半，易小妹打来电话说，可能到三点了，上一家还没有谈完。三点，我和桃儿过去了，易小妹说调查组只见一个人。我说那我就不去了，让桃儿一个人去吧！易小妹说，那怎么行！那就去吧，两个人去吧！

　　我知道，易小妹是怕桃儿有过激行为，她担不起责任。上次桃儿在医院割腕已经让每个人都心有余悸。我也知道，这是他们在耍我们，是怕两人一起说话，他们恐怕不好对付，他们是完全把我们当作对立方在处理的，我心生悲凉。我知道，主持这次见面的人恐怕不是个好说话的主儿，有一股子邪气，那股邪气里带着一种味道，能把人熏死的石头燃烧的味道。我能感觉得到。

我和桃儿进了门,有4个人坐在会议室正面的椅子上,一排。坐在中间偏左的一个人说,你们是哪一家的家属?我问,你们叫的是哪一家?问话者说,我们也不知道,因为来人的顺序是工作组安排的。我说,我们是王筱的家属,这是他的妻子桃儿,我是他的舅舅。那人说,我介绍一下吧,这是我们安监局的局长高白塔,高局长,也是这次事故调查组的组长,我是纪委的杨处长,是这次事故调查组的副组长;另外这位是检察院的李处长;旁边这位是安监局的范处长。高局,你说吧。

每个人都正襟危坐。高局长坐在中间,说,这次事故发生得特别突然,给你们家庭造成了巨大的损失,我在这里向你们家属道歉。今天呢,见你们也是想听你们的想法,有什么诉求尽管提出来,我们能办的尽量督促阳钢办理。我本人也是吃抚恤金长大的,我深深理解你们的处境。孩子多大了?桃儿说,一岁八个月。高局长说,比我那时候还小!没办法,事已至此,你们也要节哀,把后面事情尽量处理得妥帖一些。桃儿擦着眼泪,极度悲伤。高局长接着说,我就是吃着抚恤金长大的,从一开始的3块钱,后来又涨成了5块,一直吃着抚恤金长大的。16岁那一年,有一次机会可以去当工人,结果,又被村上的另外一个人顶替了,我只好上学,好在高中毕业考了学,好歹才有了一份工作。高局长说这些的时候,旁边的人都极度的震惊,似乎他们都不知道高局长原来也是单亲家庭出来的,也是吃着抚恤金长大的。

听了这话,我心里好受多了,想必桃儿也一样,想必这位高局长此时此刻最能理解我们家属的心情。

我喝了一口热水。

高局长说,你们说吧,有什么诉求,尽量说。

我说,这样,局长,我听了您说的话,很真诚,也很感人,我们家现在正面临一个问题,就是为筱申报烈士,让这个一岁多就没爹的孩子吃上抚恤金。这么小的孩子,正如您当年,这孩子将来长大了,我们得给他一个交代,他爸爸是救人死的,不是干了什么见不得人的事情;是光荣的,是英雄!另外,我们需要给死者本人有个交代,还是烈士证!他是救人而死的,是为了救阳钢的 9 条生命而死的,不认可救人的行为,他死不瞑目。

局长说,对,这事情,我赞成,但这需要一个过程,你知道,这需要等事故调查报告出来,就是对这次事故最权威的调查报告,出来之后,要提交到省上审议通过,最后再提交到国家安监总局,最终才能正式对外公布。就这么一个程序,我想你们都理解。烈士证的事情,我尽量协调,等事故调查结束,我亲自和民政厅协调,尽量满足你们的诉求。我会尽力而为。

高局长说的话很坦诚,令人信服。接着,他问我们还有什么诉求,我说姐姐是心脏病,姐夫在前两天在阳钢医院感觉不适,心脏沉闷,结果一查,心脏主动脉粥样硬化,颈部大动脉粥样硬化,肾上腺结节,这些都是致命的病灶啊。还有,姐夫的血压偏高,第二天他的血压就飙到了 180!他的血糖也高,这都是阳钢医院做的检查。鉴于家庭的这种情况,我们想要申请困难家庭救助金,同时,我姐姐没有工作,儿子又是独生子,出了这样的事情,对他们的精神打击无以言表,因此申请一定的精神抚慰金。另外,孩子还小,家庭情况确实不容乐观,我们还想申请未成年人困难救助金作为他将来成长的物质保障。

高局长听完,他对桃儿说,这样吧,你现在没有工作吧?桃儿说没有,在打工。高局长说,你这个舅舅,你先要想着给你的外甥媳妇在阳钢安排一份工作,生活有保障,这才能拉扯孩子,这个我尽量协调阳钢,做得好一些;另外,这孩子这么小,你是不是考虑阳钢承诺将来成人后给孩子也安排一份工作?当然,20年以后谁也说不清楚,阳钢是什么样,你们家的孩子是不是愿意来,都不好说。但这也是一种选择,给孩子多留一条路。好不好?我一听高局长说的这话,心里大为温暖,我说,局长,你这话让我们心里很温暖,有你这话,我们心里也好受多了。高局长说,你们好好考虑一下,这也是我的建议,你们的这些要求我们尽量满足,只要是合理的诉求,在法律法规范围内的,我们尽量协调。也请你们尽量化解心头的痛苦,有什么想法,尽可能提出来,还可以再想,想好了,你和我们局的石浦联系,他随时都可以和你们沟通。

我们点头答应了。他说,那就这样吧,后面还有人家在等着,有啥以后和石浦联系。我们出来了,内心里是千恩万谢。

只是出门后,外面也没见别的人家啊!

太阳从阴云的缝隙露出了一片残光,虽弱,却温暖人心。

后来,和其他各家联系,谁家都说没有见过调查组的人,更没有人让我们见调查组。其实就见了我们一家,估计是考虑我们家的"特殊性"才见的吧!

下午四点和桃儿正在一缕阳光下商量我们诉求的事,说实话,我们都觉得和高局长见面后,他说的话的确很真诚,如亲朋好友在一起为你出谋划策一样;我跟桃儿商量,高局长说的也对,是否考虑去阳钢上班,毕竟是国企,是有保障的,虽然说眼下阳钢不太景气,但行业大环境如此,钢铁行业毕竟是原材料,是刚需的,行业不景气,是暂时的,但绝对不会长久的,国家会对这些大的国有企业和这个行业有一些扶持和调控,前段时间不是已经在整顿钢铁行业嘛,不就是关停并转嘛,为的就是给国企一条生路。桃儿说,她本来就不想要这工作,一则,阳钢已经成了她的伤心之地;二则,她也不想让人说她用男人的生命换了一份工作。我说,也未必如此,筱走了,他能给你换一份工作,对他来说,肯定更加安心,他还求之不得呢,除此之外,还能换来什么呢!桃儿似乎也有点想通了。另外,天天还小,但是,高局长说的对,无论20年后如何,这也是一条出路,谁也说不清楚未来是什么样,但是,现在可控的事情不做,就是失去了眼下的机会。桃儿同意我的看法。正此时,桃儿的姐姐娟儿打来电话,桃儿接完电话,马上气得骂起来:这女人简直就是个长舌妇,就是个是非虫!她就是挑拨离间!我问咋啦,她说,她姐打电话过来说,易小妹过去给她爸妈做工作,说让他们要为自己的女儿着想,不要听旁人的话,你女儿还小,将来还要生活,别人说话都是为了人家考虑事情。桃儿说着就要上楼找易小妹理论。

钻天杨树上的一只鸟儿哀叫了一声,惊飞了。

她转身就走,我在身后。上医院三楼,易小妹还没有来,估计正在回来的路上。我也没在意这些,进了病房,给姐姐姐夫说了和高局长见面的情况,商量我们的诉求。正在说话当中,我听见楼道里有人吵闹,走出去,只见拐角处围满了人。我走过去,在对面的楼道里,桃儿和易小妹在说着什么,似乎在争吵,我急忙走过去,问咋回事。易小妹说,这几天我也没有去看望过桃儿的爸妈,下午你们去见调查组,我正好有空去看望了一下她爸妈,你听她说,我说了什么?我只是去安慰他们,这也没有什么不对的啊!桃儿说,你说不要让我们听旁人的话是啥意思？我没说这话啊！易小妹急了。我说，易组长，你也口口声声说自己是阳钢的中层干部，就凭你在别人那里说的这话，我实在怀疑你的人品，你这哪里是在做工作，你这分明是在挑拨离间，搬弄是非，说不好听些，你就像是一个农村的长舌妇！你说说，谁是外人？你指的是我对吗？我是外人，你是桃儿家的人？你这么做，脸红不红？你上过学吗？你老师和家长是这样教你做人的吗？易小妹被我揭露了真相，恼羞不堪，蹲在地上大哭起来！一边哭一边说，自己也是四十五六的人了，咋会那样说话！她冤枉啊！我递了个眼色，叫桃儿走了。我接着喊来了副组长石主任，我说，你问问她这是咋啦，实在不行让回去，不要在这里骚扰我们，我们有啥事情直接找你好了！易小妹一听这话，急忙又哭着说，对不起，这些天她的压力实在太大了！不怪任何人。我说你要怪也行，就怪我吧！我说，我叫桃儿姊妹两个去找你们领导问一下，你工作组就是这样做工作的吗！易小妹立即从地上站起来，擦了眼泪，说这是误会，谁也不怪。我也说，那好了，你也别在这里哭闹，让别人还以为是我们欺负了你；再说，你是工作人员，做你该做的事情吧！我也不给你领导说了，也不给你添麻烦，但是你也记得，以后这样的事情可别干了。

易小妹消失了。

下午晚饭前，石主任拿来了市民政局的回复函，大意为他们已经正式受理了这个申报材料，他们将等待事故调查报告出来之后，再进行初审。

我看着这个回复函，适才郁闷的心情略有好转。不管怎么说，有了这个回复函，说明了一个问题：阳钢正式给他们3个救人者申报了烈士，阳关民政局也正式受理了此申请。

我立即想到了在媒体发布这个消息。晚上,我躺在床上,急忙草拟了新闻稿,向媒体发出去;同时,将阳钢申报烈士的材料和阳关市民政局的回复函截屏一并发了去。

L

事故调查组的打来电话,我一听就是那个年轻人,底气充沛,虽然口中称我刘矿长,但口气强硬,问材料修改的情况。我说很快吧,纪检上也要材料,我正在弄。需要我们来配合你吗?他说。我不知道他所谓的配合是什么意思,但我听这口气就有些慌乱,我急忙说,这就弄好了。我在材料中加了李总和我几次请示董事长,以及我听到的董事长如何指挥安排等等有关事故的处置措施。修改好了,我给办公室说,材料写好了,请你给调查组通知一下。调查组的人来了,当场看完,将材料"啪"一声拍在桌子上,我吓得像个皮球,几乎弹起来。

来者还是那个年轻人,他梳着背头,一丝不乱;脸色白净,看来他休息得很好,精力养得很足。他说,你只是加了你们董事长的材料,这远远不够,你也是50多岁的人了,有些事情还需要我在这里教你吗?难道只有你们董事长指示了?我们安监局呢,没人管吗?当天下午接到通报,我们局长当晚就从兰州赶到事故现场,你难道不知道?还有,主管安全的副市长也是一并到来的。就在现场指挥救援,这些为啥不写?我问,他们来了吗?他怒视着我,说,你是说,他们没来?我说,不是,不是,我在现场咋没有看到?那年轻人说,你没有看到,就等于他们没来?我也在现场,我都看到你了,你咋就没有看到呢?你这是要否认市上领导不在现场?那好,看看这报纸上的消息,你就知道了。

我接过报纸,上面果然赫然写着:8月16日,阳钢股份有限公司大沟矿发生严重火灾,造成现场被困9人死亡,3人因指挥失误,盲目施救而牺牲。当晚,副市长曹溪路,安监局局长高白塔紧急赶往事故现场,指挥救援。

我愕然,我怎么也想不起事发现场还有这些领导,我清清楚楚明明白白,那个漆黑的夜晚,大沟矿的上空飘着冷雨,夹杂着呛人的烟雾,现场人员屈指可数,我们孤立无援,只有本单位的人在现场救援,哪有市上领导啊!现在怎么突然说,市上领导就在现场?我说,我没有见,但是我明白咋回事了,我写。这期间,我一直在思考,他们既然来了,几点来的?几个人?不写这些,就等于谎言,写了这些是更大的谎言;即便写了更大的谎言,现场工人们都清楚明白啊。既然他们在现场,怎么又说因盲目指挥,导致救人者3人死亡呢?他们反过来再追究我的责任可咋办?我突然心生一计,既然非写不可,看来是躲不过,何不原文照搬呢!我按照报纸上的消息,一一写上,一个字也不多,一个字也不少。我想这也是将来的证据。

果然,他们对材料没有意见了。领导到现场的事满意了,他们不再追究了。那年轻人接着说,我看你是鸭子煮熟了嘴还硬,陕西鹤金公司呢?我写了啊!你写陕西鹤金公司的徐大江说,他们派人下井救人是谎话,是骗人的,有依据吗?我说这个我也不知道,反正从A井口我确实没有见到他们的人。你没见,他们说的就是谎话啊?你这是要吃亏的,要吃主观臆测的亏!他的救援人员还在医院抢救呢,你咋说他的人没有下井救人?

我蒙了,我万万没有想到他的人真的下井救人了,如果下井,他们肯定是从C井口下去的,这个我确实不知晓,我错了。知道错了就好,抓紧改过来,现在还来得及,要是正式提交上去,你这是编造证言证词,要罪加一等,你是想把牢底坐穿啊!

可是,这个我也没有亲眼见啊!既然他说陕西鹤金公司的人都在医院急救,那说明他们确实是去救人了;可是反过来想,如果是这个年轻人诱导我呢?我不是又在编造证言证词吗?到时候洗也洗不干净了。

那么,这个年轻人究竟为什么要向着鹤金呢?他认识徐大江?还是认识鹤金背后的人呢?徐大江曾经说过,鹤金的背景吓死你,你还是别问了。这么说,这年轻人如此袒护鹤金,说明他的背后另有他人指示。是谁呢?这年轻人是哪个单位的呢?

为了搞清楚真相,我让办公室的又叫来了那年轻人,假装询问材料中写单位还是个人,就是写徐大江还是陕西鹤金公司?那年轻人不假思索地说,当然是鹤金了,他徐大江算啥,他能代表鹤金?那是企业行为。我说,你们单位有个处长,叫卢福海,不知道你认识不?那年轻人说,卢福海,没有这个人啊,还处长呢!我说,你不是省纪委的吗?那年轻人说,我是省纪委的。

细思极恐,我不禁吓出了一身汗,吓死人呐!

既然如此,我看,我的外甥真是草芥一根,死不足惜,他的小命和鹤金的利益比起来,简直不值一提。他就是一块石子儿,一块矿料,最多是一块燃烧的矿石,算什么呀!呜呼!

咋写啊?我想来想去,心生一计:强烈要求见调查组的那年轻人。见了年轻人,我装作特别激动,我对那年轻人说,同志,我有一个请求,你一定要答应我,你可以监视我做这件事,但是你一定要答应我!那年轻人说,啥要求,提出来看是否可行。我说,我要见徐大江!他笑了:"徐大江,我们都找不到人,你想见?我们也想见,他在哪啊?你告诉我,我现在就去抓他!哈哈——"我几乎是被他嘲笑了。我才知道,没有人抓徐大江,徐大江逍遥法外。我说,我在现场就提醒过公安局的人,当着那么多人的面我喊叫的,公安局的人不是没有听见啊,他们咋不抓他啊!为什么?那年轻人说,你去问公安局吧,这不是我的问题。我明白,这说明,徐大江是有人指使或者通知后逃跑的。"你给谁说过,把徐大江抓起来的?有证人吗?你说出来啊!现场还有谁?"嗯,我明白了,徐大江连夜潜逃,如今死无对证,找谁去说啊!

徐大江应该是在事故现场就被保护了。

看来,鹤金的来头真大。我要求撤回那篇材料,重新写。

材料中加了不少关于徐大江如何在现场和我们一起,如何说他已经派人去救援的话。

这一次,材料终于通过。

十二

第九天。

最后一个天空布满阴霾的日子。

这一天一早,我打开手机看到朋友微信发来的消息。

阳钢为8·16火灾事故3位施救者申报烈士

本报8月24日讯　今日,阳钢集团向阳关市民政局正式提交了8·16火灾事故中3位救人者申报烈士的请示材料。

8月16日14时许,陕西鹤金建筑工程公司在阳关钢铁股份有限公司大沟矿斜坡道支护作业过程中违章作业,引发火灾,导致大沟矿9名职工被困井下,在市县救援力量到达之前,阳关钢铁股份有限公司大沟矿先期组织工人下井施救,黄辉、王筱、钟广文等3名同志奋不顾身,实施救援,因一氧化碳中毒,救治无效后,光荣牺牲。阳关钢铁股份有限公司为褒扬光荣牺牲的3位员工、弘扬抢险救灾精神、传播公司文化正能量,正式向阳关市民政局提交了申报烈士的材料。

据悉,当日阳关市民政局已经受理了阳钢集团的申报。

……

我随即将消息发给了所有的亲朋好友,很快亲友们从网上搜到了更多的网站转发的消息。亲友们的脸上露出了久违的笑容。有人给易小妹也转发了消息,其中12家受害者家属纷纷转发。

接近中午,易小妹转告我们说王部长想要和我们谈谈,我们还是去老地方——阳钢集团工会所在地的三层小楼上。

这小楼是灰色的,虽是白天却一片黯淡,散发着一股哀伤之气。

在这个小会议室,我们照例心怀忐忑地坐在下面,他们照例正襟危坐地坐在上方,王部长居中,左边是易小妹,右边是石主任。

王部长开始就说,中国社会讲究的是情理二字,从情的角度讲,我们也不愿意看到这样的事情发生,谁也不愿意自己的亲人出事,如今已经出了,阳钢也愿意从人情的角度积极想办法处理事情;从理的角度依然如此……

他说了很长的废话。接着我说,现就我们这些条件,你看看从情理两方面能不能解决?先说第一条,烈士证申请的事情,这也是我们最终想要解决的问题,这关系到对死者的安抚,对生者将来的交代,于情于理,都应该积极申请。王部长说,烈士证的事情,我们现在已经上报给政府部门了,至于其他事情我们的确无能为力,这是政府民政部门的事情,我们会积极向前推动这件事情。

我说,我们认为这件事情谈不下来,其他的都没有必要谈下去,这是首要的,是关系到承认不承认筱是为了抢救9条人命和国家财产安全而牺牲的这一事实,请你们认真考虑,我们也已经承受到了极限。我们不是为了钱;同时,桃儿的工作事宜我们也提出来了,在阳关市事业单位考虑安排工作即可,至于在阳钢内部安排,她个人不愿意,这是她的伤心之地;更不愿意让别人说,她以自己男人的生命换了一份工作。

　　王部长说,我们愿意在阳钢范围内解决桃儿的工作问题,如果不能同意,我们也没办法;只能走法律途径。同时对精神抚慰金和困难家庭救助金我们也没法支付,我们这是国企。每一笔钱都是国家的,要合法,才能支出。

　　我胸中的怒气一下冒出来:那么请问王部长,哪个国家规定你们将十几个没有任何防护设备的人派到井下面去救人!他们这样生生被耽误致死也是国家规定的吗?你口口声声讲情理二字,你说你们阳钢的情在哪里,理又在哪里?精神抚慰不就是讲的人情吗?一个家庭的唯一一个孩子死了,难道没有精神损失吗?为什么不予赔偿!

　　这时候,我已经很激动了。易小妹双手做着压下来的动作说:冷静、冷静、冷静!我站起来,指着易小妹说,姓易的,你少说什么冷静,你的儿子死了,你还会冷静吗!易小妹吓得缩住了身子,不敢再说半个字。

　　桃儿的爸爸也站起说,你们这完全是不讲事实,没有情理,还讲情理二字!……

　　行了吧!你们要是解决不了这事情,就请你们回去向领导汇报,将我们的诉求再一一研究,我给你们发去微信,你们不要再拿什么情理二字来忽悠我们!另外,下午我们想去矿上出事地点看看,我们的人究竟是在怎样一个环境里出事的,想去远远祭奠一下,请你们和上级领导请示一下,这是我们的另外一个诉求,等你们回话。

　　谈判就此中断。

　　下午两点,阳钢的工作人员来找我们,不是易小妹,而是石主任,他说,领导说你们想去矿上看看,这不行啊,因为现在矿上还在封闭当中,整个矿区也还在封闭。事故还在调查当中,调查组不准任何人进出,进出的人必须要经过调查组同意。等等吧,等解禁了再去吧!

我无奈,看着远处罩着铁灰色烟雾的山头,心里唯有哀伤和气愤。

好在下午四点多,网上传来让遇难者家长稍感安慰的消息:

阳钢集团大沟矿火灾事故 9 名责任人被批捕

记者 6 日获悉,阳钢集团大沟矿"8·16"重大火灾事故 9 名责任人日前被批准逮捕。

8 月 16 日 14 时许,阳钢集团大沟矿在斜坡道支护作业过程中,施工方在气焊作业时导致木板和干草着火,巷道内产生浓烟,9 人被困井下。在救援力量到达之前,阳钢集团大沟矿先期组织工人下井施救,火灾事故造成 9 名被困人员、3 名施救工人共 12 人遇难。

检察机关经审查认为,阳钢集团大沟矿相关责任人安全生产责任落实不到位,且外包施工队相关责任人违章作业,造成此次火灾事故,致 9 人死亡。阳钢集团大沟矿相关责任人在事故发生后未及时报告、现场应急处置不力,组织施救过程中违规指挥,盲目施救,又致 3 名救援人员死亡。因此,阳钢集团大沟矿副矿长张某某等 5 人,外包施工队魏某某等 4 人均已触犯《中华人民共和国刑法》第一百三十四条之规定,涉嫌重大责任事故罪,被检方依法批准逮捕。

事故发生后,国家安监总局派出工作组赶赴现场进行调查后,对事故进行了通报,认为动火作业安全管理不严格、事故发生后未及时报告、现场应急处置不力、盲目施救,矿井通风管理和外包施工队伍管理混乱等问题突出。8月下旬,大沟石灰石矿矿长刘某某及生产技术科邵某某等人因涉嫌犯罪,被公安机关依法刑事拘留。

消息很快传开,今天的两个信息和一次破裂的谈判使我们的心情忽明忽暗。

女儿要走了。这几天晚上都是她在医院陪着姑妈,她已经懂事了,对姑妈有无限的眷恋和同情,加之就要离开这片伤心之地了,心里肯定难受异常,早上他们几个表姊妹去了殡仪馆,回来的时候个个都眼睛红红的,想必,她们一起又哭了很久。

女儿抱着自己的姑姑,哭了很久,之后,才抹掉眼泪,走出了病房。在巷道里,她遇到了在广州当老师的筱大伯,她停下来说,大伯,我先去北京了,你们可不要去丢下这事不管了,后续的事情还多。

婷娃和晓东送女儿去了机场。

黄昏,老赵在老地方等我,满头灰烬。

一见我,他急急递上烟,问我,咋样?我说还能咋样,烈士证他们不能保证,只说积极推动,其他的还有什么好谈的。他说,听说你们要走吗?我吃惊地看着他,他满脸沧桑,眼角的血丝不见了。我说,没有啊!你从哪里听说的?他说,今天从殡仪馆里面传出来的消息,说你们家明天就要回了,明天晚上出发,后天早晨就到老家了。扯淡!这完全是捏造,又是他们的离间之计。你别相信,我们现在连什么权益也没有讨到,最起码,我们给死去的人连公道都没有争取来,将来无法给这个小孩交代啊！怎么能离开呢？老赵这才放下心来，他接着说，你要是走了，我也就挺不住了，我们可就连什么也没有给死者或活着的人争取到啊！将来给孩子咋交代呢！我说你放心，有什么情况，我们随时沟通。

M

　　有一个人,我就是死也要拉他垫背,我不能放过他,他要为此次事故负责任。这人就是张三岩。

　　我在材料中详细写了他在办公楼会议室明知井下事态严重却按兵不动,不承担责任,不作为,耽误了将近两小时的救援时间,将工人生生困在井下,并下达了"等待救援"的指令,最终丧失了最好的救援时机,造成井下9人死亡。

　　但是,有一些东西我不敢写,张三岩之所以有恃无恐,关键是背后有人,背景强大。此人就是银马烈。银马烈又是谁?他是前任许董事长的秘书。许董事长是谁?是现任L市副书记,是接替马震来的。在此之前,是天江市副市长,再之前,是阳钢的总经理,当时,马震一手遮天,阳钢完全处于他的掌控之下,许正山连一顿饭的权利都没有,来人请客,都是机关食堂里招待,许正山对马震的大一统深深反感。其实,一开始,马震是想要许也臣服他,许处于胁迫,答应了。许以为这是私下的协议,也就罢了,谁知在一次非常盛大的场合,马震对全场的人说,许是我的小兄弟,在我的兄弟行列里算是老三,请大家以后还要多支持他的工作。许当场质疑,谁是老三了?这是国企,不是江湖,我是总经理,你是董事长,谁是老二我看看?没想到一个汽车司机站起来说,我是老二!此人正是张三岩。这下许正山实在下不了台,拍着桌子说:"你算个什么东西!既然你老二,那你就来,上台来坐下!"马震说:"好了,你们还讲不讲规矩,老二老三,都坐下。"许正山说,我不是老二,也不是老三,我就是这里的总经理,正厅级干部,请你们不要把这里当作谁家的家天下!马震一听这话,也气急败坏,说,谁的家天下?阳钢是国企,国企是在党的领导下,我是党委书记兼董事长,这里我说了算,你们谁也别在这里吵,谁想吵哦,我先炒了谁,信不信?许正山当然也不是屈居人下的角色,他说,阳钢是一个领导集体,不是谁说了算,让一个司机和我论大小,说明这个集体领导班子有问题,既然你说了算,你就说去,我还不想听呢!对不起,我先走了,失陪,这里我说了不算,我也不想说了,等着瞧。

从此之后,许正山和马震挑明闹将起来,省上对这个班子的情况也有所耳闻,不久,许正山被调走了,他被调任L市任副市长,这是副省级市,级别上虽然没有提升,但是实际权力却大了。

而银马烈正是许正山的秘书,是他从天江市带来的,自然是许正山最信任的人。在当年马震孤立许正山的关键时刻,银马烈大展手脚,罗织了一帮人,以许正山的名义封官许愿,自然更是深得许正山的信任。正当许正山回到L市任副市长期间,马震指使人割掉了一律师的耳朵,律师打听到了马震和许正山的关系僵化,找到了张三岩,想了解情况。而张三岩恰恰是银马烈的好哥们,彼时,张三岩正在党办开车,服务于许正山,名正言顺做了许正山的小马仔,和银马烈称兄道弟。张三岩将割律师耳朵这一情况告诉银马烈,银马烈立即和在北京的律师的哥哥取得了联系,在许正山的特别策划下,整出了一系列的材料,提交给了律师的哥哥,律师的哥哥寻租权力,将这份材料直接提交组织部门,马震被一举掀下马来,阳钢集团需要新的董事长,许正山走马上任,做了阳钢的董事长,将整个阳钢重新洗牌,马震的马仔们纷纷落马。许正山上任,在银马烈的唆使下,首先将整个党办的小司机张三岩直接调往大沟矿做了副矿长。让他锻炼锻炼,接着要继续提拔使用。所以,张三岩对我几乎有恃无恐,目中无人。加之后来,许正山做了L市委副书记,张三岩更是变本加利,对我的所作所为只是鼻子里哼哼两声而已。

这些,我看在眼,无可奈何,只好忍气吞声。如今,我反正也是要坐大牢的人了,这口恶气总得出一出,何况在关键时刻,张三岩的"等待救援"四个字的确耽误了救援时刻。

谁知道这份材料交上去,几乎是惹怒了调查组。那个年轻人下来,叫来办公室的人员,说,从今天开始,认真看管老刘,他是被双规了的人,吃住都在会议室,不得离开一步。办公室的人战战兢兢走了,那个年轻人叫来了另外两个调查组的人,关上门,对我说,老刘,你是不是记错了事情,关于张三岩的情况,你恐怕写得有点偏了吧?我吃惊,突然将我控制在会议室,现在又说起这个,我才明白,他是替张三岩说话的,也就是说,他是替银马烈说的,背后是许正山啊!我说,同志,怎么才算不偏呢?真实情况就是这样的。张三岩千错万错,也是你这个一把手的问题,是大沟矿的问题,到现在,你把全部责任推到张三岩身上,难道你就没有责任了?请你仔细考虑清楚,这材料不行。就看你了,怎么写,写什么,好好掂量。

他们出去不久,我被带到了办公楼一间小小的房间,只有一张床和一套桌椅,此后,门被反锁上了,矿上办公室的人再也不见了。

咋写啊!老子的外甥都被他耽误送命了,还要我咋写!

我执意不修改,将原来的材料一个字也没动,重新交上去了。

　次日,3个警察将关我的房间门打开,亮出了一张纸。我一看,是拘捕证。我被他们带上车,在呜呜呜的警笛声中,我离开了大沟矿,我一直被拉到了相邻县的拘留所。

十三

第十天,阳关的天摆脱了阴霾的束缚,放晴了。

阳钢的人们都说,抓掉的这9个责任人是导致这次矿难的罪魁祸首,昨天被抓了,死者的怨气才得以伸张,老天爷也长眼睛了!

如盖般的铁灰色烟雾从空气中消失了,我的咳嗽好多了,也是最近几天一直吃药的缘故。

一早,梁嫂就来了,她原本是每天晚上来,和她的老头子,还要带上一个媳妇,或者儿子。他们家也在阳关,两个儿子都在阳钢上班。原本,他们家和三姐家在古浪县城是隔壁邻舍,关系非同一般,她的两个儿子都要比筱大些,筱叫他们哥哥。后来,两个儿子来阳钢上班,他们也就搬家过来了。如今,原本梁家的两个儿子和筱在阳关也是伴儿,可惜的是筱这个弟弟走了。梁嫂进门直接到了三姐的房间,对三姐说,老天爷也看不过去了!你说说,今天的天晴了,人们都说,不抓掉这几个责任人,连老天都不晴啊!

三姐抱着梁嫂,两人哭作一团。三姐在声声呼唤:筱娃,我的筱娃——

等她俩哭累了,稍微平息后,梁嫂说,大沟矿的矿长为啥被抓了?就是出事的矿区工程是外包出去的,承包人正是刘矿长的老乡,这矿是 2014 年才包出去的，到现在还没有正式生产，原因是矿山在承包出去后，还没有生产就塌过两次；第一次塌方后，解除了第一家的合同，又换了一家，其实，这两家公司是一个老板，换汤不换药；第二次垮塌后，也就是导致这次事故的那个支护架，架子是外包给民工做的，他们用大量的木材和草帘子垫着，架起架子，再用水泥钢筋砌起一个柱子，就在作业当中，一个焊工将架子上面的草帘子点着了，才引发了火灾。这里面，肯定有猫腻！

没错，就在 8 月 16 日早晨 10 点多，火灾已经发生了，外包单位却没有在意，将明火扑灭后，没有向阳钢汇报。没料到那场火并没有完全熄灭，而是在草里面煨着，烟在不断蓄积，最终又着火的时候，已经是 12 点多了，井下的 9 个人打了 110、120、119，却没有人在乎他们，直到矿上组织的救援人员来到现场。

据说，他们有的人在最后时刻给家人打了电话，说矿上出事了，可能出不来了，请家人照顾好孩子老人。还有的给所有亲人都打了电话，就是没有朝外跑。不知道这中间究竟发生了什么！其中，鲜向东这个 51 岁矿工，在井下的最后时刻，对自己的老婆说："你一定要给我们讨个公道啊！"

另外，据阳钢人说阳钢长期形成了一个习惯，就是袖筒里着了火袖筒里灭。他们在一般情况下都不向上级汇报，怕影响仕途、工资，自己解决，最终，事故一瞒再瞒最终酿成悲剧了。如果他们及时上报事故，一把手要承担很大的责任，集团追究下来，他是第一个受批评挨处分的，所以，他们就这样将事故从最初状态一直掩盖，直到 12 个人眼看救援无望才呼叫张掖矿山救护大队。

远处的矿山下面隐藏着多少的隐秘啊！要命的隐秘！难怪这 10

天内云山雾罩,天不放晴。

桃儿在早晨9点后领着天天来看望奶奶爷爷,天天在医院的楼道里跑出跑进,显得兴奋无比。可怜的孩子啊,你知道这是什么地方吗!你知道这么多人为啥来这里呀!

桃儿说,群里的家属都说要去新华超市拉横幅,要去闹事讨说法。我说我们也表个态,去。最终,到了下午,我问桃儿,家属们都去了没有?桃儿说,谁家也没有去,基本没有人响应。

下午,另外一个消息传来,说强宏家也签了,明天出殡。

强宏是咋签的呢?强宏是皮带工,也就是矿石运输带的操作员,今年51岁,只有一个儿子,今年已经27岁了,无业,加之后妻的女儿今年大学毕业,学的是传播专业,正好需要工作,阳钢答应给两个孩子安排工作,于是就签了字,明天出殡。

似乎出殡一个,意味着这个特殊阵营里就缺失一个战友。我们就像守着阵地的12名战士,走了一个,我们的心里就缺失一块阵地!

而我们也在想,井下的9人和我们救人的3人死的性质毕竟有区别,救人者和被救者肯定有区别的抚恤政策,坚持,等待吧,谁也不相信,阳钢不会区别对待!

有人建议,这种事情,闹得越大得的越多,不闹少闹得的少。

姐夫姐姐现在在乎的不是金钱!说实话,他们在乎的是他们心空了——连人都没有了,还在乎那些干啥!

他们沉浸在越来越深的悲哀和沮丧中。

第十一天。8月26日。晴。

一大早,一个衣着破旧、满脸胡须、脸色苍黑、神情萎靡的人进了姐夫的病房。他似乎是刚刚从农田里干完了一场苦力活,显得疲惫不堪。前两天,我就见过这个人,他也是小心翼翼地进来,看着我们每一个人的脸,似乎是走错了房间一样,又好像要找谁说什么话,他说话一口陕西腔。我并没有在意他,也许是病人家属找人找错了地方。今天,我看见他还是在姐夫的病房门口徘徊,我知道他没有走错,就叫他进来。

他进来了。我说:"您是?""我是房家玉的二叔,我哥也在住院,就住在里面。"他说,看起来他早也超过了60岁,脸上布满了皱纹,精瘦精瘦的,一看就是吃过苦力的人。

我的手机里存着这12个人的身份信息,打开来,我才知道房家玉是皮带工,属于被困的9人之一,就是他在万分危急的时候,给老婆打电话,说自己感觉不行了,矿上出了事,让老婆照顾好老人和孩子。他老婆听了这话,急得哭起来,说,矿上出了事请,你赶快往外面跑啊!还打啥电话啊!快跑啊!他说,老婆,我也想跑,可是我没有力气了。他没有跑出来,说明当时浓烟密布,已经被困了好长时间,一氧化碳早就浸入身体了!他软得动弹不了!再也没有力气跑了!他35岁,家中独子,也有一个孩子。

后来,有人说,是副矿长张三岩在指挥救援,他在接到井下9人被困的消息后,下达的命令是四个字:"等待救援。"

所有的亲人们都相信,是这四个字害了他们井下的9个人!这9人在井下一直等待,非但没有等来救援人员,却等到了死神降临。

这期间的时间完全可以推算,当时他们假如是在1点15分打的救援电话,那么,筱他们下井后,最后一个电话是3点15分,那么,这井下的9人已经困了3小时,烟越来越浓,氧气越来越稀薄,他们遵循"等到救援"四个字的上级指令,一直在等待。最终,在不知不觉中已经软得不能行动,只有爬了。直到凌晨2点多,张掖矿山救护大队到来,将他们拉上来的时候,他们的身体已经僵硬,定格成了各种临死前的姿势。有的在爬,左手在前,右臂弯曲;有的从台阶上滚下来,缩成一团;有的仰面朝天,有的匍匐在地,有的捂着自己的嘴,有的挠着自己的胸口……

我问房家玉的二叔:"前几天也没有见你们家人住院的啊!""前天才住的,我大哥身体出了状况,心脏和血压同时出了问题。""你们提出了什么要求?""我们提出的要求是安排房家玉的媳妇工作,阳钢答应了,但是他们安排的工种是保安!保安整天在院里面巡逻干啥的,一个女人家哪行?""那工作咋行啊?他媳妇多大岁数?""34岁。"保安!我的心里一股悲凉袭来。这也是安排的工作吗?给一个34岁的女人安排一个保安,这是在讽刺谁呢!我问:"没有上过学吗?""上过学啊!"房家玉的二叔说。我估计他媳妇没有多少文化,所以安排了这个工作。后来仔细问,他说,上过中专。我们说不行,他们又答应可以不去外面巡逻,就在监控室看监控录像。"那也不是女人干的啊!""是啊!我打算中午去新华超市拉横幅,你们看咋办?"我说:"行,一起走啊!你记住我的号码,到时候叫我去!"后来,下午一直没有接到他的电话。其实,那些所谓的拉横幅之类的话,都是男人们在极度的气愤当中说的话,真正到了那时候,谁也不愿意去闹。

这些天,姐夫的气色和姐姐的一样,焦黑,神情一片苍凉,像远山一样,头上盖着一层铁色的灰烬。

早饭后,医生来查房,姐夫说,昨晚他的胸背痛得厉害,几乎将他痛醒了！大夫仔细问了一阵,说饭后安排查一下,做个CT或者胸片看看。

过了一阵,他们扶着姐夫做了很多的检查,几天后结果出来了：CT影像学诊断结果为：1.右肺下叶背侧炎性病变。2.主动脉硬化,冠脉钙化斑块形成,建议行冠脉CTA检查。3.胸椎骨性关节病,胸7、8、10椎体陈旧压缩。另,左侧肾上腺区占位(13 mm),考虑腺瘤,建议上腹部CT检查。4.双侧颈内动脉虹吸部钙化斑块形成,建议行头颈部CTA检查。

检查结果出来,晚上,护士给姐夫吊了扩张血管的药物,同时,护士拿着另外一瓶液体进来,上面写着3个大字：胰岛素。筱大伯看见,急忙说,怎么是"胰岛素"？护士说,这是大夫开的,这药就是治疗糖尿病的。姐夫的血糖高！筱大伯说,这药不能用啊！咋能用这药呢？我不懂这些,后来筱大伯说了,我才知道,这种药物一旦用上,就等于身体有了依赖,短时间内绝对能够控制病情,不出现任何问题,但是一旦离开这种药物,马上出现反应,也就是说,这药是会上瘾的！这就是我们常见的糖尿病患者随时在身上携带,吃饭前,就在肚皮上注射的药物——胰岛素！医院也是在万般无奈之下,为了求得家属临时在医院的安全而采取的办法！后来又说,这药物偶尔用一下也行,没关系,对身体伤害不大。可能是大夫看到姐夫这种慢性而危险的病后,采取的临时性措施,后来,再也没有用过这药。

下午,听到皮带班班长常军的家属提出了两个条件：一、女儿毕业没有工作,也是独生女,希望安排女儿工作；阳钢答应了。同时提出了另外一个要求,他的老婆和他一样的年龄,都49岁了,也在阳钢上班(不知道什么岗位),希望能够提前一年退休,因为她眼下实在没有精力去上班了。阳钢没有答应。常军家很生气,尤其他的女儿。据说常军的女儿大学毕业一年了,找不到工作,只好在小区门口开了一个宠物店,她是学医的。这店是常军看女儿实在找不到工作,才租了房子,亲自为女儿装修好店面,开业还不到半年。

后来,我和桃儿去办事,经过那家店面,桃儿指着那家店面给我说。我心里一阵惊悸:他女儿有了这份工作,也许可以告慰常军的在天之灵了!就常军而言,失去生命的意义仅此而已。

晚上,我和姐夫在讨论筱他们的烈士证的事情,说到了阳钢民政局所说的职责范围内的话,姐夫突然拿出筱的那本工作笔记,说:"你看,筱的工作笔记上有明确的记录,他在8月5日上班后,矿上开了专门会议,会上专门安排他负责绿色矿山申报工作。"我打开他的笔记本,看见笔记本上果然歪歪斜斜记录着会议决定。

我仔细看着他写的这些文字,心里痛苦无比,我知道,他这是为自己留下的后路,有了这些歪歪斜斜的文字,即可证明他在当时的职责所在。

那么,究竟这是谁的职责呢?罗西。就在筱去年7月份去渭水县"双联"的时候,矿上的安全主管算是缺位了,春节后,矿上任命罗西为安全主管,算是接替了筱的岗位。筱回到矿上的8月初,因为罗西已经在岗,协助贾伺负责矿山安全,所以,筱暂时没有具体岗位。8月5日,矿上召开会议,将筱暂时安排负责绿色矿山申报工作,这在筱的工作笔记上写得很清楚。

我立即想到应该给调查小组和阳钢提交一份必要的家属提请注

意的事项,以免将来在事故调查报告中有影响筱评审烈士的不利因素。于是,我紧急起草了一份"筱家属关于提请事故调查组和阳钢集团注意的几点事项"。发给了易小妹,同时也交给了安监局的工作人员一份。

王筱家属提请阳钢集团和事故调查组注意的三个事项

一、王筱自2015年7月15日至2016年7月底在渭水双联扶贫期间,他的工作由罗西接替。8月1日回单位后,没有工作交接,在安全科没有具体职责。

二、2016年8月5日,矿上召开会议,确定王筱工作内容为专门负责绿色矿山申报,王筱随后接手此项工作,每天加班到深夜两三点写材料,矿山决定为其奖励800元奖金。有王筱工作笔记和参会人员为证。

三、王筱下井救援为贾伺指挥所为,有王筱手机通话记录和短信为证。16日下午3点15分,王筱接了贾伺的最后一个电话,3点47分,3点49分,分别有贾伺的两个未接电话。3点49分,贾伺发去短信,内容为:人在支状闸门处。充分说明这切皆是贾伺指挥所为。

收到请回复。

王筱家属　王桃
2016.9.1

为了将信息准确发给调查组,我特意询问调查组也是安监局的工作人员石浦,请他立即回复。石浦回复:已经转给综合组,请放心。我这才安下心来。

次日早7点,我正在宾馆的床上,寻思梦境中有没有一个人。堂弟振平打来电话,说他在阳关,来看望三姐。问他在哪里,他说在阳钢医院的门口。我说你啥时候到的。他说凌晨4点多。我说那你咋不打电话?有房间啊,你那么早来,半夜三更去了哪里?他说,我就在网吧里面待了一会儿,睡了一阵。振平很少说话,言语短,话不多。我说你来宾馆,我们吃饭吧,吃完早餐再去医院。他说自己已经吃过了,在外面吃了牛肉面。

振平比我小,是三叔的儿子,也是42岁的人了,当年高考复读了两年,始终没有考上,最后无奈做了农民;做农民,地又不多,总共也就五亩地,无法维持生计,后来在外地长期打工,自己言语短缺,不多说话,后来都30岁了,找不到对象。终于在31岁找了一个丧夫的寡妇,还带了一个小孩,只好认命了。如今,加上他自己的小孩,总共3个小孩,实在没办法过日子,好在做老师的姐姐姐夫长期帮助,将这家勉强撑着。后来,三叔去世了,二妹去了瓜州,在那边待了3年,据说那边地多好生活,他便也去了。

他是听到消息后,专门从瓜州赶来的。

此前,堂妹秀和妹夫杜(振平的姐姐姐夫)还有二叔的女儿、堂姐米也来了。堂妹和妹夫在县城当教师,收入相对稳定。堂姐米也是54岁的人了,她的两个儿子很出息,都考了学,老大考了博士研究生,老二还在读硕,她虽家境困难,总归是儿子有出息。姐夫常年在外,从我记事起就在外地打工,直到现在我问姐夫去了哪里,她还是说在内蒙古打工。她自从来到阳关,从来没有提过儿子出息的话。她知道在这个时候提起儿子的出息,就等于显摆,是对三姐和姐夫的无形刺激。关于她儿子的情况,都是她们走了之后,我才从别的亲戚那里知道的。

我没有吃早饭:这些天,早晨起来,胃里堵得满满的,没有任何食欲,就去了医院。三姐的病房里,振平默默无语,已经坐在三姐身边,他脸色黝黑,渗出了很多无奈的油腻,他一句话也不说,也不问三姐身体咋样,也不问姐夫咋样,默默地坐着。其实,此时此刻,说什么话也无益。

后来,我叫他出来,在病房外面的空地上简单聊了两句,才知道他在瓜州种了50亩地,很辛苦,收成算好,农作物价格却不行,棉花价格今年偏低,摘棉花到时候还要雇人,他早就算好了账,今年是赔了。孩子在那边上学也不行,大女孩从小就在他姐夫家上学,小儿子也刚刚送到古浪,因为瓜州四年级都不开英语课,怕耽误了孩子的学业,只好转学回老家。

N

我前脚刚进了看守所的监舍,门就"哐"的一声关上了,随后就挨了一顿老拳。

那天,我被推进了监舍,黑乎乎的房间已有三四个人,我没有说什么,更没有心情仔细看,坐在一张床角边,低头纳闷,想着几天来如同天上地下般急转的命运、人生。

突然,我的衣领被人揪起来,我的身子也被扯起来,我抬头看,是一个年轻人,面无表情,什么也没有说,一把将我扯倒当地。我说你要干什么?话还没有说完,一拳就砸在我的眼睛上。这一拳很猛,我的头有些晕,我举手拦挡的瞬间,他松开手,一个嘴巴向我掴过来,我被打了个趔趄,接着,他一脚,我的肠肚似乎断了,我痛得倒地,捂住了肚子,一口气上不来,疼得发不出声来。我的身子缩成一团,我感觉自己在地上滚动,像个浑圆的皮球,一口气憋在胸中,喘不出来。接着,他将我软晃晃的身子从地上提起来,又是一顿老拳,我竟然喊出来了,呕——我的鼻子酸疼,我感觉鼻血在流,我被打蒙了,又倒在地上,我的眼睛疼得睁不开,他还在我腿上乱踢乱踏,最后,他终于停下拳脚。我半天说不出话来,躺在地上,喘着气,我感觉此时那一口气真的很受用啊,否则,我会被他差点打死了去。终于缓过了说话的劲儿,我说,你要干什么,我和你往日无仇,近日无怨,你是谁? 这是认错人了吧?

我听说过班房里面的事,没想到真是这样。

他们没有人说话。我头晕目眩地躺在地上,没有人理睬我。

我缓了半天,睁开眼睛,看见他们木然地躺在床上。连看我一眼都懒得看。我看见房间里都是暗红色,从外面射进来的光也是暗红色,他们几个坐在床上也是暗红色。

我躺着,一动未动,我说,弟兄,这是咋回事? 你认识我? 还是我做过对不起你的事情?

那边躺着的一个人说,你干的好事,多少人命被你害了!

我恍然大悟。

阴雨绵绵,黯淡无光。

我在床上整整躺了三天,浑身酸疼,动不了。

第五天,我被提审,我被两个狱警拉出了那间班房,在另一房间,一个我不认识的人问我,想通了? 我说想通了。他说,想通就好,咋办? 我说,我重新写。

他说,这就对了,你一个人一间房子了,就这里,你写吧,纸笔都给你准备好了。他们出去了,我拿过一张纸,那纸是方格稿纸,我在第二页的中间,竖着写下了一行字:这是被逼迫写的材料。正好9个字,竖着一行,嵌在其中,然后我从第一页开始写,每到中间嵌的这个字前,绞尽脑汁,想好和这个字相关的词汇,哪怕略有不通也不管。我先写自己在这次事故中的责任,接着写张三岩在这次事故中指挥得当,及时调拨救援力量等等,总之胡编乱造,说了一通他的好。

材料提交上去后，次日，看守所的人给我换了一个房间，只住我一个人。我知道，这一次，这材料他们满意了。

第十八天，看守所的人提我出来，将我领到了另一个房间，房间里居然站着我的老婆。我惊讶地问她，你咋来了？回头，看守所的人说，20分钟，抓紧点。那人将门关上的瞬间，转过身来说，我走了。我看见那家伙长得很凶，脸又长又黑，满脸的疙瘩。

她看着我的样子，一定看出我受了苦，她哭着问我，咋样？老婆抓住了我的手，我被她触动了。多少年来，我们彼此从未在白天抓过手，而这一次，她抓着我的手，我感觉这是从未有过的感觉，她的手像来自另外一个世界，它传递了一种温暖的信息，让我觉得有了活下去的理由，就为这双手。我说没事，就是睡不着，有点熬人。我真想说出这里的真相，但没敢说出来，怕她担心。她抓着我的手，不断抚摸着，眼泪无声地掉在我的手上，哽咽着说，这事情不怪你，怪就怪事情发生在了你的头上。你还是你，你没有做错任何事情，出事了，该你担当就担当。半天沉默后，我问，姐姐咋样？她哭起来了，说，姐姐住院，身体很差，他们要我们家属提要求，姐夫就提出来说，给点钢材水泥，在家里修个房子，他们答应了，后来，什么也不给了。原来住在宾馆，后来他们也不让住了，说要自己掏房费，只好搬出来了。姐姐姐夫在第五天就埋葬了孩子，怕连累你。我说，还连累啥呀，我都这样了，还考虑我干啥？老婆说，他们说，我们不带头埋人，就是给你制造麻烦，无奈，姐姐夫也没有提条件，就先把人埋了。埋了人，他们就啥也不认了，姐姐一气之下，就起不来了。我问，其他死者呢？老婆说，还有四五家人在殡仪馆，他们不埋人，就在扛着，也还没有结果。我说，那些钱你要用在刀刃上，不要往我身上花，我这边的事情我知道，你记住，把那些证据藏好,另外,我给他们写的证词第二页中间,我竖着藏了一句话,到时候,你要找出来,竖着的,第二页,在法庭上,你要记得和律师商量好,作为证据,你们要查看。记着。我再问,矿上其他人呢?老婆说,张三岩也被抓了,据说他生病了,保外就医。我说,我知道了,你出去后,马上找到许正山,让他救我,事情他清楚。你把手机录音打开。老婆打开录音,我说,我在购买矿上设备时,按照董事长的意思,收取了回扣,总共3次,全部交给了董事长。2014年10月购买大型风机一次收取了回扣上千万,对方是河南人,叫吴作山,在郑州市风力机器公司;2014年12月购买防毒面具,收取了回扣上千万,对方是张世吉,浙江人;购买消防器材,收取了回扣上千万,对方是湖南人,胡全集,全部交给了董事长。我是刘桐,是阳钢大沟矿的矿长。

我说完,接过电话,将老婆的手机录音键关了。我说,记住,这是保命的证据,千万存好,不能丢了,关键时候能用上。实在不行,你就把这录音复制一份,交给许正山。

后来,第二十五天,老婆来的时候,我才知道,我姐姐去世了。老婆说,姐姐去世前,拉着她的手说,照顾好我的兄弟,他是为了我的儿啊,等他出来,给他说,我不怪他。不要说我走了的话,等他的事情有个眉目再说,不要让我的兄弟扯心……

我痛心疾首。我这是害了自己的姐姐,自己的外甥,我姐夫将来咋活啊!

十四

　　59—75 mmHg，三姐的血压偏低，实在太让人揪心。这些天来，她只喝点稀饭，一个小花卷也没有吃下过，一碗饭也没有吃下过，她总是说，心里严严实实的。我知道，是一些铁灰色的烟雾壅塞了三姐的心，沉沉的，无隙容纳任何东西。

　　这一天，这群死难者家属当中又传出了一系列令人伤心的消息，"黄辉的妈妈在等钱，拿到钱就走人，也不要小孩"。我不敢问黄辉的丈人老赵究竟是咋回事。据说，黄辉的妈妈也有心脏病，病犯了就来医院吊液体，吊完了液体，就回宾馆，也不住院。她有两个儿子，据说，他的小儿子在兰州马上就要结婚，兰州房价高，房款是个大问题，正好她要拿这笔钱去给小儿子付首付。老赵从来没有提过亲家母的这些事情，总是在说，亲家母要跳楼威胁，我说，你要好好劝劝，真的到了那个时候，她自己情绪难以控制，要是真跳下去了，咋办？老赵说，她也就是吓唬吓唬他们，不会是真的。老赵一直在为女婿争他应得的荣誉，和我一样，他说将来要给外孙有个交代。

　　此前，我见到了黄辉的孩子，跟在姥爷的身后，默默无语，问什么话也不说，清清秀秀的，眉眼低垂，也不正面看人，总是绞着双手，像个小姑娘。老赵说，他就这样。我心想，这孩子2岁多，或许他已经懂得是咋回事了。可是,对于这样一个小小的孩子而言,不该让他懂得这些啊,这对他来讲,实在是太过残忍了。他像一个心事重重的老人,难以开启他的心扉。

这一天,房家玉的二叔回家了,他哥哥也从医院出去了。据说,他们怕工作组所说的,所有的医疗费用、食宿费用都要从丧葬费中扣除,所以,他们怕这些费用过高,将来的赔偿就少了。我打通了房家玉的电话,想要给他说点什么,可是他电话里说的陕西土话我一句也听不懂,我实在没办法和他在电话里交流,我只是听他说,哥哥出院了,费用高。我说,你不要怕费用,人现在情绪不稳定,尤其心脏病,还是尽可能在医院观察治疗为上,不要耽误大人的身体。

另一条消息是高亮的,钳工,21岁,未婚!他家是酒泉人,是非正式员工。家人听到阳钢所说的食宿费用如此之高,加上殡仪馆的费用,他们家哪里能经得起这样的折腾,原本就是农村家庭,一算这账,早就急忙搬回到了酒泉农村的家里,只留下稚嫩的高亮的遗体,停在殡仪馆的停尸房内,冰冷地等待。好在酒泉和阳关相距不远,也就一小时车程,他们来回走动不算太远。

强宏家出殡除了两个孩子的工作解决之外,他们也是担心殡仪馆的费用太高,每天500元呐!所以,也就急急出殡安葬了。据说出殡时,家里都没有多余的一分钱,从工友那里凑借了4万块钱,办理完了丧事,再等待赔偿款下来偿还工友。

多么心酸的一本账啊!

常军家也怕啊,据说9天,费用已经超过1万多了。

后来,我的房间里出现了一摞子纸张,上面有殡仪馆的费用、食宿费用、医疗费用等。总之,已经高达9万多了。

我没有理睬这些,我心里有底,这是王部长专门给我说了的。另外,我仔细看了看,这些费用明显高出本来的价格很多,譬如殡仪馆停尸房,筱的是单间,每天 70 元,而他们在这单子上面写的是 500 元。

这已经是第十二天了。

第十三天的早晨,易小妹说,公司领导要来见我们家属。见面地点在宾馆。他如约来了,他说了很多的大道理,也说了很多的劝慰的话,最后说,12 个人都是一个抚恤标准,总之,按照国家的法律法规办事。桃儿急了,说,难道他们救人的 3 个和被救的 9 人是一样的吗?没有区别吗?书记说不一样,肯定不一样,但是,赔偿标准一样。这不是屁话吗!我心里气得骂。那书记说,总之就这样吧,你们也可以通过法律途径解决。然后匆匆走了。他是一个官油子,不承担任何责任,也不说任何一句超越口径的话,只是来做个样子,没有任何的表情,就像来了一个机器人,工作结束,发动机就熄火,匆匆离开。我们在他身后骂着这个没有人性的东西!就最起码的多一句解释都没有,更遑论从情理二字说话了。他只是来例行程序而已,不痛不痒——其实对这样的人来说,的确也无关他的任何痛痒。

大家都在骂这个书记,他说了等于什么也没有说。

他们走了。房间地上,天天在来回跑动着,嘻嘻哈哈玩着,叫着爸爸。

我说,他今天怎么叫起爸爸了,亲家母说,昨天晚上,房间的门突然自动就开了,她们还以为是谁来了,去看门外,没有人,关上,一会儿,门又开了。天天说爸爸来了。我问他在哪里,他指着阳台。阳台上什么也没有啊!半夜三更的阳台上哪来的人呢!

整整一个晚上,娃娃就闹得没有怎么睡觉,一直在哭闹啊!

也许,筱的灵魂终于从烟尘中钻出来了,他早已经迷失了方向,不知道何去何从;最终,他找到了他的女人和孩子!他从遥远的矿井下钻出来,摸索着走过铁灰色的烟尘,在黑夜里穿行了十多天,终于循着孩子的哭声,飘飘荡荡,找到了阳关。他才想起家在哪里,回到家,没有一个人,他恍恍惚惚地出门东寻西觅,终于打听到了医院,又来到宾馆,找到了孩子。孩子的眼睛是亮的,尤其童子娃,我们河西走廊的人都这么说,他能看见阴人。再后来,看到桃儿,就紧紧跟在桃儿的身后,不离分毫。

桃儿说,这些天晚上,她总觉得筱跟在后面:有时候,她就站下来,说:"你跟在我后面干啥?"有时就听见门口啪啪直响,可是做梦却梦不到,再后来,一到晚上,她还是感觉筱就在她身后。

"头七"的那一天,我去殡仪馆,给他穿好了衣裳,将他重新放在了冰棺里面,看着他微笑的脸庞,我说,筱啊,你还有什么不放心的就去阳钢医院吧,你爸爸妈妈都在那里,三楼,心血管科,去给他们托个梦,也可以去宾馆,找到桃儿,去给她说说你的想法,你放心,天天虽然小,我们帮着你拉扯,你爸妈有我,这你就放心;桃儿她现在很痛苦,将来,她会有新生活,你就放心吧!

我虽然这样说了,但是,姐姐姐夫一直没有梦见过他一次。是啊,如果两界有那么好沟通,这还叫阴阳两界吗?这肯定不是距离的问题,完全是两种形态。我们多么希望他能够看见阳世间的一切,能够懂得每个人的心,能够去帮我们化解,甚至,就算在梦里能见见他,听听他的声音,看看他的样子,也足矣!

桃儿也没有梦见过,女儿也从遥远的北京打来电话,说,爸,我咋就梦不见我哥哥呢！在梦里相见,这对于亲人们都成了奢望,他们多么想在梦里和他说说话,听听他当时是咋回事,了解那其中的真相。可是,这阴阳两隔,谁知道他在那边是多么的孤独无奈！

后来,倒是筱三叔说他看见了筱。那是他从老家准备完了棺椁之后,回到阳关的第二天,他一脸的晦气,脸色铁青,目光呆滞,他说,感冒太严重了。我当时心里就想,你感冒严重就别来啊。我没有应声。半天他说,你不知道,这娃子有多厉害！我说,谁呀？他立着眼睛说,筱啊！我斜了一眼,问,他咋啦？他说,你不知道,他……我紧赶慢赶,找了阴阳师,看完墓地,订好了棺材,安排好了一切,我说反正这边也还没事,索性休息一天。第二天晚上,我一个人躺在沙发上看电视,唉,你说怪不怪,我咋就感觉沙发被人抬起来了,一面高一面低,我都快要掉下来了。我扭头看,没有人啊,家里只有我一个人啊,沙发咋就被抬起来了？四面找,不见人,我换了个姿势,继续躺着。躺了一会儿,这沙发又被抬起来了,而且慢慢离开了地面,我都看到沙发腿在半天空参着。天呐,这家伙,我紧紧抓住沙发扶手,扭着身子,稳住了,免得掉下来,一面扭头看,筱就站在电视机边上,侧着身子,脸上苫着一本书。天呐,他咋就出现了呢？他原来是在这地方啊,咋就在我家里呢！我吓坏了,急忙钻进卧室,关上门,躺在床上,啊呀,我浑身冒着冷汗,心跳不止,浑身发冷,我压了两床被子,还是冷！你说,他舅舅,这还是秋天,哪来这么冷的天啊,娃们还穿着短袖,我也就四十几不到50岁的人,身体也不至于虚到这个地步啊！好不容易等到老婆回家,我赶紧叫她给我燎擦了一番,我这才觉得安稳了。这不,今早,我爬起来就坐着火车来了！我再不来,叫这娃子把我烦乱死哩！哦——原来如此。我心里既伤心又有点好笑,你作为一个亲叔叔,不好好来料理事情,居然想在家里偷懒,不找你才怪!过了两天,筱三叔的感冒好了,他勤快得很,跑前跑后,再也不敢有半点懈怠。

第十四天,"二七"。所有的来人都去殡仪馆烧纸。
筱已经在这冰冷的冰棺里面躺了 14 天了。
医院里传出这样的消息:一个护士丫头晚上值班睡着了,梦见一伙小伙子来到医院,在楼道里嘟嘟囔囔不走,说他们冷得不行,要住院。这个护士丫头说,她怀疑这群小伙子就是他们这帮子矿难的兄弟们,长期在冰棺里面,岂能不冷,所以就来到了自己单位的医院!这群人正是筱和他的一帮子弟兄们!筱肯定就走在前面!他们在殡仪馆躺得实在已经太久,冰棺的温度再三下调,怕他们的肉身子化了。从一开始就有人担心,后来几次去看,冰棺里面有薄薄的冰碴,说明遗体是被冷藏着。"头七"的那一天,我们去给他穿衣服,他的身子是硬的,一则身子本来就硬了,也可能是冷藏的结果,是被冻着的。后来还是不放心,就找了工作组的易小妹,让她专门给殡仪馆说了一下,免得到时候出现问题。再后来,殡仪馆那边传来信息,说冰棺里面的温度是零下 11.8℃,没有任何问题。

零下 11.8℃,咋能不冷呢!

他们还是在一起,成群结伙,来到医院,嗅着自家亲人的味道,来寻找温暖;他们知道,在自家单位的医院,这点温暖总是要给的吧!但是结果却令他们心寒呐!彻心彻肺地寒啊!

"二七"这一天,三姐一定要去殡仪馆,我还是再三劝说,没有让她去。去了,免不了一场痛哭,可是,她的身体已经虚弱到上厕所都需要人扶着,我真的很担心。

从殡仪馆回来,易小妹说,调查组要在下午见我们。

我知道一次又一次的见面都是为了让我们尽快将孩子安葬了,早早离开阳关,好不再添乱。可是,我们的诉求呢?他们一个也不答应。

下午,我和桃儿、桃儿爸、筱三叔、四叔一起去见调查组。这一次,调查组的主角是安监局的尚副局长,他坐在最中间,杨处长坐在右侧,李处长坐在尚副局长的左侧,还有范处长。

一开始,副局长似乎不知道来干什么,杨处长介绍完了来人,请他讲,他似乎不知道说什么,就让杨处长说。杨处长见他几乎不知道事情的原委,多少有点尴尬,他就说,本来,我们调查组是调查事故的,事故善后是由单位阳钢来做的,这一次,我们见你们家属,主要是想听听你们的诉求,督促阳钢满足你们的合理诉求。上次,我见了舅舅和王桃,尚局长,情况就这样,你看,是不是让他们说说诉求?尚局长说,对,你们说说吧。我就让筱三叔说诉求,筱三叔在县上的水务局工作,见了省上这些领导难免颤抖结巴,他说的又是老家土话,让他说说我们的诉求,他说一句,那尚副局长问一句:"你再说一遍?"问了三遍,筱三叔也气恼了:我说的是中国话,咋啦,你听不懂别听了,老子又不是外国人!你是从月亮上来的?你给我装个猫儿的尿泡!嗯,好,骂得好!我心里赞成,用鼓励的眼神给他投以赞许。这位副局长其他的听不懂,这句倒是听懂了,气得够呛。对我说,你说你说,还是你说吧!他说的是什么话啊!我说,还是他说吧,让他把话说完我再说,他是孩子的三叔,有发言权。那副局长也无可奈何,忍着听完了他的话。转而,那副局长将一句话扔过来:还是你说吧,他说等于白说!听不懂。筱三叔说,你满嘴里放炮,你咋听不懂?他恼了!我说,行吧,我说,我重申一遍。我们想要你们首先给我们一个交代,是谁让他们没有带任何防护措施下的井？谁在指挥？这3小时当中，在A井口究竟发生了什么？请你们给我们一个解释。那位副局长和身边的3个人面面相觑，谁也说不上来。最后，那位副局长说，这要等到事故调查报告出来才好说。目前，事故正在调查阶段，谁也不好说这期间究竟发生了什么。放胆的话！筱三叔说，哦，你们就拿这个事故调查报告忽悠我们啊！那好嘛，你把当时在场的人叫来，我们自己问嘛，你们上百人连这个也调查不清楚，还叫调查组啊！你调查个猫儿的脖子！那位副局长听得此言，说："你……"我咋啦？你不是听不懂吗？说你装个卵子，挨毬的货！你现在听清楚了吧？听清楚了，我再说，我们就是要个烈士证！你说，给不给？那副局长说，我咋给你啊？这事情没有调查组的调查报告出来，我没办法给你答复。我也气得够呛，我说，事故调查组是你们，等事故调查报告的也是你们，我们的孩子好好地在地面工作，明明那么危险的地方，是他们指使孩子们下井送的命，无论如何都是去救人的，是为了救井下的9条人命，我们的孩子才送了命的，到现在，你们还在等待事故调查报告，等到啥时候是好！旁边有个处长说，事故调查报告是最权威的结论，这是所有处理事故的依据，我们还是要依据这个的。至于你说的你们下井救人，这也是事实，但是救人的人多，把你们牺牲的3个认定为烈士，别的救人的、没有死的人咋办啊！筱三叔激动了，说，别的人咋办，你问我们，你们是干啥的？你们吃的官饭放的死骆驼，现在问我们，你们拿着公家的钱，难道是看样子的摆设吗？土主爷的毬，泥捏的！那处长正要反驳，我说，这个问题，你们为难，我就给你们回答吧，活着的是英雄，死了的是烈士！他们没人能够反驳。这场谈判等于将那副局长骂了个痛快，此后，筱三叔在我心目当中还真有点位置了。

接着,我说了家属的六点诉求。尚局长听完说,所有的诉求都是合理的,他说,家属要求申报烈士,他觉得合理,阳钢在这方面也很积极,这个也请家属放心,他们将积极推动这事情。总之都合理。问我们还有没有诉求。我们说没有。他说,这样吧,我们尽量促成你们诉求,另外,还有什么要求,请你们尽快以文字形式给我们上报,我们将提交给阳钢,让他们完成。

见面会很快结束,出门都觉得这见面没有任何意义,啥也没有说,啥也没有解决,原本以为他们是要答复我们的诉求,结果,什么也没有。简直是开了一个屁会!

开会前,我们还精心地就我们的诉求又梳理了一遍,免得到时候没有理由,孰料什么也没有解决,还是让我们提要求。

我们回去又凑在一起,将我们的诉求再次加工,写成了文字,用短信发给了调查组的范处长。范处长说,还是打印成纸张,直接交给阳钢的工作人员。于是,我们又打印,签字,最后交给了易小妹。

当天下午,日暮黄昏的时候,又听到了两个消息:电工朱海峰明天出殡。他来自榆钢的,算是外地来阳关二次分配到大沟矿的,来这里不到两年。朱海峰,24岁,未婚。榆钢是阳钢的另一个分公司,离阳关900公里之遥,由于近两年来行业不景气,业务收缩,撤并了一些单位,这些人回到阳关,按照各自的特长,二次分配到了不同的岗位,朱海峰便是其中一个。从千里之外来到阳关,孰料,他是送命来了。

晚饭前,李玉成的姨姨来了,她们来医院是给李玉成的妈妈吊液体,也是心肺上的毛病,呼吸困难。李玉成,50岁,凉州人,正式工;有一个独生子。李玉成的姨姨开口说话,便是正统的凉州腔,她和王部长虽然都是凉州人,但听起来她的凉州话却是那般亲切,她说,李玉成其实才48岁,身份证上当时虚报了,报大了,那时候的人都是为了报大岁数,好找工作;早点工作,早挣钱养家! 当时也有个亲戚在阳钢,就通过这关系才将他安排在了大沟矿,否则,哪有今天啊! 李玉成的父亲今年四月份刚刚去世的,这会又是这事情,你说说! 现在,李玉成的儿子有了对象,打算结婚,没有房子,诉求是要一套经适房,阳钢不答应。要求安排他的儿子在阳钢工作,他们答应了,问题是他的儿子是学厨师的,安排工作也只能是工人,出力气的工作,他不想干,还不如自己在外面做厨师,工资也不低。他的老婆原本就在阳钢工作,也是49岁的人了,身体也不行,他们向阳钢提出能不能提前一年退休,阳钢没有答应。理由是法律法规不允许。

正是李玉成,他当时在井下打了很多电话,几乎给所有的兄弟都打了电话,安顿后事,有的接了,有的没有接上。他给自己的老婆也打了电话,说感觉自己不行了,你要照顾好爹妈,照顾好孩子们。他老婆急了,说,你还打什么电话,你赶快跑啊! 他说,老婆,我软得跑不动了!

我说,老姐姐,你们要挺住,再坚持一下,有些事情他们也在看人下菜,不答应,就坚持着,要挺住。李玉成的姑姑说,你不知道啊,我们当初做了个错事情,把灵堂设到小区院子里了。你想啊,小区院子里设有灵堂,灵堂要一直有人守着啊,要一直烧纸祭奠,晚上夜深人静,才能上楼回家里睡觉,每天一大早就要下去守着灵堂,否则,说难听些,叫人看见你设着灵堂不祭奠,不守,这不是叫人笑话吗! 他媳妇都疯了,白天在院子的灵堂里哭,晚上睡不着,我看都快不行了! 你说说怎么挺啊！还要到医院来,给老人治病,还要到殡仪馆去烧纸,你说说,就我们五六个人,都顾不过来了！

没错,事发后的第三天,阳钢的人也征求过我们的意见,桃儿的意见就要让筱回家,在家属院楼下设个灵堂。我问了,设了灵堂,遗体咋办？他们说遗体可以拉回来,也可以继续放在殡仪馆。我说,放在家里,不如就在殡仪馆,人走了,不要将遗体挪来挪去了。既然遗体在殡仪馆,又在家里设灵堂,这不等于两个灵堂吗？这不行。再说,眼下我们的人都在医院,医院里面的人都顾不上,再撤回去一部分人到家里,3个地方,顾不上啊！还要在医院照顾病人,又要在家属院灵堂守灵,也要去殡仪馆,就这几个人,已经累得上气不接下气,再不能折腾了！桃儿听了我的话,在家属院设灵堂的事情也就此打住了。如果那时候真在家属院设了灵堂,到现在,恐怕我们也早就撑不下去了。

晚上10点,感觉夜已经很深了。这种感觉在平常是没有的,但这些天总是感觉天色黑得很早。夜很静,我一个人在宾馆的房间,想起了酒泉的一个朋友,给他打电话想问问事故调查情况,结果得到的回复是另外一个朋友正在事故调查组。我当即打通了他的电话,正是他,的确在调查组。他负责的正是安全这一块,他说,他们组的事故调查报告明天晚上就出来了,从他们调查的情况看,没有任何对筱不利的因素,整个调查中,筱他们就是去抢险救人,这是不争的事实,昨天的会上还说到这件事情,大家一致认为给后来救人的3个人评定烈士是当之无愧的。

我这才略略放下心来,睡了一个踏实觉。

次日晨,起床后,我在阳台上转悠了很久,也不想在宾馆吃饭。我抽着烟,心里郁闷,一直抽,不断吐出来,一直吐,却一直没有吐完。那烟就像从大沟矿的井下飘出来,钻进了我的五脏六腑一般,那烟里面包含着包括筱在内的12个人的挣扎、无助的眼神,临终前的哀求。

最近抽烟多了。睁开眼睛就想起筱在烟雾笼罩的井下,如何挣扎,直至死亡。那沉重的铁灰色的烟雾,在那井下一丝一缕直入筱和那12个工友的心肺,将他们的呼吸一丝一丝扣断了,最后一氧化碳充斥了他们的心肺,他们的呼吸停止了,这些活生生的生命,被缓缓扼死!

其间我接到了一个电话,是一个多年前的老朋友曹佳,省某报的一个记者,他说,昨天在长城宾馆看到了一张表格,表格上面有我的名字,遇难者家属,想问是不是我。我说是啊。想起他那一张面孔,我就不知道怎么用准确的词来形容,可以说是模棱两可吧!模棱两可不是记忆不准确,而是他一直给人的感觉就是这样,说话原本就含混不清,语调一直不高,甚至很低;还有,他的脸上很有表情,像盖了一枚公章一样。他原本是一个摄影记者,现在驻阳关记者站。他提出见个面,我答应了。我知道,他是为阳钢来做说客的。最后出门的时间是九点半,那时候,阳关的阳光已经照遍了全城,让人晕晕乎乎的。

在阳关的大街上,阳光覆盖着我,正如盖在筱遗体上面的那件金黄花底的被子,我感到压抑难当。我给昨晚联系的先生打了电话,约好十点钟在长城宾馆见面。早餐要了一碗羊肉泡馍,想热乎乎地吃一点,结果,羊肉很老,嚼起来很费劲,嚼得人下巴发酸,吃了一半,出门来,打车到长城宾馆,见到了那位先生。我来到他的房间,看到了那张地图,就是矿井的地形图。同时,这位先生给我讲了筱他们是怎么进去,最后又怎么撤退、倒下的经过。

筱进去的井口,是一条直井,井道长600米,到了转弯处,有一个通风口,从这里向右拐,便进入了真正的事故发生的井道。筱和前面的黄辉冲在最前面,后来,发现紧随身后的罗西被钟广文拉出去了,此时,筱肯定感觉形势不妙,转身向后撤,到了离通风口大约30米的地方,他倒下了。这时候,也许黄辉已经倒下,他也许已经看到了,所以才转身就跑的;也许是后面的钟广文在救罗西的同时,叫他赶快撤回;还有一种可能就是钟广文将罗西拉到井口外面,又回头叫他们,筱听到了钟广文的呼声,才回头的。这时候,钟广文还没有赶到他身边,在离他20米的地方,钟广文也倒下了。在低浓度的一氧化碳环境下,筱趴着,双手抠着地面,向钟广文靠拢,相隔10米,他实在爬不动了,眼看着钟广文在前面也倒下了,两人互相看了最后一眼,人间的最后一眼,再也喊不出声来了。

回来的时候,我给姐夫说了调查组这位朋友的描述和对事发情况的推测及看法。姐夫唏嘘着哭起来。我不忍心给姐姐再说这些。

有人说,鲜向东明天出殡。鲜向东,52岁,有一子。和我姐夫同岁,他和筱几乎是两代人。鲜向东是皮带二班正式员工。他也是困在井下的人,他必然是听从了副矿长张三岩的四个字:等待救援。于是他们伏在地上等待,直到他们生命即将耗尽,还没有等到人来救他们,于是他给自己的老婆打了最后一个电话说:"你一定要给我们讨个公道,我们是被冤死的!"

晚六点,曹佳开着车来了,满载着阳钢的重托,来说服我早日将死者安葬。我了无兴趣,听任他为我设身处地的一番言辞,吃了一顿羊肉,出了门。这样的人,这番作为到底是为了什么？他搭上酒肉来招呼我这个阔别8年的老朋友,来说服我,尽快将孩子入土为安,我想,没有利益驱动,他是不会说出那些话的。他说话的语速很慢,缓缓的,似乎是在背诵,有时候他可能忘记了台词,结巴一下,又再说起来。他缓慢的语速也表达出了他假意的哀痛。等他最后说完了,我只是很平静地回答了他一句话:假如他是你的外甥呢？

他将我送到了医院门口,又问我,还有什么能帮助我的。我说,你要是熟悉阳钢的领导,请你告诉他们,至少,筱他们3个不能和井下被困的9人相提并论,这是救人者和被救者,肯定要有区别。他答应说,今天看看,有时间去一趟阳钢,给他们说说情况。其实,我在医院门口下了车就知道,一等我下车,他转身就去了阳钢领导的办公室,汇报他此次劝导我的一番辛苦工作了。

几天来,他一直没有来过电话,始终再没有。我想他原本就不值得作为朋友,过去一星半点的交情就算是一阵阴风吹过吧！也算是被这一阵铁灰色的烟尘覆盖了吧！

晚上,我正在宾馆躺着,郁闷难消。易小妹来了,敲开了门,说:"他舅舅,有个东西给你一下。"我接过来,是一张纸,是一张答复函,我看了一下,收下了,说:"好吧。"她就出去了,刚出去,又让另外一个工作人员来敲门,从门缝里递给我一叠纸,说:"忘了给你这个,你随意看看吧！"说完转身就走了。我关上门,见那张纸上面是我们家近期的伙食、住宿、医疗、殡仪馆等各项费用,总共在10万元以上。

次日一早,我去医院,将易小妹的那张答复给了姐夫。姐夫看后盛怒,文中全部以"我组"角度说事,里面尽是"我组"的称谓,而且全部否定了我们的要求。

姐夫叫易小妹进来，问她，你这是代表哪里给我们这份答复？她说代表阳钢。你能代表吗？能啊！我们本来就是代表阳钢来处理事情的。她回答得很自信。好吧，既然是阳钢的意思，那就请你回去将阳钢公司的章子盖上再送来，好吗？易小妹回答说，好的。请你将里面的"我组"改为"我公司"，好吗？她说，好的。我补充说，你也不问问让你改的理由？易小妹语塞。我补充说，理由是我们的诉求是呈给阳钢公司的，不是给你组的，你组不是阳钢，你组不是法人，你组更承担不起这个责任，你懂吗？姐夫随即将那份答复撕了个粉碎，扔在床头。

易小妹无语坐了半天，走了。易小妹肯定着急，截至目前，已经有7家人走了，而我们纹丝不动，别人的工作都做在了前面，她也不甘落后，所以，以"我组"的名义起草了一份答复，来探我们的底，以便在领导跟前好有个交代，甚至可以邀功，还可以将自己的聪明才智略有展现，以求得领导对她这个工作组的首肯，甚至还可以在这关键时刻捞个晋级的机会也未尝不可。

易小妹失望至极。我是给她留了后路的，我说："这事，我就不给你们公司领导汇报了，你尽快去办理吧。"

易小妹走了，随后是一个重大消息：

阳钢集团大沟矿矿长刘某等二人被批捕

9月19日记者获悉，阳钢集团大沟矿矿长刘某等二人被检察院依法批准逮捕。至此，阳钢集团大沟矿"8·16"重大火灾事故，已有11名相关责任人被批准逮捕。检察机关经审查认为：矿长刘某安全生产责任落实不到位，生产技术科测量工邵某对外包施工工程,未尽到现场安全监察、看护职责,造成"8·16"重大火灾事故,致9名施工人员死亡,3名救援人员死亡。二人的行为均已触犯《中华人民共和国刑法》第一百三十四条之规定,涉嫌重大责任事故罪。

这一个重大消息,所有遇难者家属都感到心里解气。

O

肃南的天一直是阴冷的,像我的天空。房间里一直是黑的,没有光线,我的身体健康状况急转直下。我感冒了,虚弱得很,加上过度沮丧,身体跟着作怪,走路感觉两条腿撑不住身子,直打摆子。

那家伙来了,房子里黑,他更黑,给了我药。我吃了,没什么好转。我啥话也不想说,只是整天闷在房间。

听说要公开审判我们几个,但是一直没有人来。

我突然想到当年给许正山的那几个信封的照片,我找到那家伙,说,兄弟,请你给我老婆打个电话,叫她来一趟,行不?那家伙斜着眼睛说,你以为来一趟就那么容易,我要承担多大的风险啊?我说,知道,兄弟,我这不是落难了吗?就算你是菩萨,把我渡出苦海,好吗?我老婆知道你的好。

那家伙说,我想想办法吧,让你老婆关照好我的儿子。我问,你儿子在她班上?那家伙说,她带英语课,儿子喜欢她。唉,你遇上我,也是缘分,别外说。我说,你放心,我老婆会做好的。

过了两天,那家伙叫我出来,他说,她不能来,现在风险太大了,我不敢担这风险。我已经和她约好了时间,最多和你通个电话,我现在打通电话,你跟她说说。说着,他打通了我老婆的电话。我吃惊他都记住了我老婆的手机号,也够专业啊!

正好我在院子里散步,那家伙给了我电话,就转身去了不远处散步抽烟。我给老婆说,你去 L 市了吗? 她说,还没去,这些天忙得很,学校里正在准备期末考试,请不上假,还没去。我说,那正好,上次我给你的东西里面有一个 U 盘,你打开 U 盘,看看,有 3 张照片,挑出来,照片上面是几个字的,上面有"刘白皖""酒白万""爸白玩",拿这 3 张照片付印后,去 L 市,找许正山,他在 L 市委,你直接去找他,就说是他阳钢的朋友刘桐让你来找他的,他肯定见你。你就直说,请他帮忙救我,随后把这照片给他放下就行了。老婆说,我这两天请假去找他。我补充说,上次那录音暂时不用了,还有那 U 盘,都保存好,那是我的性命啊。

接完电话,我对那家伙说,下次让她来了再谢您。那家伙递给我一支烟,给我点了烟,说,好自为之吧。

一周之后,老婆来了。

老婆说,她去了 L 市委,是在上次见我之后的第三天。到 L 市已经是下午五点多,她直接到了市委大院。进门的时候,门卫问她找谁,她说找许正山。门卫问是否约了。她说约了。门卫打电话,又问她是谁。她说是阳钢的刘桐。电话说,请她到 1009 室。老婆到了 1009 室,见到的不是许正山。那人很年轻,个头不高,自己介绍说他是市委副秘书长,银马烈。银马烈说,领导忙,让我接待你。老婆说,听老刘说过您,知道您。你是刘桐的……老婆说,是他老婆。银马烈说,他不是进去了吗? 老婆说,正是这事。银马烈说,现在还难说怎么办,但是,他知道这事。老婆说,我想见他,可以吗? 银马烈说,你先回去,好好休息一下,我给他汇报情况,明天早上等我电话。老婆只好回了宾馆,休息等待。次日早上八点,银马烈电话来了,说,现在马上来。

老婆打的十分钟就到了市委,在1009房间见到了许正山。

许正山说,银秘书长说了情况,我也知道大概情况,这样吧,你回去告诉他,让他安心等待。老婆说,他让我给您带来了一封信,说着递给了许正山。许正山看了,笑着说,老刘是有情义的人啊!放心吧,我知道了。让他安心等待,我这里尽量安排,这事情主要是死了12个人,这人命关天啊!老婆说,难为您了。

我也是急了,到现在,我也没招了,给我判个无期都不过啊,还找什么找呢!

天好多了,我的感冒也好多了。老婆给我的药被那家伙收走了。

老婆说,听说张三岩的确是在监外执行,说是住院。

在这里,我也一直没有见到过张三岩。我问她,徐大江呢?老婆说,报纸上说是抓了,其实,他就是跑了。我明白,徐大江是跑了。也不是跑了,他的保护伞是铁打的。谁敢动他,他就会拿谁说事呢!他知道的事情太多了。

老婆说着,从兜里掏出3张皱皱巴巴的剪报,交给了我。

我顺眼一看,标题是《阳钢集团大沟矿矿长刘某等二人被批捕》《阳钢集团大沟矿火灾事故9名责任人被批捕》《甘肃阳钢大沟矿火灾事故致12人遇难》。

我回到监舍,仔细看了半天才知道,徐大江压根就不在抓捕之列,只是找了一个替罪羊魏某某。魏是谁,我知道。事发那天,他和我们在一起喝酒,他是施工队队长,也就是监工,他都不知道这项工程是谁承包的。

其实,说回来,我也不知道这工程队后面真正的主子是谁。只是徐大江说,背后的主儿是说出来吓死人的人。

十五

姐夫撕碎了工作组的答复，倒是有一条提醒了我们。其中我们提出的一条：要求第三方陕西鹤金建筑有限责任公司向遇难者家属做出第三方责任赔偿金50万。工作组拒绝这一条的理由是第三方赔偿可以通过法律途径解决。

我们紧急找到了一个律师，对第三方责任赔偿的事宜进行了咨询，律师是筱三叔的一个同学，自然求之不得，嘴上说现在没时间接一些小案子，意思是他不缺少案件，当然，他也意识到这个案子并不小，只要向第三方索要到了这笔赔偿，他的佣金是没有问题的；更何况第三方的确是有重大责任的，不是第三方引发了火灾，就不会有井下的9人被困，更不会有施救3人死亡、7人受伤的惨案发生，因此，应该由19家联合对第三方进行起诉，要求第三方启动责任赔偿。但是，眼下的时机并不成熟，还是要等到事故调查报告出来，再起诉第三方。这是这个小律师对这个案件暂时没有足够把握的推诿之词。但是眼下也没有好的办法，只好等事情处理结束后，再起诉第三方。何况眼下实在也没有这个精力。

桃儿从高亮家获悉，高亮家多一分钱也没要到，高亮家在酒泉的农村,想和阳钢要些钢筋水泥,在家里盖些房子,眼下还正缺少这材料;再说,阳钢专门生产钢材,对于一个如此之大的国企而言,给些材料,也不是什么大事。昨天,高亮家在等工作组去酒泉他们家,马上就提出来。工作组的请示了李书记,说可以,痛快地答应了。高亮一家悲伤之余很是宽慰,还可以用年轻的生命换些坚硬的钢筋和水泥,将来就可以在家里盖个坚固的住房。家里的人对阳钢的领导千恩万谢。今天,高亮家里又传来不好的,甚至令人愤怒的消息,说阳钢不答应给他们水泥钢筋了,理由是水泥钢筋也是国有资产,给你们没有理由,也没办法向省国资委交代。

明朗的阳光中,铁灰色的烟雾再次弥漫了阳关的天空,我看不见阳光,看不见美好,我的内心充满了哀伤和绝望。

王部长打来电话,说了很久,也说了阳钢的意愿,他们会尽量协调,为申报烈士的事情尽一切努力,但是也请我们要理解,申请烈士和其他的赔偿事宜的确是两条线上的事情,一个是政府的事情,另一个是企业的事情。我同意他的观点,眼下,再为烈士证耗下去的确是没有意义了,而其他的诉求呢?王部长说,在阳钢管辖的范围内,譬如桃儿的工作问题,完全可以提出来,尽量满足,甚至可以挑选岗位;再譬如孩子将来成人后的工作安排问题,也可以承诺。其他条件如精神抚慰金、困难家庭救助金,这些都没有法律依据,企业的确做不到。其实,从我们的内心深处讲,其他一切都不要紧;这样提出来,也在情理当中的,至于给不给,这关乎一个企业的良心,我们自然也不会非要多少钱,一个人都没有了,我们要那么多钱干啥!但是,给死者和生者一个合理的交代是必要的吧!

王部长说，你们还是再考虑一下，桃儿的工作问题还是考虑在阳钢，其他的什么诉求，你们想好，我们明天一起谈谈。我答应了。

晚上我特意叫姐夫来宾馆，和我睡在一块，为了他休息得好点。最近一段时间，他身体一下子消瘦，实在让我心痛。晚上，他一直在抽烟。他趄在床上，长吁短叹，迟迟没有入眠。后来，我迷迷糊糊睡着了，他还轻手轻脚地在地下走动，抽烟，起夜。

次日早晨，天还没有亮，他就早早起床，悄悄去了医院。

第十八天的早上，工作组的易小妹告知我们，下午公司领导约谈我们的事情。接近中午，又说下午领导实在腾不开时间，明天再谈。

为了我们在这次谈判中有个明确的口径和统一的表述，我们再次和家里的人一起商量了很久，最终我提议，先谈判一个问题，桃儿的工作问题，拿到桃儿工作的承诺书，再谈下面的问题，否则，阳钢会以桃儿工作问题来要挟我们，使得我们没办法谈其他问题。大家都觉得我说得对，没有异议。我随即请海成尽快在阳钢范围内找出好的单位，效益好，环境好，离家近，同时还要找到适合桃儿干的、接近她专业的、适合女孩子干的岗位。

海成在当天就写出了几个单位，其中有电厂，有职工大学，有机关，供我们参考。我和桃儿还有她爸反复斟酌，再三考虑，选择了电厂，这也是桃儿自己的选择。

第十八天，我们开始正式谈判桃儿工作的事情。筱大伯提出不能用"谈判"这个词，"谈判"这个词是对立的，我们应该说"合作"。对他的言论，我们谁也没有说话。我只是在后来说了一句话，如果你碰到了一个流氓，你还以一个绅士的姿态对待，那不是流氓无耻，而是你太过愚蠢。

我们提出的桃儿的工作问题没有任何异议,王部长一方面管着组织部,同时兼任人力资源部的部长,所以,他有这个权力承诺工作单位,同时,他还向电厂负责人打了电话,征求了意见,电厂方面也没有异议。王部长说,还有什么要求,你们一并提出来。我说,这样吧,今天我们先谈到这里,其他的事情我们还没有完全商量好,因为筱的大伯也是刚刚从广州赶来的,有一些事情等我们商量一下,等明天你们把这个承诺书拿来,我们再和你们谈其他的事情。王部长说可以。

次日早晨,我们接到了易小妹送来的承诺书,我进门的时候,姐夫正在看,说其中有个字眼,需要改一改。我说什么字眼?他们说这里面写的是"工亡职工家属",这不太妥当,应该是"救人牺牲者家属",我同意。我说你先把这个文件放下,再去换个文件。易小妹走了,随手却要带走那份文件。关键是她带着文件临走前,我将我们的其他诉求也交给了她,其中一条是:要求阳钢集团内部对3位救人英雄进行表彰奖励。

这一条最为重要。我知道,这个要求他们肯定暂时不答应,绝对会以桃儿的工作做要挟。果然,很快,易小妹打来电话,说王部长来了,就到工会旧楼上谈。我说,文件改了吗?易小妹说没有。我说等你改完,我们再谈。易小妹说,今天周六,单位没有人上班,没办法改。我说,那你把原来那份文件拿来,我们再谈。易小妹说,我没有带。我很坚决地说,不给承诺书,其他不谈!易小妹说,我给领导汇报再说。

很快王部长打来电话,说,我在工会门口等你。我说,王部长,你让易小妹把承诺书改后拿来,我就过来了。王部长说,今天周末,办公室没有人,暂时没办法改,我保证这事情没有任何麻烦。我还是很坚决,那就把原先那份承诺拿来也行。王部长说,行,我现在让易小妹去拿吧！很快，易小妹打来电话，说，他舅舅，我把原来那份承诺拿来了，我们在门口等你们。我痛快地答应他们去谈。

我们接下来在阳钢工会的办公楼见面了。

王部长说，现在事已如此，我们还是本着人性的角度处理事情，我们依然还是本着对死者负责的原则，本着情理两个字来解决问题……谁都觉得王部长实在有点迂腐，这种迂腐让人小看，也轻看。他比起我们家属这边的人来一样是行动的矮子，语言的巨人。

在王部长说了一长串的废话之后，我实在忍无可忍，说，王部长，现在我们谈谈我们的第一条要求，就是要求阳钢内部对救人者和被救者予以区别对待的问题。

王部长说，这个要等到事故调查报告出来以后再说，因为事故调查报告是最权威的。我说那你的意思是暂时还不认可他们救人的事实吗？王部长说，这个是事实。我说，既然如此，你们为啥非要等到事故调查报告出来以后呢？在向民政局提交的红头文件里，阳钢是盖了章的，上面明确提出，他们3人是抢险救人而光荣牺牲的，这一点你们总得承认吧！王部长说，那时候，你们家属情绪波动很大，我们也是为了平复你们的情绪才写的。再说，后来你们的新闻报道出来后，民政局的石局长都有看法呢！怎么是我们的新闻报道？难道那新闻媒体是我们家办的吗？王部长一时无语。

这个条件不能答应你们。王部长说。

你们不是口口声声说，在阳钢的范围内尽量解决问题吗？这个要求就在阳钢的范围之内啊！烈士证是政府的事情，而要求在阳钢内部表彰奖励救人者，你们为啥不答应呢？

我们家属的要求除了将桃儿安排在阳钢就业之外，其他条件他们一律不答应！果然,他们是拿桃儿的工作来要挟我们了,甚至又祭出了可以走法律途径这句话！

是啊,桃儿在阳钢工作,就意味着阳钢将来多了一个管束对象,这个对象应该感谢他们的施舍才对,岂能提出非分的要求！再者,桃儿到阳钢工作,将来是受恩惠于阳钢,是阳钢的人,那就要受阳钢的领导和管理,这是天经地义的事！

如今,这事情只能争取了！"争取"这个词在眼下显得如此无奈而悲凉！

最后我说,这样,请你们郑重考量这个诉求,请你们回去认真向领导汇报,我建议直接汇报给最高领导,阳钢的董事长,否则,将来如果导致任何后果,希望对你们不要有什么不利。我们也在此等待你们下一次认真的答复。

谈判就这样结束了,无果而终。

外面的天气很好,我们的心情却糟透了,心头上的阴云覆盖了现实的阳光。阳光像满天的烟雾,覆盖着我们几家人的天空！我们几乎无路可走了。

无奈之下,我想到了安监局的高局长。怎么说,他也是从小吃过抚恤金的人,他应该可以理解我们家属的心情。再说,这要求一点也不过分啊！于是,我以桃儿的名义给高局长写了一封信,交给了安监局的石浦。

高局长,您好！

　　我是王筱妻子王桃,上次听您讲自己的身世,我觉得您可能是这个世界上能理解我的为数不多的人之一,万般无奈之下,我求助于您！今天早晨，我们家属和阳钢就善后事宜进行了交流，主要围绕我们提出的一个诉求，希望阳钢能够在阳钢范围内，给舍己救人者以区别对待，给王筱以相应的荣誉和奖励，而阳钢却拒绝了，理由是国家的奖励就是阳钢的奖励！国家的奖励我无从指望，而阳钢就在眼前；王筱是为了抢救阳钢的生命和财产而牺牲的，在阳钢范围内，给他一个有别于被救者的名分，这已经是最低诉求了。求您给阳钢领导说说我们的意图，满足我这不大的诉求。

王筱家属王桃谨致

信发过去，又给石浦附了一封信，请石浦将这封信转发给高局长，请他帮忙给阳钢说说我们这个诉求。

石浦是一个很阳光的青年，在这件事情上，他始终是以一个新的国家干部的形象出现在我们的面前，我们给他的任何诉求，都以最快捷的方式和透明的承诺给我们办了，我觉得这样的青年公务员才真正是国家未来的希望，他们没有架子、没有官腔、没有阴谋、没有折腾人，这才是真正的政府官员，他们的一切都在告诉我们：他们真正是在为人民服务！

虽然如此，但是，我们始终没有得到高局长的回复。次日，我又联系石浦，问他高局长在不在，我们想见见高局长，当面说说事情，也就十几分钟的时间。石浦说，高局长确实不在，可能去了敦煌。

我理解。此前几天，张掖的沙漠飞行表演中，一个外国的小伙子驾着飞机表演，结果在沙漠中栽了，葬身异国他乡，也是很悲怆的事情，这也是需要安监局参与的事情。

我又想到了我们单位的董事长,我想给他说说,请他给阳钢的董事长说说我们的诉求,能不能满足我们这可怜而卑微的要求。此时此刻,我的心很悲凉,我们的孩子抢险救人送了命,终了,还得求人家为我们玉成此事,这不正好本末颠倒了吗?

　　无奈!我们把自己的尊严踩在脚下,只为了给筱和筱的孩子一个交代!

　　后来,我收到了胡总的短信:董事长在国外,不便转达;另外,这件事情是你个人私事,和单位无关,怎么办,你应该自己明白,你还是自己拿主意。

　　没有人肯帮助我们了。所有发出去的消息没有任何的反馈,所有的人都对我们避之不及,讳莫如深。

P

十二月,肃南就像一台巨大的冰箱。这里地处祁连山的南麓,抬头就可以看见冰川,我所在的看守所很偏僻,里面更阴冷。不过,暖气是有的,只要在屋子里,也还不是特别冷。

这里似乎冬眠了,事情也似乎冬眠了。没有任何消息,我就在这个安静的屋子里吃了睡、睡了吃,像一只待宰的羔羊。我已经心死了,有时候恨不得死了去,才能让我解脱。

一个晚上,我睡得很早,我梦见我姐姐了,她站在我身边,抓着我的手,说:"桐娃子,姐姐就要走了,你在这里要好好的,早点出去就好。"她穿着平日常穿的衣服,包着头巾,似乎外面很冷。我说:"姐,你去哪里啊?"她一边冷冷地说:"我去找我的开娃子——"我的喉咙一下哽噎住了,我说:"姐,兄弟错了,你原谅兄弟吧——"她看了我一眼,很冰冷,什么话也没说,转身就从那监舍的小门出去了。外面刮着风,原来的楼道没有了,只剩下寒冷的风道,她消失了。我喊着姐,想要翻起身来,却动不得,我挣扎着,叫喊着,醒了。

我一骨碌翻起身来,坐在黑暗的床头,向外看,门口什么也没有。我的心还在咚咚跳着,我害怕了,姐姐咋啦?咋是这样一个梦呢?我的心慌乱不堪,下床开了灯,屋里空荡荡的,似乎还留存着姐姐的气息。我转身在床头找了一支烟,点上,心想,姐姐不会怎么了吧?她要是真的有个三长两短,我这辈子真的是没脸活下去了。

次日一早,我找到了监狱的那个家伙,我说,能不能给我老婆打个电话,叫她来一下。他说,你这简直太随便了,这么远,这几天雪下得这么大,地上都有一尺厚的雪,100多公里啊,让她来,你心里咋想的,你不考虑安全啊,要是有个三长两短,可咋办啊?没事就别叫家人了。我说,不是啊,我的姐姐68岁的人了,这次矿难中,我外甥就没了,我想我姐姐想得很啊!昨晚上做梦,我姐姐来了,她说她要去找她的儿子,我的心里实在慌得很啊!那家伙说,这几天还要下雪,你打了电话,她肯定来,等雪化一下再说吧。这家伙嘴上这么说,其实他的心肠还是热的,他问,你姐身体没问题吧?我说,有问题啊,她有病,心脏不太好,再说岁数大了,每年这个时候,气上不来,肺也不好。你不知道,我是吃着姐姐的奶长大的,我妈把我生下就死了,是我姐姐把我从3个月奶大的,他就是我的半个妈妈啊!

这家伙听了这些话,就打通了电话,他把电话给我转身就走了。我拿着手机,手机一直在唱歌,没有人接。我老婆这是干啥呀,无论干什么,只要是这家伙的电话,她都必接无疑,这次是咋回事呢!我好不容易等到那电话自动断了。再打,她还是不接。

我心想,我姐姐真的死了吗?她也许不敢给我说,所以才不接电话。

无奈,我只好把电话还给了那家伙。那家伙说,假期啊,应该没事啊,咋不接呢?行吧,她要是再打,我叫你。

我来肃南看守所已经5个多月了,事情毫无变化。

我的情绪时好时坏,像祁连山的冬天一般。

过了半个月,我老婆来了。我见到她的第一句话就问,姐姐咋样?

她说你咋先问姐姐啊?我说,我前些天做了个梦,梦见她来了。我大概说了做梦时间。她说,姐姐走了,就是你打电话的前一天晚上走的,我没接你的电话,是不敢告诉你。

我抱着头,大哭起来。老婆抱着我,像抱个孩子,我把所有的愧疚和无奈都哭出来了,心想:这就是我的命,也是我姐姐的命啊。

老婆给我买了一件棉背心,是驼毛的,松软、轻绵,她叫我穿上。

老婆说,本来听说这个月底要开庭,但又听不见了,省上的人都说,许正山要出事,谁知道他的秘书银马烈先出事了。什么?银马烈出事了?老婆说千真万确,电视上报纸上都出来了。我说,这下完了,许正山必然要出事了。老婆一边说一边掏出一张报纸,递给我说,他出事了,那我们的事儿呢?我说,只要他们出事了,我也就该咋样咋样吧,肯定也快了,我心里倒踏实了些。

我看见报纸上面是这样写的:

6月9日,据廉政网消息:日前,按中央纪委要求,省纪委对L市委原副秘书长银马烈严重违纪问题进行了立案审查。

经查,银马烈严重违反政治纪律和政治规矩,毫无党性原则和组织观念,搞团团伙伙,培植私人势力,背弃党的信仰,组织封建迷信活动;严重违反中央八项规定精神,先后多次违规出入私人会所接受宴请,在公务接待场所大吃大喝,公车私用;违反组织纪律,利用职务便利为他人谋取利益;违反廉洁纪律,收受可能影响公正执行公务的礼品、消费卡等财物;违反工作纪律,违规插手市场经济活动,为他人经营活动谋利;违反生活纪律,与他人发生并长期保持不正当男女关系。利用职务上的便利为他人谋取利益并收受巨额财物,涉嫌受贿犯罪。

……

我知道,兔死狐悲,我也知道,拔出萝卜带出泥,许正山绝对要出事。我倒不是为他担心,而是我可能会因为那3封信坐穿牢底了。不过话说回来,张三岩恐怕也在劫难逃。

老婆说,你别胡说了,这又不怪你一个人,凭啥?我说,恐怕还会有别的事情。老婆又揣着无限的悲戚离开了监舍。

我想起张三岩在一个酒局上讲过的银马烈的故事。

那一次,张三岩请客,他说,他从L市带来了两瓶好酒,请大家喝一喝。其实,那一次是他想当股份公司的先进个人,大沟矿只有一个名额。酒是好酒——五粮液,但是否是从L市带来的,这就不必细究了。他说得真真切切,他上次去L市,副秘书长银马烈派奥迪车去机场接他。上了车,司机说,秘书长让我直接把你送到羽泉庄园4号楼。到了羽泉山庄的路口,那车停下了。下了车,那阵势,还真没见过,他娘的,路口两排人,七八辆车在欢迎我。好气派哦。市委办公厅办公室主任先过来,一一介绍,市上的局长、部长、主任,全到了。当时,银马烈上任才不到两个月,事情已经做了这么大!随后,办公室主任的车开道,后面的车随行,一个车队呀,排场不是一般,毫不夸张地说,我是被簇拥着到了羽泉山庄。

到了门口,银秘书长出来了,身边是两人,一个是当地的县委书记,一个是县长。他握着我的手,给我介绍了身边的两位,随后进入包厢。这酒,你知道吗,就是那县委书记带来的,两箱,没喝完,让司机给我带了两瓶,送我到了宾馆房间！席间,有人问张三岩,许正山没去吗？人家是省委常委,哪有时间陪我啊！不过,第二天我也见到了,就在山庄的早餐桌上,问我有没啥事情,还问了这边的情况。哎,刘矿,常委问你好呢,张三岩说,马上就是副省长了。

此后,下属还说,矿长,你有这关系,也真该去看一看。我说,哪里的话,人家连我是谁都不认识,我去干啥啊。

我知道,张三岩仗着银马烈的关系,银马烈是仗着许正山的关系,那是狗仗人势,如今呢？俗语说得好:人耍没好事,狗耍吃稀屎。

十六

第二十天。一早,桃儿麻木地对我说,易小妹通知她,下午三点,王部长和李书记会再次答复我们的诉求。长久的压抑会使人适应,她已经忘记了部分悲伤,消化了部分悲伤。

她问我,没有通知你吗?我说没有。桃儿说奇怪。我说你先别管她了。不通知是她不通知,等等再看。

直到下午三点,易小妹还是没有通知我。

桃儿打电话说,易小妹给她打电话说,王部长说下午五点再谈,他们现在没有时间,请她等一会儿。易小妹一直也没有通知我。

下午五点,易小妹叫筱大伯和桃儿去了工会楼上谈事情,还是没有通知我。

我给桃儿安顿说,事情是啥情况,你给我随时发短信。

就在焦急等待了半个小时后,桃儿给我发来短信,说:阳钢啥都不答应!我的一腔怒火终于燃烧起来!我径直来到了阳钢工会三楼的那间会议室,推门而入。

所有的人都吃惊地看着我。我不知道我当时是什么表情,我无声地坐在座位上。筱大伯把阳钢的一张答复信推到我面前,说,他舅舅,你看,你有什么意见,你说说。我什么也没有说。说,你们继续,我听。

接着,亲家在一边说,孩子将来长大成人后在阳钢就业的事情,你们必须要承诺。王部长说,我们将来在这张纸上盖上章子,也是一样的。我说那咋能一样呢,这是答复,不是承诺书,20年以后,谁会把这张纸拿去当回事情呢,这是现在的事情,孩子的事是20年以后的事情,到时候,你还能在阳钢上班吗?咋能一样呢?

筱大伯说,不说这事情了,这都是20年以后的事情,说也没有意义。我气疯了,很显然:易小妹这段日子没闲着,不知用了啥招数将筱大伯彻底俘虏了!他不知道吃了什么迷魂药,咋能不为自己的侄孙子争取最起码的未来呢!还有,对于筱在阳钢内部表彰奖励的事情,筱大伯也一反常态,不予支持,说,阳钢现在遇到这么大的事情,我们也应该给予充分的理解,现在的确顾不上这些小事情,就等到事故调查报告出来再说。我说,不行,就是等到事故调查报告出来,也要以书面的形式来承诺,绝对不能是口头答复。

王部长说,这个我们不能承诺,事故调查报告出来,如果有利于在阳钢内部表彰奖励,我们肯定会做的,但是,如果不利于这样做,我们咋能承诺呢!我说坚决不行!

最后,筱大伯自己要总结这次谈判,他说了三点:第一,请易小妹将这些东西记录在案,将来这件事情恐怕要留存在阳钢的历史上,同时,所有的诉求我们一直保留,不会撤走;第二,这些天来,阳钢的领导为了孩子的事情辛苦了,表示深深的谢意!在双方几次的沟通谈话中,我们家属可能在态度和表达上有什么差错,请阳钢方面的同仁谅解;第三,在整个处理事件当中,易小妹、王部长、石主任都付出了辛勤的工作,我们表示感谢!

感谢?你的侄子在阳钢没有得到及时抢救和多次指挥失误中丧

了性命,你还要感谢他们!

随后,易小妹和王部长笑眯眯地听完了他的总结,结束了谈判。他们诡秘的笑容是对我们在场家属莫大的讽刺和羞辱!

我对筱大伯说,你们都先回去,我和桃儿留下,我有话要说。筱大伯和他的女人转身看着我,不知何去何从。亲家也在看着我,我说你们先走吧! 易小妹说,我也要留下吗? 我说你肯定要留下。王部长和易小妹留在原来的座位上,等他们出去,我将门关上了!

"易组长,请问,今天的会为啥不通知我?"我问。

王部长吃惊地看着易小妹说,没有通知吗? 我说,你问她。易小妹脸色大变,说,他们说你有事情出去了。我说,谁说我有事,易小妹? 易小妹无话可说。我说,你也是阳钢的中层,上次你在楼道痛哭流涕是为什么,你忘了吗? 现在,你又唱了同样一出戏,你是演给谁看的? 王桃是家属,她将这事情怎么委托给你的,你还记得吗? 易小妹说,记得,她说过不管啥事情都要找你! 我反问,那你找我了吗? 你为啥不找我!

王部长见情势不妙,说,老兄啊,这事情你说清楚就行了,别再跟一个女人说这个了! 我说,我没有把她当作女人看待,我是把她当作阳钢的中层干部和工作人员来看待的,不行就换人来解决!

最后,在争吵当中,王部长将我们拉了出来!

晚上,我在极度的愤懑中想:易小妹是使了离间计。她是想在这关键时候,让我们家属内部发生矛盾,最终降解我们解决问题的能力,她便好处理和答复我们的问题了。她真是费了不少心思。

出门来,我和桃儿没有去宾馆吃饭,所有的人等在餐桌子旁,等了好久,谁也不敢给我们打电话,直到我们回去。

吃过饭,我和桃儿去了宾馆,和亲家一起商量,这事情已经非常被动,他们什么也不答应了,这不行啊,实在不行,我们上一趟兰州,去找高局长,明天正好是星期一,早晨他必然在。桃儿说行,亲家也说行,查车次,已经很晚了,十点多了,没有动车了。慢车需要一个晚上,桃儿的身体实在撑不住,我不敢贸然将她带到兰州。我们决定明早坐八点的车,去兰州,找高局长。

次日早晨七点,桃儿来我房门口叫我,我领着桃儿出了门,门外的血色的霞光照亮了天空。我们去了火车南站,坐高铁准备上兰州。买好了票,离开车还有将近一个小时,我们站在候车室外面的空地上,我突然说,桃儿,索性让你舅妈去找高局长,我们直接去找阳钢的董事长,今天是星期一,他肯定在。桃儿也说,就是,找阳钢的董事长不是更直接吗!我们迅速退了票,让老婆去省安监局找高局长,我们去找阳钢的董事长。出门来,正是七点半,我们迅速打车,向诚信广场而去。

到了诚信广场下车,阳钢的机关人员正在向办公大楼上拥去,我们直接上了六楼,径直进入了董事长的办公室。

事先得知程明冬董事长正在办公室。我敲了门,进去问,请问您是程董事长吗?他说是。我介绍自己是王筱家属,桃儿是他的妻子,我们有一些事情向您请教一下。他很有礼节地说,坐在这儿,我们说话。我们坐下来,说,我们有这样一个诉求,你们工作组没能答应我们,就是救人者和被救者应该有一个区别对待,我们请求给他们抢险救人的3人在阳钢范围内有一个表彰奖励,这也是对死者的一个交代,对活着的一个慰藉。他很爽快地说,你们这个要求我承诺,在阳钢范围内,我一定表彰奖励,不管将来事故调查报告出来是什么定性,我都要在阳钢的大会上大力表彰,他是我们阳钢的英雄,是我们阳钢人应该学习的榜样!目前,我也是被调查对象,等调查一结束,我一定会给他们一个应有的待遇!我说,希望你给我们一个书面承诺。程说,书面承诺我们会给你们,你放心。我说,另外,我们的孩子还小,我希望你们也承诺将来孩子长大成人以后在阳钢工作,为阳钢服务!他说这我也可以向你们承诺。我们将来会给你们娘俩以特殊的待遇,我们不仅要将他培养成人,还要将他培养成才!他的成长过程当中,我们工会会给他以特殊的关照,他的爸爸是为我们阳钢献出了生命的人,我们理应将他培养,这是我们的责任,也是我们的义务!请你们家属放心!

我说,谢谢董事长,你这么承诺,我们也就放心了!他问桃儿,你是学什么专业的?桃儿说,是学习安全管理的,他说调过来吧,来我们这里,我将为你打开一个成长发展的通道,你还要做安全工作吗?我说让她再考虑一下,这些天,这孩子实在没有时间和精力想这么多的事情。他说行,你考虑好了,随时来找我,我会考虑给你一个合适的岗位,给你一个发展通道。我说是啊,她还年轻,来阳钢工作,也不是来混一碗饭吃,她才27岁,是来寻找自己事业发展的平台,只要你给她这个平台,那就再好不过了!他说你们放心,等事故调查结束,我将立即启动对你们的安排,另外还有事吗?我说没有了,请你让你们的工作人员给我们书面承诺就行。他说好。

我和桃儿从诚信广场出来,我想:假如这真是有诚信的地方,那么我们今天的这次行动算是成功了!我的心情竟然幼稚地高兴起来了。

我和桃儿回来,给姐姐姐夫说了情况,大家这才安心了。我随即去宾馆,给亲家说说情况,亲家也是65岁的人了,前些天一直在感冒,咳嗽。这几天好多了，也就是硬撑着，女亲家去年得了乳腺癌，切除了左面的乳房，身体刚刚恢复得差不多，这期间，她一直在照看着女儿和外孙天天。

就在我从亲家房间刚刚出来的时候，筱大伯来了电话，问我："你早晨和桃儿去了程明冬董事长那边，情况咋样？你给我汇报一下。"汇报？我说，你去问你的兄弟，我给你兄弟听了全部谈话录音，他知道。

即便如此，易小妹还是不找我谈事情，我也不再找易小妹了。正好就让筱大伯来谈事情。

下午，筱大伯又找来问我们，后面跟着他的女人。我基本没有发言。一则今天下午就要拿到承诺书。二则，遗体运回老家安葬时间基本定在明晚十一点出发，次日早晨七点到老家。筱大伯说，承诺书可以暂时不要，先回去，安葬事大。桃儿听到这话，急了，说，你们既不要荣誉，也不要孩子工作的承诺，你们作为长辈是来干啥的！这话问得筱大伯无语，他女人也无奈，羞红着脸，出门去了。

直到晚上六点多，承诺书还是没有送来，筱大伯急得团团转。

我无语。我和桃儿连阳钢董事长的口头承诺都要到了，他竟然要不来这个书面的承诺。直到六点半，易小妹才迟迟将那承诺书拿来。同时签署尸体运输委托书。

这是让姐姐姐夫签字，桃儿签字，委托筱大伯办理遗体运送，筱大伯签了字，最终在一片哭声中，将这个字签完了。

晚上七点，姐姐姐夫从阴霾般的医院搬到了宾馆，摆脱了阳钢医院这令人伤心的地方。宾馆里面毕竟环境迥然，姐姐姐夫的心情看上去略有好转。

搬到房间不久，筱大伯又来了，说殡仪馆明天开追悼会的厅有大厅、中厅和小厅,费用从 8000、5000 到 3000 不等,咋办?没有人说话。我愤怒之极,说,人是阳钢的人,事情是阳钢的事情,和我们家属说费用,是什么意思!追悼会是阳钢要开的追悼会,难道是我们出钱,让他们开会讲个话不成!

筱大伯走了,再也没有说追悼会在什么地方开的问题。

Q

元旦过后,天干冷干冷的,雪花像无字的纸屑,在天空飘飞,干巴巴的。我不知道老天又把多少白纸黑字的证据撕碎了随手扔下来。

春节临近。人心寒凉,所有的人都很焦躁。

一天,那家伙说,石如新的病大了,想不想去看看。那家伙很冰冷,但对我一直很照顾,我知道,是我老婆对他儿子好。我说,他咋啦?那家伙说,他呼吸困难,身体消瘦得厉害,他自己说是尘肺病。我知道,他的肺病是老病,时间很长了。石如新是大沟矿的元老,一直在大沟矿,他分管生产,事发的时候,他在休假,他57岁了,在大沟矿干了一辈子,采矿干了10多年,当时也没有什么防尘设备,上班就是口罩,时间久了,肺部被尘埃伤害了,实际上就是尘肺病,这个我知道,我们叫矿山职业病,没办法。在这个年龄,他很少管事,我平日也很少让他操心。

事发后,他关闭所有通讯工具,谁也找不到他。据说他是在家里被逮捕的。他是个老工人,在井下做矿工一做就是20年,后来才到了地面,慢慢提升成为科长,当副矿长也是我提拔的,是为了对抗张三岩。可惜,他不买这账,天塌下来也与他没关系,这次,他是受了水的,没办法。他的病谁都清楚,矿上老工人都得这病,太惯常了,任谁得上也认了。

我想去看看。那家伙说,我带你去。

在另外一间监舍,我见到了石如新。

他躺着,眼窝深陷,如一口枯井。见我进来,他仔细端详了好一阵,才笑着说,这下我们都进来了,还能在这里见面,也是缘分。我想真是拜上天所赐,在这样的地方,让我探视这个不久于世的人,我的老同事,大沟矿的功臣和元老,上天安排得够出人意料了。

我说,你感觉咋样?他说,不好啊!这病我知道,我的阳寿我也知道,也就是跨过年头的样子。他说,人这命真是难料,我居然要死在这种地方,真是想不到。我说,不会的,申请一下,出去看看。他咧着嘴笑了,欠起身来,说,出去也没用,药还是那些药,他们也请了外面的医生和这里的医生会诊了,就是那病,我一直吃的也是那药。进来之前,我听说西安有个医院看得好,去了,也没有好的办法。回来就进来了。唉,你说说,我这当工人的不好好当,当了个屁矿长,现在连死都死不到个好地方……

我说,你也别想那么多了,要不行就打报告,保外就医啊!

他说,谁相信啊……

我说你先打吧,打了再说,他们也会调查取证的。

他说,我这出去都羞死了,还看什么病啊!我也不想出去。

我说,你这情况确实需要在家静养啊!

他从床上缓缓下来,扶着床沿站着,像一块被烧垮了的矿石,正支离破碎地掉下来。

他仔细看着我,盯着我的眼睛说,我听说许正山出事了。我的眼睛有些闪烁,但还是看着他,说,是吗?是银马烈出事后带出来的?他几乎贴着我的脸,在我的侧面说,我也是听说的。你和他的关系听说很好,你可要小心啊,出事故进来不丢人,出那事情就丢人了!我说,老哥,我知道了,该怎么就怎么吧,过去的事情,谁说得清楚,不管那些了……他说,银马烈和张三岩关系铁,这次,会不会有牵连?我说,他们应该没什么问题吧,银马烈真正有权还是去了L市以后,至于张三岩这边,我也不清楚。他笑了,你还装傻啊,一根绳上的蚂蚱,能有好坏之分?我说,这个谁知道啊。我是说,他们的情况很复杂,的确说不清楚。

石如新说,这陕西鹤金公司和咱们的合作,你说说,是谁的关系?要没有这层关系,哪会有这事故啊,害了我们啊!

我说,究竟是谁的关系,我真不知道,徐大江曾经给我说,这陕西鹤金公司的背景,说出来吓死人。他说,我听说是许正山的关系,他这关系深着哩!否则,你看看,那徐大江有那么张狂,他哪里把我们甲方放在眼里。

石如新突然撕裂般地咳嗽起来,喘着气,脸憋得又黑又红,似乎突然急火攻心,上下难以续接,脖子也红透了,他伸手向我要什么,伸出一根手指,向着我。我不知道怎么办好,四面看,只有他的水杯,我才知道他是要水杯,要喝一口水。我急忙将水杯递上去,他接过水杯,喝了一口,又咳嗽了一声,这才缓缓喘过气来。

我想起徐大江对着石如新叫嚣的样子。

一次,石如新带着人去施工现场做常规生产检查,正好碰上徐大江,徐大江说,去去去,老石,检查什么呀,我这里不需要你检查,连阳关市也管不着,你该干啥快干啥去,鼻涕擤尽浪街去!徐大江丝毫没有给老石一点面子,当着工人们的面轰他。老石说,今天,你就是让省委书记来了老子都不怕,查!

徐大江说,查个猫儿的卵子!查什么查,好吧,你查你的,我们下班休息,十分钟后停电关灯,下班休息。

徐大江带着人走了,剩下老石干站在那里,走也不是,查也不是。老石给我打来电话,给我说了情况,我立即给徐大江打电话,说,你也不知道自己姓啥了,你以为你是天子的姓啊!他说,啥意思嘛?我说,L市委书记姓啥?他说,你说的啥嘛!有话直说嘛!我说,快请老石去喝茶。他懒洋洋地说,好吧,但是你也要过来。我说,算给你个面子!我过去后,让他的工人继续施工,我们的生产检查人员继续检查,这才让他给老石道歉。老石也没有买账,他的人去检查了,他也借口出门走了。此后,老石请假住院一周。我知道,这口气他一直闷在心里。

他喘过气来。我说,你总是这样吗?他说,就这样,进来这里就这样,老病了!会随时断气。怕的是心脏在这时候也崩了,那就麻烦。我说,你心脏也不好啊?他说,冠心病,好几年了。他说,要能看到结果就好了!

我知道他想要看到什么结果,我又不知道他想看到什么样的结果。

他吃了药,又躺下,像一堆即将燃烧殆尽的矿石,被暗灰的被子掩盖住了。

我告辞出门。遇上那家伙,我问,听说许正山出事了?他说,人人都在说,只是说而已;还有人说,他要当常务副省长呢!说啥话的人都有,搞不清楚。

民间的消息像预言,这个冬天像一个暗谶。

消息果然如此。除夕晚上,老婆来了,她和我在寒风中站了一会儿,又在昏暗的房间坐了一会儿,临了她说,许正山当了常务副省长了。

这消息正应该是这个节日应有的消息,我和老婆站在寒风中,我没有觉得冷,却感到这冬天冷得不可捉摸。偏着头看看南山高处,森森冰川像一条白色的哈达在飘荡,释放着无尽的寒凉。

我很安心地在监舍里度过了冬天。在春天还没有完全到来、寒冷持续主宰祁连山的三月,又有消息传来:许正山违反党和组织的相关规定,正在接受中纪委调查。

这消息是那家伙告诉我的,他说完,递给我一张报纸:

常务副省长许正山涉嫌严重违纪接受组织调查

中央纪委监察部网站11日深夜消息,许正山涉嫌严重违纪,目前正接受组织调查。这是进入2017年以来,中央纪委开打的第一只"老虎"。

……

事情真如民间所说的那样,我又绝望了。

当天晚上,我彻夜难眠,凌晨时做了一个梦,梦见自己再次被抓,带着亮锃锃的手铐,在街上示众。有人将一块矿石砸过来,我被砸中了,那矿石尖利的角插在我的头上,血在我的脸上流淌,我自己也看到了,却腾不出手来擦拭,任其从脖子一直流下来,流到了马路上;我在血泊中行走,我的脚被血黏住,拔不出来;我在挣扎、叫喊,喊叫着醒来,我一头的汗水。

十七

我是在筱的追悼会前两小时去大沟矿的。

去前,易小妹说,大沟矿远,仅路上往返就得两小时,下午四点开追悼会,赶不及。我执意要去,我要去,为他收魂。按照河西走廊的习俗,人死在家门外,要收魂,否则,他的灵魂将永远飘荡在野外,回不了家,更不得超生。早在事发后的第六天,我就想去看看,孩子究竟是在怎样一个环境里遇难的。筱的单位领导没有批准,理由是整个矿区全部封闭,正在进行事故调查,调查组不让任何人进出,只好作罢。

我领着另外一个外甥,抱着一只白公鸡,拿着一面圆镜儿,带了水果、香纸和红布,从殡仪馆出发,畅通无阻地出了小小的阳关城,在通往矿山的专用公路上疾驰。司机正好是老乡,喧谈当中得知,8月16日下午,正是他拉着矿上的救援人员去了大沟矿。当时,接到井下9人被困的消息后,筱和其他十几位同事在领导的指派下,从办公楼前往矿上救援,开的正是这辆车。司机说,筱当时还对他说,事故发生了,你不要慌张,车上拉着这么多人,安全第一,开好车。到了A井口,看见浓烟滚滚,他们意识到这个井口不能下去,于是,他们又到B井口,孰料,B井口塌陷了,进不去人。他们只好再次折回,依旧回到A井口。作业长和他们两个安全主管带着救援的兄弟们下了井,跑在最前面的他们3人再也没有出来。

茫茫戈壁上，一条笔直的路通往大山，灰色的山河，灰色的大地，正如一层铁色的烟尘，沉重地铺在我们面前，它和我们此时此刻的心情是一个颜色。大沟矿就在那山里，筱就在那里殒命，27岁，孩子不到两岁。路两边是寸草不生的戈壁滩，不见树木，不见生灵，只有荒芜的风在无休止地向西面吹，吹得石子儿遍地滚动，吹得车窗咻咻叫啸。

车子行驶在烈日的曝晒下，赤裸裸的阳光，无任何遮拦。半小时后，前面出现了一丛高大的白杨树和建筑，车上的司机说，这是转运站，就是矿上的石灰石被运下来，在这里装火车、装汽车。宽大的运输带和塔楼交汇，形成了大大小小的三角形；在这些建筑下面，是白色的锥形矿石堆。机器和矿石堆寂寞无声地停放着。正在停业整顿，矿区一片沉寂。

很快到了大沟矿的大门口，门口赫然立着一块巨大的石碑，上面写着四个字：安全第一。不知道这是多少年前竖立起来的警示碑，如今，这块碑上面的字显得格外刺目。大沟矿38年来无安全事故，早已经成为同行学习的典型，同时也获得过无数的国家级奖励，还在这里开过同行业安全现场会。如今，筱似乎正被这块碑压着，脸憋得黑紫，高大的身材，180多斤的体格，浑身充满着无尽的力量，可是他却未能从这个矿井里逃出来。

大沟矿的办公区就在前面，办公楼下的空地上是一群穿着蓝色工作服的工人，他们在安静的阳光下安静地站立着、挪动着。这些都是幸存者，他们的表情肃穆，面含悲伤。司机要给矿上领导做个汇报，让我们在车上等待。很快，司机来了，带了两个人，是作业区的两个小头目，他们要陪我们一块去井口。矿长和副矿长都被逮捕了。从办公区出发走不远,一座大山就罩在了眼前,山体遍体鳞伤,矿石像白色的乳液从山头流淌下来,将碧绿的山体撕开了,像一道道伤口,流出了白色的血液。

两根粗大的运输管线从井口向外输送延伸出去,海蓝色,在阳光下灰白的戈壁滩上格外醒目;管道很长,一直延伸到了矿山外的转运站。筱的灵魂是否正在那两根粗壮的管道里寻觅爬行,和着白色的尘埃和灰暗刺鼻的烟雾?他是爬行着的,此前我仔细看了他现场所穿的工作服,还有佩戴在腰前的钥匙扣;衣服的双肘和双腿上满是泥土,钥匙扣被磨得失去了光泽,满是泥土;他当时肯定吃力地爬行了很长的时间,凭着全身的力气向外爬行,以求生存,可是,他再也没有爬出来,他绝望了,他想起了自己的母亲和父亲,想起了结婚仅三年的年轻美丽的妻子,他最为割舍不下的是他可爱的儿子天天,才一岁八个月啊!

他的手是半攥着的,这个手势说明他攥不紧拳头,放心不下身后事。遗体在事发当晚就被送到了殡仪馆。此后的第七天,我和亲人们给他擦洗身子时,发现他的手是蜷着的。他穿着单薄的殡葬服,脚穿当地丧事上惯用的牛头布鞋,显得匆促而草率。我们将这些衣物剪开,露出了他饱满而随时都能散发出无穷力气的身板,高大结实,没有什么东西能够击垮这副身板;即便躺在地上,只要他翻起身来,也没有什么事情能够阻挡得住他。然而,他僵硬得近乎固执,身上饱满的肌肉似乎鼓上了劲儿,变成了酱紫色,或许是血液里面渗入了过多的一氧化碳的原因。他的妻子没有哭叫,哀求我,让她看看。我只好让她进了殡葬整理室。她默默蹲在他的身边,用手一遍遍抚摸着他的嘴角,抚摸着他的手。这时候,我注意到他的手是半蜷着的,我知道,他肯定是在万分紧急的时候,趴在地上,张开十指,抠着地面,做出使劲往前爬的动作。最后,他无力前行,留下了这永远的手势,十指蜷缩。我用棉签蘸着酒精,擦洗他的手心和指缝间的泥土,他的手僵硬无比,难以掰开那蜷曲的指头,那是他生前的最大决心,要靠这十个指头拯救自己,可是,他终究没有成功,留在了黑咕隆咚的矿井下。

翻转身子穿衣服的时候,他趴着,再转过身来,他的鼻孔里流出血,鲜红鲜红的,像刚刚流出来的鲜血,我怀疑他还活着;我用棉签缓缓给他掏洗干净,将他妻子买来的衣服一层层穿上,他嘴角含笑,似乎做了一件很光荣的事情。可是,他为此而献身的单位却不这么认为,认为他仨是在职责范围内抢险救人,连最初家属提请申报烈士的事也再三推诿。

车左旋右转,在满地都是黑色石粒的路上奔驰,很快就到了矿井口。一下车,一股浓浓的烟味直冲鼻孔,那味道像一缕死亡的气息,将我的心撕裂开……

前面就是黑洞洞的矿井口,筱就是和他身后的十几名救援人员从这黑洞口下去的,这就是吞噬筱的地方。

我难以自禁,长号一声:筱儿——点燃了香烛,献上了祭品,我抱着那只白公鸡,来到井口,一声声喊叫着筱儿,一面拍打着公鸡,公鸡叫喊着,回应着,他的灵魂好似从洞里面出来了,颤颤巍巍,飘飘荡荡。筱是他的乳名,我叫了27年,听到这名字,他必然明白这是他的亲人来了!跟着我走吧!我提着酒瓶,在那洞口一面喊他的名字,一面在地上祭奠!他喜欢喝两口白酒,尤其和我待在一起,他总是小心地要和我喝上几杯,这种情况也就是在他结婚以后。他来省城看望我,爷俩总要喝两杯,说说他的工作,说说他的生活。就在他遇难的前两个月前,他完成了渭水县的双联工作,正好有时间去看望调到广州工作的我。我们爷俩在广州同吃同住，每每聊到半夜，他谈到了身边的人和事，也谈到了自己对生活的热切打算，想要买车，想要还清房贷，计划今年春节带上他的父母妻儿，一起来广州，和我一起过年，好好转转。说到还有十多万的房贷，他计划先把银行的贷款还了，再拿住房公积金贷款还房贷，这样能省一笔银行的利息。在广州的十多天里，我们每每都要谈到深夜，喝上两杯。如今，他还能饮否？我提着酒瓶，在那井口喊着他的名字，一圈又一圈，在地上祭奠，他能否从浓烟弥漫的井下爬出来，在阳光下跟着我回家呢？我的声音在弥漫着微烟的井里回荡，深不可测，1800米长的矿井啊，你在哪里！筱！声音一次次钻进去，钻进去找我的孩子，你趴在那个地方，一动不动，眼睛明突突地巴望着，渴盼有人将你拉出这黑黢黢的矿井！

他来广州，我做饭的时候，冷不防将左手拇指砍了一下，差一点就砍进肉里，我叫了一声，他从客厅跑过来，抱着我的手看，我说，没事！看我的手指甲没事，他接过菜刀，自己做起来。他出事前，那砍破了的指甲正长到了前端，稍微一动，就开始要劈了，好不容易，待到长得稍微长些，将那劈指甲从最接近肉的地方剪了！心里还在惦记，这么长时间了，它才长到这里！如今，一个伤口还在惦记着他呢！他却走了！

一只黄蜂来了，围在我的身边，在我的耳际嗡嗡叫着，绕着我的脖颈，似乎是筱抱着我的脖子，亲切地喊舅舅、舅舅！那黄蜂一圈一圈绕着我飞旋，最后跟我到了车门口！这就是筱的灵魂吧？筱儿，来吧！我们回家吧！

镜子立在离井口斜对面，那深不可测的镜面将光线端端折射进井内，他必然能够从镜子里看到自己，从迷境中走出来，灵魂应该跟着这光线，走进镜内，同我一起回乡。

如果人死了真有灵魂,他的灵魂至此已经在井下混混沌沌转悠了22天。他不知道方向,在弥漫着烟雾的一氧化碳当中,他捂着嘴,呛得泪流满面、涕泗滂沱,他在喊着他的儿子天天,喊着自己的爹娘,喊着自己的妻子,喊着舅舅。

那只白公鸡被我抱上车,那只黄蜂将筱的灵魂引上车,随我们一起下山去,今晚,我们将陪着他,回到故乡。车开动了,我打开车窗,长长地喊:筱儿唉——来啊!饿了吃来,渴了喝来——筱儿,来啊——

路过悬壁长城,我看见山脚下的几座白塔,想起了钟广文正安葬在这里,我请司机将车停在了那家小寺院的门口,我急忙下车,进了寺院的大殿。一脚跨进大殿,迎面一个女人跪在蒲团上,像泥塑的一般,一动不动。抬头看,佛爷的脚下是一排灵位,上面一排三个灵位,上书:

  大沟矿救人者黄辉之灵位

  大沟矿救人者钟广文之灵位

  大沟矿救人者王筱之灵位

下面是一排九个灵位,分别是——

  大沟矿被困人员文超之灵位

  大沟矿被困人员常军之灵位

  大沟矿被困人员强宏之灵位

  大沟矿被困人员房家玉之灵位

  大沟矿被困人员闫向东之灵位

大沟矿被困人员李玉成之灵位
　　大沟矿被困人员高亮之灵位
　　大沟矿被困人员勒凯之灵位
　　大沟矿被困人员朱海峰之灵位

　　面对菩萨和众多灵位,我急忙跪下。突然,一旁响起清脆的钵盂声,同时也响起了诵经声,我磕了三个头,双手合十,在心里默默祈祷了一番,站起身来,却见一边敲钵盂的正是钟广文的舅舅,他的头上戴着佛帽,看不见那几缕烟一样向上卷曲的头发,足见其对佛的笃信。

　　我双手合十,向他躬身施礼,再没有对他有任何的不满和抱怨,适才明白,他当初说的"我们家情况特殊"是什么意思。

　　出了寺门,急忙上车,车子在4点整到了殡仪馆。矿上领导和员工已经在停尸房门前的空地上站成了一排排,追悼会即将开始;姐姐哭得死去活来,没有哀乐,她和所有亲友的哭声汇成一股哀伤的河流。

　　追悼会难道就在这门前开不成?我问筱大伯。筱大伯说,我和我兄弟商量好的,就在这里开。我无语,筱大伯怕花钱啊!筱大伯又争取不来在厅里面开追悼会的正当权益,最后只能是在室外。此时此刻,我觉得我的孩子受了那么多的委屈,受了那么多的冤枉!他死了,连个体面的追悼会都没有,连最起码的尊重都没有!

　　追悼会开始了,没有哀乐。也罢!外面正好阳光普照,我却觉得这阳光怎么也照不到筱的心里!阳光普照,我的孩子筱终于摆脱了阴暗无边、烟雾缭绕的矿井,来到阳光下,他能呼吸到新鲜的空气了。

　　当晚就护送筱的遗体回家。

原本计划好了,所有在阳关的亲朋好友,都要随着筱的遗体回去,可是,最后关头,筱大伯又说,车不行,只有一辆大巴,大巴只能提前走,因为凌晨 2 点到 5 点之间,禁止任何载客运营车辆在高速公路通行。所有的人都觉得不妥,亲戚们这么远地来了,就是为了送筱一起回家,这算什么!让他们阳钢派两辆中巴,23 点出发,一起走。

筱大伯无奈,要不来车辆,易小妹将他忽悠得团团转。最后只好在追悼会之后,匆促地让其他的人乘坐大巴先出发了。

最终得知,车辆还是拿我们自己的钱租来的,根本不是阳钢派的车。

晚上 11 点,我们随着灵车出发了。筱年轻的妻子坐在灵车上,怀抱着他年轻稚嫩的黑白照片,在前面;车内还有那只白公鸡和装着他灵魂的圆镜儿。我跟在灵车的后面,向深夜的天空和阳关喊:筱儿唉,走啊,我们回家!

我们穿越黑暗中的河西走廊,阳关、酒泉、高台、张掖、河西堡、武威、双塔,在一个又一个城市的边缘,我都要喊他的名字,怕他迷失,找不到回家的路;在每一座桥头,我都要叫他的名字,怕他惶恐的灵魂得不到召唤,不知何去何从。

在走过一个又一个城市村庄之后,我们到达了相隔 600 多公里的故乡古浪。此刻,初秋的河西,早晨天气微凉,太阳刚冒花子,地上结着微霜。

坟地正在故乡的一面山坡上,位置正是向西面张望,筱可以巴望他的阳关,巴望他的妻子,巴望他的孩子,巴望他的父母和矿上一起遇难的兄弟们!

我抱着那只白公鸡,到了墓地前,将绑缚在它腿上的红绳子解开,至此,它应该夺路而逃,去荒野自由自在。这也是河西走廊一带的习俗,对于一个招魂的生灵,应予放生。孰料它走出坟圈,又蹒跚着回来,坟圈内有上百多号人,它端端地走到我的双脚下,停下来,偏着头,没有惶恐,睁着明突突的眼睛,看着我,然后卧在了我的双脚之间。我蹲下身子,摸索着这只白公鸡,眼泪一下子迸出来:走吧,孩子,你走吧!不要牵挂了,娃娃老汉还有我呢,你媳妇她会有新的生活!它不走,它固执地卧在我的双腿下,咕咕叫着。我拿来献在他坟前的馒头和矿泉水,它不吃;将水倒在地上,它开始喝起来,它在地上喝了很多的水啊!我将两瓶矿泉水丝丝缕缕倒在地上,地上冲出了一个小小的水窝,它就开始喝,一直喝,我的娃啊,渴了喝来,饿了吃来!在井下没有水喝,你的嗓眼里充斥着窒息的一氧化碳烟尘,你无路可走,才致如此!将近半个小时内,它一直在喝水,喝够了,我想它应该离开了,它麻木的双脚应该缓醒了!孰料它还不离开人群,它穿过森林一样的腿脚,来到了棺材所在的穴口沿上,定定朝下看。下面就是他的遗体,他也舍不得自己这长了27年的好身板啊,180多斤!他在审视自己的死吗?在追悔品咂生命逝去后,剩下的滋味吗?

坟圈里的冰草身上闪烁着露珠,在阳光下摇摇欲坠,跌下来,它将砸在这黄土上,再渗下去,便会消失殆尽。

R

我陷入无边的惶恐之中。我做梦都怕有人来找我,就是因为许正山。有时候,我梦见那些人诡异性微笑着,问我排风机的事,问我防尘面罩的事,问我氧气罐的事……有时候我听到一声门响,我就会惊得站起来,我总以为他们来了。时间久了,我就盼望他们快点来。来了,问了,我也就解脱了。我才真正体会到什么是生不如死,什么是自我折磨。

之所以如此煎熬,是因为许正山犯罪的事实中除了收受他人财物之外,还有和银马烈一样的界定,那就是培植私人势力,拉帮结派,搞团团伙伙。那么,我就是他私人势力的一员了?似乎是,也似乎不是。据说,银马烈在许正山的授意下,在 L 市委组织了青干班,每次他都代表许正山在青干班上讲课,每次都说,请大家清楚,你们就是组织关照的结果,在 L 市,组织是谁?就是市委主要领导。主要领导是谁?就是许正山。明白这一点,你们就知道你们是谁的人了,这就是方向。所以,他总是强调,只要效忠组织,也许明天就能得到组织的重用和提拔,否则,组织凭啥要重用你!用了你,你却为别人效力,不为组织着想,这样的组织恐怕没有吧?所以,在 L 市,那些对官衔和职位美梦寐以求的不少追慕者迅速脱颖而出,聚拢在银马烈的周围,也就是聚拢在许正山的旗下,开始了他们所谓的效忠。

而我最担心的是组织会不会认为我也是许正山的效忠者之一?我自认为不是,我的确算不上。如果我是,那么我早就乘坐"阳钢号"上L市了。这样的人也不在少数,多数是年轻人,包括张三岩,早就有人在暗地里传言,他也会乘坐"阳钢号"调到L市的。也许真有这样的可能,但是,他错过了,还没有获得乘坐机会,"阳钢号"的主人就已经翻车了。

"阳钢号"是从L市通向阳关的一列动车,是许正山在位时,以"阳钢"命名的。我也乘坐过这列火车,但是,我似乎不在他的车厢里,我老了,我没有上进心了,我不能去L市了。这个,他和银马烈都清楚不过。

有一次,我梦见一伙人来了,衣衫褴褛,浑身散发着呛人的烟味。我很惊惧,他们似乎就是来找我的,找我干什么也不知道。仔细看,是靳凯和王筱他们,我确定就是他们,他俩站在前面,似乎是给我设了一个局,让我猜,他们是来干什么的。他们浑身昏暗,没有颜色,面孔模糊,我想他们是来问自己的事情的,又似乎是路过而已;当我想到他们是来说我和许正山的事情的时候,他们一起狂笑起来,他们的笑声传得很远,旷古通今。我心想,他们都这么明白,看来就我一个人蒙在鼓里,原来所有的人都知道这秘密了,就我还在傻傻地自以为是呢。他们渐渐远了些,还在笑,笑声像石头在碰撞……我被吓醒的时候,那笑声似乎还没有消失,那一股呛人的烟味还充斥在黑漆漆的房间里。我睁开眼睛,黑黢黢的夜,窗外,风声萧瑟,似乎是他们刚刚离开的影子。

我一直处于焦虑当中,我一直在焦虑。他们不来审问我,我焦虑;他们如果来了,我也焦虑,该怎么回答他们:是如实交代呢,还是侥幸隐瞒呢？要是如实交代，我的声名将彻底败坏，首先，我的老婆将再也不来看我了，她最鄙视的就是这些贪欲吞天的腐败；如果我还在隐瞒，他们也许早就调查清楚了，譬如将许正山在任时签过的所有票据捋一遍，不就清楚了？那高价格的东西和现实的价格稍作比较，就再清楚不过了。只要查，没有查不出来的，而我自己如果不说，可能永远没有加分项，终将坐穿牢底了。不过，说实话，我自己只是存了100万，一直以来，这钱就没有花过，现在就在老婆手上，她曾经问我，这钱是咋回事？我说，就是以前存的一些奖金、私房钱，没什么。她也没有细究，算敷衍过去了。

在许正山接受组织调查开始的一个多月里，我整日处于这样的状态。终于盼到老婆来看我了。老婆见我消瘦了一大圈，很为我担忧。我说，许正山的事情听说了吗？她说，据说许正山接受了一个地产老板国内单笔行贿最大的一单——6000万元，人们说，他在L市有一处房产，整幢楼的半个单元都是他的，办案的人去搜查时，探测器滴滴滴响个不停，在报警，却找不到藏匿所在，最后发现，他把一间房子装成了暗室，打开墙面，里面全是金条和现金，还有美元、黄金首饰、古董等。真是吓人啊！我问，那地产老板是哪里的？据说就是L市的，他被抓后第二天就把那老板供出来了！老婆笑着说，关键是老板们以后还敢给这些贪官送礼吗？不敢？他们为了生意、为了钱，啥不敢？他们为了钱，连命都不要，这是他们的天性！老婆说，是啊，当年，我们在大学马哲课上，老师不是讲过吗？资本从来都是血淋淋的，哪有干净的资本？

我想起自己当年和老婆为了爱情和理想，在大学恋爱后，老婆跟着我来到这边疆城市阳关，她放弃了回城市的机会，和我一起守望爱情。到如今,我才知道其实自己最先背叛的就是她。我咋就没有问问她,我在那个时候,到底该怎么办?其实,我心里明镜似的,她肯定会阻止我那么做,肯定会说,你挣扎着弄个官衔干什么,你难道没有算过账吗?哪个重要?哪个风险大,哪个安全?哪个是有尊严的,哪个是丢了脸面的?我何尝不知道啊,我有了这一切,家人、朋友、圈子里,我就有头有脸,我是个男人,就得活出点尊严,但是,为了面子和尊严,我赌得太大了!

　　我给老婆说了石如新的情况,老婆说她要去看看石如新,因为她认识石如新。石如新在我大沟矿履新之后,将他提拔为副矿长的当年春节,他来我家拜年,我老婆对他的到来非常开心,她似乎是盼望来了自家的亲人一般,泡了茶,拿出了最好的软中华,说了几句话,老石就要走,老婆说啥也不让他走,还记得老婆说,您比他大,应该是他去给您拜年,他现在官当大了,都不懂得大小了,让您老哥来拜年,这成什么体统了,您等着,我给您敬了酒您再走不迟。老石看着我的表情,我说,看什么呀,话都说到这份上了,咱老哥俩不喝两杯,我家一把手能放过你?老石就老老实实地坐下来。老婆迅速做好了六个小菜,然后也不容我同意,将我私藏的茅台酒拿出来,斟满说,石矿长,您这一来,我家蓬荜生辉,这是您看得起我家老刘,我敬您一杯酒!老石端起酒杯来,说:"弟妹啊,你这把我弄尴尬了!我是下属,这都是应该的……""石矿长,您喝了酒再说!"老石仰首喝了酒。老婆说,您是老哥,在矿上,您最清楚情况,从工作角度还是从私人交往,你们多多关心,多商量,就算是帮助他了。他呢,有时候武断,学会了官场的那一套,如果有什么做得不到位,请您谅解他。老石显然是受宠若惊,说,我就是刘矿提拔起来的,没想到这辈子还做了个官,也真是祖坟上冒青烟了,谢谢您矿长! 老石对我千恩万谢,在家里吃喝之后,走了。老婆对我说,老刘啊,你遇上这样值得交的人,真是我的骄傲!

老婆一直觉得老石是个好人,是值得我交往的人。谁知道,这世道虚实难分、真假难辨,哪个是好,哪个是坏啊? 不过这6年下来,老石确实没有干过一件让我不满的事情。

老婆听了我的话,潸然泪下。

她说她要去看看,她要找那家伙,去看看他。谁知道,很快,老婆回来了,她的眼睛红红的,显然是痛哭过了,说,他已经出去了,看病去了。她回去再去医院看他。

老婆走了,让我重新陷入对老石的内疚和歉意中:完蛋了,最后咋就让他是这般结局啊!

又过了几天,那家伙叫我出去,我们站在寒风料峭的阳春三月里,他说,石如新走了! 昨晚上走的。

我突然感到一种巨大的悲怆,苍天啊,原来是这样啊! 他不该啊,再怎么也轮不到他先走啊! 泪眼蒙眬中,我隐隐看见远处的雪山冰川之下,有老石的身影,他踽踽独行,吃力地弓着腰,在山的褶皱里爬行,他肯定是累极了,他在阴暗寒冷的山坡上,没有回头,像一块石头,缓缓向山上移动;像一只蚂蚁,向最寒冷的地方去了,也许那里最干净,也最为通透,也是离苍天更近一些! 我听到他嗓眼里发出的咯吱声,像一堆小石子儿在一起相互挤对的声音,又像是厚重的鞋子踩在雪地上发出的声音,艰涩,困厄。

十八

从墓地回来,我终于感觉到自己从黑暗的矿井里钻出来了,左冲右突,其中的痛苦、失望、伤心,像隐伏着的一个个井巷。总算爬出来了。第二天,我接到单位电话,是人力资源部部长打来的,他冰冷地通知我,尽快回来上班。我上班的第一天,正赶上单位召开全体员工大会,因为事先没有通知开会,我去得有点迟,没赶上。我只好在办公室等候,等到会议结束,我去找人力资源部销假,却听到人力资源部部长严肃地透露了一个"消息",她说,董事长在会上批评你呢!我说咋了?她说,他在会上说,我们的有些人出了门就管不住了,叫人家外单位的说,你还管得住你的人吗?多丢人啊!显然这话是批评你的,就是你在阳关不听他的话,找阳钢的领导闹事。

呜呼!天要绝人啊!我十分悲愤,作为一个正常的人,他的晚辈出了这样的事故,他岂能不管?管了,就要被上级领导管制!他这是连私人的事情都要管啊!

我立即要去找动董事长问个清楚,结果被人力资源部部长挡住了:你先想想,究竟怎么办最好,先别冲动。

当晚,我悲愤难捱!给董事长发了一封长短信。

董事长您好!

　　前段时间我请假去阳钢为抢救被困矿工而牺牲的外甥处理善后事宜。本来是一件私事,没料到最终升级到单位的层面,我想有必要向您解释说明,以免信息传递失真而造成误会。首先,我在处理事情的过程中始终向阳钢工作人员说明我是以家属和私人的身份处理事情,与单位无关,没有打单位旗号为死者争取荣誉。其二,事发突然,一个家庭突遭不幸,姐姐、姐夫无法接受失去独子的打击,姐夫脑梗,姐姐有心脏病,双双入院,甥媳无法承受,两次割腕自杀,家里还有嗷嗷待哺的幼儿,此时此刻我的心情无法用语言表达,作为唯一还能挺得住的舅舅,我得为救人而失去生命的外甥争取应得的荣誉,为幼儿的成长争取最后的保障,于情于理我都责无旁贷,更何况这个外甥从小到大的每一步,我付出的爱不少于自己的亲生孩子。其三,具体谈判过程中,阳钢工作人员对我们家属的合理诉求(申报烈士)一再推诿,中间又发生了一件事情让人情绪激动:外甥在渭水县双联工作突出,荣获当地政府表彰,当地镇政府得知他牺牲后于8月18日举行了追悼会,悼词画面微信网上皆有。但阳钢屏蔽了微信。当时我放了狠话:你们能屏蔽得了一篇,我能发出十篇。当然,这是气愤之语,确是我当时的真实心情,因为我手里确有一些矿难发生后阳钢为了捂事而不请专业的救护大队施救、盲目指挥没有任何防护设施的内部职工施救,且在时隔十小时后才请专业救护大队施救,生生耽误了最佳抢救时间,枉送了12条生命的真实证据。但我接到陈总的电话后克制了情绪,本着一切为了死者安息、生者要生活的现实选择了息事宁人。后来的谈判中,阳钢工作人员一直坚持救人者和被救者同等标准,多一分钱都不可能赔偿,且多次说明家属来得多,所有费用自理,从中挑拨是非。最终,救人者和被救者没有丝毫差别,就连一张纸(荣誉)也没有发。无奈之下,我找到了阳钢董事长,他通情达理答应了事后在阳钢内部表彰嘉奖的请求,我随即把外甥运回老家安葬。事情真相就是这样。谁都为人父母,将心比心,我觉得我在处理外甥救人牺牲善后事宜中的言行并不过分。我不是一个"管不住的人",我只是为死者要一个公道而已。如您有时间,我想当面澄清事情真相。最后我还有一个请求:您和阳钢董事长熟悉,恳请您从中协调一下,请他兑现承诺,给救人者一个应有的荣誉,给死者以尊严。

您的下属悲痛敬上

没料到清晨七点,董事长的回信来了:我已经将你的短信转发阳钢董事长。又很快,他又发来一个短信:转自程明冬董事长:请你转告他,我一定在合法合规的前提下,尽全力办好他的事情。

至此,胸中冰块适才化解,仿佛黑暗的井巷中,露出了一线光明,似乎一个虚拟的出口就在眼前。

脚脖子扭伤、脚面趾骨断裂、小腿胫骨腓骨断裂、膝盖骨裂缝、腰椎椎体粉碎,两个月之内,5个人的腿脚连续出了问题。住院、检查、打石膏、手术、上钢针、打钢板。怪哉!这人的腿脚咋就跟黄瓜一样脆啊。我没敢对任何人提起我对此事的种种假想和推理:难道是因为筱的脚脖子被那只手拽住了?血腥味一直充斥着我的嗅觉,那副身高一米八的身板,那180斤的体重,还有那些长长短短的呻吟和哭喊,还有后来接连而来的横七竖八的断腿残脚,打着石膏,穿着钢针,打着钢板,横陈在我的眼前,时时将我从梦中惊醒。

最早,脚出了问题的是我嫂子。安葬筱的那天,她早早从家里赶到墓地等我们。等筱的灵车一到,她开始趴在灵前大哭,开始,她一面烧纸钱一面哭;后来,索性撂了纸钱专心哭起来;再后来,她拍打着腿下的土地,微尘被她的哭声震起,最后,她浑身泥土,上气不接下气地哭喊起来,直到声嘶力竭:我的筱啊,你咋舍得你的妈妈你的娃啊……老天爷啊,你把这个心头肉给带走,叫我的妹妹咋活啊……老天爷啊,你太残忍了……筱啊,你买给大舅母的衣裳我还没有舍得穿啊……你的大舅舅最好的皮鞋就是你买的啊……你的弟弟妹妹还等你拉攀啊……

那一顿撕心裂肺的哭喊,真是最后的告别啊!她把我的心声都哭了出来,哭诉了多少难舍的话儿,打动了所有远近的亲友,尤其女人们都开始号啕大哭,一声声的诉说夹带着或长或短的拖音,将整个小山包淹没了,远处的村庄寂静无声,也被这震天的哭声惊呆了;像一场巨大无比的合哭,如果说这场合哭正如一场合唱一样成功的话,嫂子绝对是领唱一样的首席人物。

此后不久,丧味还飘荡在我味蕾边缘:冥币在燃烧,酒菜在火中散发出来的杂陈之味,泪水洒在火焰中,撩起来的哀伤之气,尚未完全散尽。"十月一",我回家去给先人烧纸送寒衣,一进门,见嫂子走路一瘸一瘸的,踮着脚,心里猛然产生了一股悲伤的情绪。问她,才知道,就在送完了筱之后的第四天,她独自开着电动三轮车去另外一个村庄办理土地确权,结果在拐弯的时候由于速度过快,车翻了。咋翻的,她自己也不知道,总之是翻了。她的脚被车压着,她躺在车旁边,她感觉自已没死,翻起身来,还好,只是脚被压住了,努力抽出来,脚给扭了,当时隐痛。她起身将电动车扶起来,车子已经发动不着了,她只好推着三轮车回家。出事的地方离家至少也有四五公里远吧,等她推着车到了家门口,脚痛得连一步也挪不动了。哥哥又不在家,她一个人就在门槛上坐着,缓了很久,才慢慢挪到了屋里。躺了三天,还是痛,又怕崴坏了骨头,就去医院拍片,还好,也没有伤筋动骨,只是拉伤了肌肉,就买了一瓶红药水回家了。她说,这不,都能走了。我看见她那只左脚像一块褐色的倭瓜,肿踝没有了样子。她说,原本想去县城看你姐姐姐夫去,这不争气的脚又痛得没办法,只好先忍着。

没事就好。我长叹了一声问,你当时是走了神了还是?嫂子说:"我想起筱了!那天是他的'四七',再过几天,就是'十月一',送寒衣,我想起他上次给我带来一件皮裤,说:'大舅母,你平时要注意身体,不要太累了……这皮裤冬天开车穿上,腿不冻,里面是羊毛……'我向着他的坟墓方向看了一眼,车就翻了,我都没有反应过来是咋回事呢!"

阴霾一时弥漫了我的心肺,一股哀伤袭来。

S

　　我一直在关注着阳钢给3个救人者最后的结论。王筱他单纯、勇敢,真是难得的好小伙子,集团看上他了,抽调他去机关,我舍不得硬是挡下了,我甚至后悔,当初咋就那么轴,没让他去集团党委,硬是拦着他,让他留在我身边,我自私啊!

　　如今,我知道,直到现在,他的爸爸妈妈都怀揣着一纸阳钢出具的承诺书,等待着事故调查报告,等待着烈士申请的下文,等待着阳钢内部对他的褒扬,等待着这个8万多人的单位给他一个公正的说法。

　　但是一直没有个说法,一年过去了,什么说法也没有。

　　他的父母亲我是见过的,就是在前年春节过后,他们一家来到矿上看看儿子的工作环境,我还和他们聊了几句,表扬了王筱,他们显得那么自豪,笑容里散发着那么真挚的谢意和敬意。如今,他们已经等待了一年有余,烈士证还没有结果,没有任何的定论,他难道等于白白死了吗?这一对50多岁的夫妻是怎样熬过了这一年多漫长的390多个日日夜夜的等待!

　　程董事长到阳钢一年就发生了这样的事情,如今,他正在期待在别的项目上有所建树,做出更加辉煌的业绩来减轻他的过失,而上面只是处分了他,一直对他没有做任何实质性的处理,这也许是上面还有更高级别的人在保护他?

人命就这样被践踏,这是什么样的企业啊!企业被践踏成这样,我也是践踏者之一,真是令人痛心疾首啊!他们连人的生命都敢于蔑视,这就让人无法启齿了,让我这个曾经的无耻之徒都蒙羞到了极致!

更大的消息传来:省委常委、政法委书记王五常被抓了!那家伙又给我送来一张报纸,报纸上是清清楚楚的报道。

王五常做了什么被查?报纸报道说,他是一个疯狂敛财的人,天呐,他那个级别了还敛财干啥啊!他还缺什么?党和国家什么没有给他?这么大的一个省都给他治理了,他还不满足。很快,央视播出了系列访谈节目《巡视利剑》,内容是一群贪官在监狱里的忏悔!原来,他到甘肃以后,他的两个外甥和儿子都来甘肃做生意,他和商人有很多的利益纠葛,他的一个外甥就承揽了阳钢和L市新区的工程项目,赚钱。那么,在阳钢的工程是哪个工程呢?徐大江曾经说,这公司的后台老板说出来吓死人,难道正是他?

我不敢想下去了。

高悬的反腐利剑在他们这些人眼中竟然是如此轻微!

中纪委的人来了。终于来了。他们来找我的时候,我的体重由原来的180斤降到了133斤。

他们单独询问我和许正山的关系,和陕西鹤金公司的关系。

此前我还在犹豫不定,我不知道该说什么,见了他们,我坐在一张孤独的椅子上,面对他们的时候,我竟然没有任何的顾虑,说出了我和许正山的关系,我甚至突然想起了哪一年的几月几号,我给他送去三次卡的时候是什么时辰。

中组部的人问,你购买的防毒面具使用过吗?我承认,使用过,就是这次火灾事故当中,救人牺牲的3个人,他们都是把防尘面罩当作防毒面具使用的。我知道,那是防尘面罩,井下作业的人戴着,可以防止粉尘吸入,不可能防毒,这是导致他们最终死亡的真正原因。这是我的罪责!

他们问,也就是说,你明知那是防尘面罩,还是让他们当作防毒面具来戴的吗?我说,是的。我知道,为了给他们一点勇气,所以,我就让他们当作防毒面具戴了,井下也有我的外甥,我的亲外甥啊……

我泣不成声:我是为自己忏悔而哭的,并不是为外甥之死。

他们再问,排风机呢?排风机也在这次事故中用了,排风机的功能没问题,那天是天气原因,也是地势的原因,和排风机质量没有关系,排风机质量没问题,只是价格虚高,这个我清楚,你们也可以去厂家证实。

接着,他们问我和陕西鹤金公司的关系。我说没有任何关系,但是我相信和阳钢有关系,这关系不在我这里,而且我分析了关系的脉络:一个是银马烈直接替许正山说话,这话是银马烈找到了张三岩,由张三岩传递给了程董事长;另外一个可能就是许正山直接搭线,告诉了程董事长,王五常的外甥就是陕西鹤金公司的老板;第三,也许是王五常直接参与了这场游戏。

他们问我,张三岩和银马烈的关系,我想起了张三岩曾经说过的话,陕西鹤金公司的背景说出来能吓死你们!这说明张三岩肯定知道其中的关系。我突然想起徐大江,我说,徐大江是关键人物,他是一手制造了马震案件的人,你们要找他!去年的火灾是徐大江一手制造的,他明明知道着火了,隐瞒事故,知情不报,还关了手机,在火灾事故发生后,我就给公安局的人说了,让他们抓住徐大江,结果徐大江跑了！他知道这一切内幕。

询问人员在紧张地记录。我停了一下,说,火灾事故至今没有定论,救人者至今没有给一个明确的说法,就是这些人在包庇!

他们问我,在出事后,有没有托人找过许正山?我说没有,我知道自己的罪责,找也不过是白找,所以不找。我死也不能说出老婆找过许正山的事情,我就是死了,也不能连累我的老婆,我要让她好好的,可是,如果他们去找她呢?

他们一定会去找她的啊!我真怕啊!

询问完毕,他们让确认录音和记录,我签了字,他们走了。

我又担心起我老婆。

几天后,那家伙对我说,你老婆住院了。一听这消息我的心顿时一缩变得惨白。我问咋回事?他说,孩子说,他们的宁老师几天没去学校上课,学校说她请了病假,让另外一个老师替她的课。后来,有孩子说,宁老师割腕了。不过,没关系,她暂时没有生命危险。在阳钢医院住院。

天呐!我高贵而纯洁的老婆啊!她是受不了我曾经掩盖的所做所为,终究对我绝望而割腕的吧!

我的天塌了!我再次掉入了黑暗的井巷,没有任何出口,任由黑暗将我滴血的心一点点咬噬。

我的老婆是天江市的人,属于地地道道的市民,她千里迢迢来到阳关,完全是为了爱情,她爱我,才跟着我来了!而今,她知道了我的所作所为,她失望了,所以以羞愤难当,想不通,割腕了。我问那家伙,你说真话,她是不是已经死了?没有,不过很玄乎,失血过多,救了两天,才救醒了她。我问,究竟是哪天的事情?那家伙说,都一周了。我说

243

你把电话打通,我问她。那家伙打通了电话。她没有接,迅速压了。

我问那家伙,我的孩子知道这事吗？他说,孩子知道了。你老婆的身边没有一个亲人,她不提供任何娘家人的信息,只说女儿在外地上大学。事后第三天,你女儿就来了。

我想,我再也没脸见孩子了,她一定明白,她的妈妈是因为我而割腕的。我活着还有什么意义啊！我想到了自杀,我想以死了之。我真的没脸见她们娘俩了,我也没脸见我的姐夫和别的亲人了,我还活在世上干什么！

思量再三,我又主动补充了我的供词,我唯一能做的是必须要为3个救人者争取到应有的荣誉。此后,我再死也无憾。

十九

　　筱被埋葬后，姐姐姐夫待在阳关，各路亲戚都各自忙碌他们的事儿去了，一件事情似乎是结束了。看似结束，其实，所有的亲人都如当日困在矿井中的人一样，也有如扑倒在井巷中的救援者，都没有找到出口，内心里那呛人的烟尘一直没有消散。只是谁也不便多说，怕这绝望传染给姐姐姐夫和桃儿。

　　这些日子，姐夫的日子很难过，姐姐的日子也很难过。一天一天捱着过，每一天时间的每个节点，只要没有别的事情掺和，除了睡觉，他们心里就一遍遍地想筱，一遍遍地被一种东西咬噬着，一点一滴地流着血。他们是心甘情愿被这种痛苦折磨着，其他的一切都无法进入他们的内心，只有召唤，只有嗜血的回忆以及重复的推理，还有对他的幻想，包括他现在魂归何处，音容笑貌如何，一切的一切。家里虽然被筱的媳妇打扫得窗明几净，但是，哀伤和悲苦的味道却一直笼罩着，没法打扫出去，甚至越来越浓，像深不见底的矿井。它们充斥在透明的阳光和透明的空气中，黏稠、浓密，可以阻隔阳光和灯光，将这个家弥漫成哀伤之所。

　　也许是那味道太浓了，也许只有酒才可以冲淡那味道，或者就是鬼使神差，姐夫开始借酒浇愁。他在早餐后，就要喝酒。在家里不敢喝,怕姐姐和桃儿阻拦,他就出门去,买一个小瓶二锅头,坐在室外安静的地方,缓缓地喝。酒一滴滴渗入心肺,变成了苦涩的泪,想冲淡心头的那片铁灰色的烟雾。喝着喝着,他的眼泪就控制不住地涌出来,开始是啜泣,接着就是双手蒙着脸痛哭。哭上一场,化解了些许心中的块垒,心里空荡荡的,心中、眼前什么也没有了,身子就开始晃晃悠悠,似乎不是走在现实的世界上,而是在筱所在的另一个世界,或许就是在那永远没有出口的矿井口。他就开始呜咽着呼喊:"筱哎,筱——"他的眼前泪雨倾盆,世界一片朦胧。等他哭喊够了,诉说够了,再拖着虚软的双腿静悄悄地回家。

　　有一天,桃儿中午时分给我打来电话:"舅舅,爸爸喝酒了,抱着孩子,把自己和孩子都摔坏了。""孩子咋样?没事吧?""孩子没大事,头上撞了一个包,脸上擦破了。爸爸的牙也碰掉了,还有腿也摔伤了,脚脖子扭了。""现在呢?人呢?""在医院。""医院咋处置了?""脚脖子打了石膏,固定住了。也没事,就给你说说,爸爸的痛苦,我也理解,可是他千不该万不该,不该喝酒了把孩子抱出去啊!"

　　孩子是筱的儿子,也是姐姐姐夫的心尖尖上的肉,才一岁八个月,他爸爸出事那天的凌晨三点,我和姐姐把他从被窝里面抱起来,要从千里之外的老家去阳关看他爸爸的时候,他睁开明突突的眼睛,嘴里莫名其妙喊着:"爸爸爸爸。"那四个字不断重复着,能将我心里的血撕扯出来。

　　情况肯定很糟,孩子受伤了,姐夫也受伤了。我只好坐高铁再去千里之外的阳关。眼下,家里只有两个女人,爷孙两个男人,这两个男人都受伤了,家里咋办?

　　高铁像一条平滑的白蛇飙飞,四个小时后的傍晚,又一次将我运抵昏暗的阳关。姐夫已经从医院回家了,脚上打着石膏,木呆呆地坐在昏暗的沙发上看着我,满脸惭愧。我知道,这惭愧不仅仅是对我,更多的是对孩子的爸爸、他的儿子筱。

我说,没事吧,没伤骨头吧?他说没事,我没事,就是娃……我无语,坐了良久,姐夫惨兮兮地抹着眼角,说起了事发的过程——

早晨,我起床后,睁开眼睛,就想起了筱,想起那天我和你给他洗身子的情景。他的身板那么大,几乎能把地面压出一个坑来,瓷实得像泥塑的人一样……你记得没,他的手是半蜷着的,你还用酒精棉签给他擦指缝,那指头始终没有掰开,我想起他的那手指头,又想起你擦的棉签上面的泥土,就受不了了。你知道吗?我就在想,娃的手当时是在抠着地面的,否则,指缝里哪来的那么多的泥土,还有指甲缝里,也是泥土。他当时肯定是在瘫软无力的时候,摔倒在地,开始用手抠着地面,希望爬出井道,可是,他没有力气了,软得没有一丝力气了……我就想,我的娃再小也27岁了啊,他难道不知道这危险吗?明明井下的人向地面汇报了,井道里面烟雾太大,他们出不来了,他难道还要傻冲下去?我想不通,他为啥要下去。我就开始恨他,开始抱怨他。我心里憋屈得很,就悄悄出门去了,想一个人喝点酒,哭一场。我出门买了一个二两的小瓶,喝上了。在公园里面坐了一会儿,发泄完了情绪,就回来了。进门,孩子奔着我跑过来叫爷爷,我就抱上了娃,偏偏他喊着要出门,我就抱着他下了楼,在楼外的空地上玩了一会儿,心里还是装着那些疑虑。之后,我就抱着他上楼。上楼的时候,我感觉有点吃力,突然想起筱在井下是怎么艰难爬动,眼睛看着远处的井口,却无能为力,不知道是咋回事,我就打了软腿,摔倒了,从楼梯上滚下来,把娃也给摔伤了……

我心里咯噔一下,又是想起了筱的事。筱他们当时接到报警电话是下午一点左右,这是他们很多同事可以证实的事实。接着,他们可能开了一个紧急短会,短会是分管生产的副矿长召集的,会议应该决定了去灭火、去救人两个事项。由谁来完成这工作呢,自然是生产科和安全科,筱就是安全科的主管之一,尽管筱在眼下履行的是绿色矿山申报工作,井下安全另有罗西主管,但是,关键时刻,会议决定由安全科和生产科两个科室的主管人员带领两个科的9个人,总共12个人去救人灭火。据给筱当天开车的一个司机后来对我说,他开着小客车,拉着他们走在路上的时候,筱还极其冷静地对他说,你不要慌张,现在出了事故,你要开好车,车上人多,安全第一。到了A井口,他们见井口冒出浓烈的烟雾,味道呛人,在井口徘徊良久,他们没有下去,太危险了。于是转移到了B井口,孰料,B井口塌了,那该死的井口,要是从那里下去,也没有事;B井口下不去,他们转而又回到了A井口。此时,离井下被困人员呼叫已经过了快一个小时,咋办?井下的9个人在等待救援,而井口的他们又不敢下去,这不是生生看着让他们9人送命吗?下去吧,又没有任何防护设备,只有防尘面罩,这能顶什么用!这么多人,下去了,不是全都跟着送命吗?矿上的电话一个接一个问他们为啥还不下去救人,他们最终决定,党员领导先下去,其他人根据情况再下去。15点55分,是筱的手机最后接听电话的时刻(这时刻是拿到筱的手机后得知的),说明此后,作业长和筱他们安全科的两个主管带着有经验的老钟4人先冲进去了。其间,筱他们的另一个主管在中途摔倒,受伤。老钟将伤者拖出了井口,接着又冲进去了,他们3人再也没有出来。直至3小时后的18点40分,筱的手机终于被人接听了,没人应声。这是筱媳妇桃儿打去的,听到的是一片吵嚷声,这时候,他们应该是被消防队员从井下拖出来了。电话应该是消防队员接听的。那个亲身投入救援,亲自将筱他们僵硬的身躯从井下拉上来,目睹了悲剧已然发生,此时听见筱衣兜里的电话响起来,掏出来一看,显示着"亲爱的",就知道,这必然是他的爱人,接起来,能说什么呢?他只好让周边嘈杂慌乱的喊叫声为桃儿做了回复。

姐夫想起了筱的手指缝里的泥土,我也想起来了。那天,我去殡仪馆给他擦拭身子的时候,他的面色紫红,身体也紫红,手指半蜷,难以展开,好像他有一口气没有呼出来,一直憋着;或者有一口气没有吸进去,他努力憋着……他的手心和指缝里全是泥土。据救援人员讲,他的头是向着井口的,说明他已经意识到危险,已经转身想要撤出来,这时候,他摔倒了,他努力用手指头抠着地面,向前爬行。他的身后是28岁的作业长,身前是看着他的老钟,他想够着老钟,两双眼睛互相看着,眼睁睁地在咫尺之间……

姐夫想着筱在井下的境遇,摔倒在楼道的时候,他紧紧地抱着娃,没有松手,在楼道的台阶上,他应该是趴倒的,磕上了牙齿,3颗牙齿被生生磕断了,眼镜也不知去向;由于将所有的精力下意识地放在娃的身上,酒后的身体失去平衡,在楼梯上滚了下来,他顾不得自己,将娃紧紧抱在怀里,脚脖子使劲要保持平衡的时候,脚踝关节扭伤错位了。

姐夫非常懊悔,他不敢看儿媳妇的眼睛,怕从这双眼睛里看出桃儿对他的不满,看出一个母亲对他的谴责。他也不正面看我,眼角湿润,声音哽咽,看着别的方向,给我讲述这些的时候,断续了几次。

好在他的脚脖子没有骨折,只是筋肉拉伤错位,打了石膏,只要养些日子就好。孩子受了惊吓,姐姐和筱的媳妇也又一次受了惊吓,心事重重,却不敢说出来。家里的光线暗淡,气氛沉闷,正如阳关的天气一样,长云横陈在天际,远处的山头淹没在云中,不见踪迹,像倒下的一个巨人,抬不起脚来,一动不动,无可奈何。

T

我一直沉浸在悲伤和不快当中,自从我听到老婆出事以后尤甚。我希望见到她或者听到她的消息,但那家伙此后对我没了好脸色,他铁青着脸,远远瞅我一眼,就走开了,再也没给我任何与我老婆和事情相关的消息。

他这样对我,就是在责备我,就是在羞辱我。

直到后来,他拿着一封信来了。这封信是他的女儿给他的,并不是写给我的,而是我老婆写给他的。他没有表情,递给我的时候,还递给了我一包烟,我抽了一支烟,那烟呛得我流下了眼泪。

尊敬的家长您好:

我是焦喜柳的老师万晓鸿,非常抱歉,我因为身体的原因耽误了孩子的学习,想必你们都很着急,我也很着急,不过还好,我已经出院了,在家休息。焦喜柳来家里补习功课,我见到她,我就哭了。我想,我是想她了,还有他们很多的孩子。作为一个老师,这次的事情出得有点荒唐,请家长原谅我的行为,因为这种事情或许会对孩子造成心理阴影,但是,请你相信,我不是自己愿意这样,而是为了我的丈夫。我想你肯定理解一个女人对她的丈夫——一个她挚爱的人的情感,之所以选择这样,是为了捍卫我自己的立场,那就是如果让我死也可以,但是,我绝对不会出卖自己的灵魂,我丈夫是犯了事,但是,没有的事情,谁也别想强加在他的身上,更别想让我无中生有地去承认,这是作为一个人的坚守,我之所以从迢迢千里的远方跟他来到这个地方,是我相信他是值得我爱的。因此我的选择可能会对学生造成一定影响,但对我个人而言,这些都可以补救,甚至现在已经开始,乃至将来。家长,你在那边有足够的方便,请你关照我的丈夫,我身体恢复很好,孩子的学业也没有受多大影响,请你向孩子做好解释,我也即将向他们做好解释——关于爱的解释。

明天我将去学校上班,周末我来看他。谢谢家长!

万晓鸿于家中

我看着这熟悉的笔迹,我方明白妻子是出于什么原因才这样做的,我内心在愧疚的同时又感到骄傲,她终究是我的妻子。

那家伙说,她是个好老师,也是一个好妻子,我看了这封信,对她很敬重,对我的孩子有这样一个老师而感到自豪。那家伙的眼睛活了,抽着烟,香喷喷的样子,说,来,这是我从家里带来的卤肉,专门给你带来的,还有这个。他掏出了一个矿泉水瓶子,对着我的耳朵说是五粮液!他看着我,微笑了一下,拧开了瓶子,一股酒香扑面而来。我说,我不能喝,这不好,这影响你!他说,算了,你也别怕,我这是和犯人谈思想,没有什么问题,我有这个权利。他递给我筷子,从兜里掏出了两只小酒杯,叮当磕响了一下,那声音很悦耳,是我长期以来没有听到过的美好的声音。他倒了一杯,又倒了一杯,放在我床前的小方凳上,说,来,喝了!你原来是大矿长,我算个啥。但是,现在你肯定羡慕我。不过,说实话,我羡慕你肯定超过你羡慕我。我们喝了那杯酒,一股火热的东西顺着我的咽喉直入肠胃,像一根温烫的水柱。我说,你羡慕我?他说,我羡慕你有这么好的妻子,我也庆幸孩子有这么好的老师。孩子说了,他们的万老师,真让他们感动,在病床上,要求他们背诵的课文,没有一个背不会的,就连班上最差的孩子都背得滚瓜烂熟。孩子说,他们的老师是被冤枉才这样的,但是老师说,这样说也不对,是为了爱才这样的,你们长大了就会懂的。现在的孩子们啥事都懂,他们就说,老师教给他们,爱比生命重要,捍卫爱,胜过生命。天呐,我的孩子懂得的这些,我都不懂,我想了很久,是这么回事。他们多么幸运,这是老师用生命给他们上的一课。

那家伙异常激动,说:来来来,吃——再喝一杯——

我们又喝了一杯,他说,我孩子说,爸妈,你们要是将来有什么事情,我肯定会像我们万老师一样,爱护你们,甚至不惜以生命为代价。我急忙拦着孩子。孩子说,咋啦,你怕啦?你说说,我这孩子,这是让我最感动的一句话。

我想这是另外一码事,而我呢?对我而言,我也是为老婆而活着的吗?我全部的生命当中有多少是为了她呢?我很惭愧,我说。

他说,你现在该明白了,或者这世界上就是个老婆娃娃,还有个啥?我说,是啊,他们首当其冲,但还有那3个无辜的灵魂,我别无牵挂。那家伙看了半天,接着说,说实话,刚开始,我就是因为你老婆是我孩子的老师,现在,更是因为她。也怪你,这事情,我都觉得太亏她了!

我看见外面的一股旋风卷着沙尘,从远方飞来。

那家伙说，你们的事情还是没有确定的审理时间，徐大江被抓捕归案了，事故调查报告也公布了。但是我相信你有立功表现，为了孩子和老婆，你得从良心出发，好好来。

我相信我是有立功表现的，尤其是对调查组提供的张三岩和徐大江的背景，以及和陕西鹤金公司的关系。

那家伙说，所有家属联合找了阳钢，要求见程董事长谈判，当初他答应事故调查报告出来后，要对这些人在公司内部给予奖励，至今，报告下来了，应该给他们一个结论。但他们没有见到程本人，据说是出国去了。后来，中央巡视组第十二小组来了，在网上微信上公布了电话，有人打通了这个电话，将情况向巡视组做了翔实的反映，很快，阳钢公司找到了家属，程董事长说，他马上践诺，在阳钢公园修建纪念碑，在公司内部对所有殉职人员给予奖励，对3名救人者追授阳钢英雄荣誉称号！同时敦促民政部门尽快办理下发烈士证。

那家伙说，鹤金公司的老板被徐大江拽下水了，他就是王五常的外甥，当时就是徐大江和张三岩牵的线。他们都完蛋了！

我提起酒瓶，满满喝了一口。

一团火焰从我喉咙冲下去，又从头顶冒上来！

该死的他们。

我看见山顶上凄美的冰川耀眼如新。

二十

　　王元是我侄子。他憨头憨脑,长相很可爱,叫我尕爹的时候,总是羞答答的。前面说过,他七岁的时候,是嫂子从前夫家里带来的老小。他来到我们家就开始上学了,他的学习原本很好,可惜后来上了职业中学。学的是电焊。在我们家他算老四,嫂子来我们家,又生了两个,一男一女。

　　就在我嫂子的脚脖子还没有完全好转,伤后20天的那天凌晨五点多,嫂子的电话来了。自从筱出事以后,我对夜晚的电话开始恐惧,尤其是半夜或者凌晨的电话。

　　我从沉睡中被猛然惊醒,下意识地抓起手机,是嫂子颤抖的声音:"王元受伤了,脚面被车砸坏了,腿也砸伤了,腰也受了伤……"不知道嫂子说完了没有,但我知道后面她要说什么。我自言自语,又像问她:"咋了这是?那说明伤得不轻,咋回事?车祸吗?"

　　嫂子说:"说是装货的平板车,他从一个车皮上向另外一个车皮跳过去,结果,在两节车皮之间掉下来了,车在走,人就在车下面,又是砸,又是压……"

　　"那你赶八点钟的班车上兰州,我们一起去深圳看看他!"

　　我接着打王元的电话,但一直没有人接听,后来竟关机了。我心里七上八下,猜测事情估计大了!

嫂子乘一早的班车来到兰州,还瘸着腿。我知道这是上次三马子翻车留下的伤还没完全恢复。她紧张地跟着我,去了机场。我问她腿咋还没好。她眼睛看着远方说,没事。当日下午一点多,我们登上了去深圳的飞机。晚上到了深圳龙岗新区医院,看见王元浑身伤痕累累地躺在床上,不过,他还龇着牙笑呢。我和嫂子长长出了一口气,吐出了所有的担心和忧虑。问他咋不接电话,他说手机被压坏了。

王元在深圳一家物流公司上班,算是内部物流,将自家公司生产的产品通过物流往外发货,他是专门负责电脑操作的,不属于装卸工。可是偏偏那天凌晨,他在值班,看见那平板车还没有装完货就在黑乎乎的夜色里开走了。他想去叫停那辆车。从办公室跑出来,外面夜色朦胧,他看那平板车却很清晰,他飞快穿飞在夜色中,很快赶上了缓慢行驶的平板车,他像一只灰色的鹰,一跃跳上了平板车。车走得不算快,他跳上车,又从后面一节车皮向前面一节车皮跳过去,想要叫住司机。他一跃跳了过去,脚踩在前面车皮的车厢,脚下空位很小,没站稳脚跟,车上的纸箱又将他撞击反弹了一下,身子站不稳,向后倾倒,便被摔在了两节车皮之间,被卷在车下,像一团模糊的破布头,被车身覆盖了。他的脚面被车轮碾过去,右腿膝盖下被剐了一道深深的口子,左腿膝盖上被剐掉了半个手掌大小的肉;他在车下被卷压着,翻滚着,车下的铁器刮擦着他所触之处,手臂多处被剐伤,腰被严重挤压,被拖拉了10多米之后,他才从车下被抛出来。车还在前面行走,他在后面呻吟叫唤。工友们从暗夜里钻出来,向他扑过去,在他的身边围了很久,有救护车嘶叫着,冲进了厂区,他被拉到了就近的医院。诊断结果:第四节椎体因压迫出现裂缝,锥体外的四节小骨断裂,远离椎体。

这些伤从彩色CT片上可以清晰看到。

工厂的工友说着四面八方的方言加普通话,听起来半懂不懂,正如眼下的情形,不知道后果有多么严重。眼下,只能先消炎,然后手术。

第二天晚上,我陪着王元在医院,嫂子去了王元的租屋。

夜深了,病区里静悄悄的,没有一丝声响。我们又聊起了筱。他睁着疑惑的眼睛,问我,筱哥当时怎么不快点跑出来啊!似乎这问题是他最终在这次一定要问清楚的。我说,你咋知道他跑得慢了。王元说,我知道,我一直在想,他明明知道有危险,应该看着情况不妙,就快跑,很快就跑出来了,咋就不跑啊!我说,那井道很深,总共有1800米深,他们进去的时候感觉不明显,等到他们感觉不妙的时候,已经一氧化碳中毒,返回的时候,身子肯定软得无力支撑,哪能跑出来,已经来不及了,人软了,咋跑啊!

房间里只有我们俩,他问我的时候,似乎自己可以跑得像飞。

王元说,自从筱哥出事以后,我就一直想,干什么都要跑得快,不能慢,慢了要命;那天我值班,凌晨四点多的时候,几个装货的工人装了一会儿,停下了手中的活计。司机以为货装完了,开车就走,我也不知道是咋回事,看见车开走了,就以最快的速度跑上去,跳上了车,就像替筱哥在跑一样,心里想着快啊,越快越好,我感觉自己是飞上车的,结果就……

我无语:傻子啊,你咋就在这个时候还想着替他跑呢!我没有责怪他。

他接着说,筱哥出事的时候,应该是有人指挥他了,或是有人逼着他了,否则,他不会下去。我说,是,我也这么想。在下午一点多到三点多这三小时之间,究竟发生了什么,他们从一个井口到另外一个井口,最终返回来,又下去,这说明他们不是没有意识到危险,而是被逼无奈。

王元沉重地说,我当时似乎就是被一个"快"字逼着跑出了办公室,我以最快的速度,飞也似的跳上了车,现在想起来,我当时简直是在飞。

王元的手术很成功,术后,他恢复得很好,几乎没有落下任何后遗症。

倒是他的这番话再次提醒了我,筱在下井前的三小时之间,究竟发生了什么?

突然,我想起筱的手机被矿上调查组的回收去了,说是做调查之用,后来,经过两个多月了没有还回来。我打电话问,那人说,手机在西安,还没有用完。我奇怪了,问,调查组在阳关调查,手机咋就去了西安?那人说,手机被送到西安恢复通话功能去了。怎么恢复通话?我问。对方说,就是利用高科技,将手机里面的通话声音恢复出来,看他和谁说话,说了些什么。哦,原来竟然可以如此。

王元手术后,我从事故调查组那里要回了手机,紧急启动恢复筱手机通话内容。我想知道,在筱接到井下被困人员求救信号到下井前的三小时之间,他究竟在做什么?

地面上发生了什么?我好不容易找到了一位深圳的高科技企业的一个圣手,他说可以,但需要钱。我说这个自然没有问题,需要多少?他说10万。我说能不能少点,他看着电脑屏幕上不断钻出来的新空间,问我,你拿它干什么用?那圣手表情木然地问。我给他大概说了事情的经过。他说,是他的手机?他就这样死了?那圣手说,我分文不取,你把手机留下来,等我消息。

手机通话内容终于恢复了。在那三小时之间,我终于明白了筱的脚踝被作业长拽住的所有秘密。

13:15 第一个电话。副矿长张三岩打来的:"王筱,你们到了吗?""到了,井口烟大得很,刚进到井口,人就呛得没办法!我们又出来了!看起来很危险啊!我担心下去要出事!这可是12个兄弟的性命啊!""小心啊,你自己要小心啊!""我知道,咋办?又没有防毒面具,下不下?""你们看咋办?""我们想到B井口看看,能不能下去?""那好,你们去B井口看看,也要小心啊!""好的,放心!"

13:27 第二个电话。矿长打来的。"矿长,你好!""情况咋样?""矿长,A井口烟特别大,我们怕出事!到B井口看看!""胡闹!现在时间就是生命啊!9条人命啊!你们想办法快去救他们啊!""知道了,矿长,我们一定全力抢救他们!""你们自己也要做好防护措施!""好的,矿长,保证完成任务!"

13:41 第三个电话。安全科长郭慈打来的。"郭科长,我们在B井口。""咋样?能不能下去?是不是烟小一些?""郭科长,这边井口塌了,人进不去,烟看起来不大。咋办?""你和作业长迅速赶回A井口,快速救人灭火,矿长刚才打电话,把我骂了一顿。""他骂你干啥?""他骂我为啥不带队下去。""郭科长,我看你还是赶快给119报警,给集团汇报,否则,会出大事。""我也请示了矿长,矿长说他亲自向集团汇报,不用我管,不管就不管!……"旁边传来另外一个声音,似乎是站在筱身边的人:"你让他王八缩头待着吧!老子们就是死了,也要拖着他!"筱的声音又出现了:"郭科长,快点向119求救,一旦我们下去有问题,消防可以替补,否则,我们这12个兄弟,下去没有保障啊!""好的,你们尽快下井救人,9条命等着你们呢!"

13:46 第四个电话。又是张三岩的电话:"我们又回到 A 井口了!""你要小心,长个心眼啊!啥情况?""现在还在井口,没人敢下去!谁也不敢下去!"……"王筱,你不要带头啊!""我知道。"旁边传来吵叫声:"要下,你们领导先下,凭啥叫我们先下,这事关人命,我可就这一条命!""就是,要下你们领导们先下!""你听见了吗?张矿这事情咋办?""你让作业长接电话!""作业长,张矿让你接电话——""张矿,咋办?现在井口烟特别大,没人敢下去啊!""作业长,现在是关键时刻,危急关头,我传达矿长的意思,快速救出井下的 9 个人,这就是你的任务!耽误了 9 条人命,你要负重大事故责任的!"作业长再没说啥,只是说了一声"给",将电话交给了筱,筱压了电话。

13:50 第五个电话。是筱的媳妇桃儿打来的。"干啥呢?咋这么吵?""桃儿,我们在外面聊天呢,你呢?""我这会儿也没事。""晚上吃啥饭?""桃儿,今晚请你吃鸡肉垫卷子,咋样?""好啊,……(别人的吵闹声)筱,你快过来,你是领导,别躲那么远啊!……筱,他们叫你干啥?咋这么吵呀?""桃儿,没事,别担心,去一起玩呢,我的绿色矿山申报工作快结束了,矿上奖励我 800 块钱,晚上请你吃鸡肉垫卷子啊!桃儿,他们叫我,我先去了,再见!嗯呐——"最后是一个吻。这是筱媳妇和他的最后通话。他要去了,再见!吻。

13:58 第六个电话。也是筱接听的最后一个电话,是张三岩打来的:"王筱,下去了吗?"筱的声音很遥远,似乎是隔着防尘面罩:"下来了,我们 4 个人先下来,其他人在后面,烟大得很,呛死人了!""谁在前面?注意安全啊,兄弟!""咳咳——作业长在最前面,我在后面。什么也看不见,涨满了烟!你快求救 119!一切拜托你了!"这是筱在世间的最后一句话。

U

又是8月16日,沉重的日子。

一年过去了,外甥靳凯入土一年差五天。靳凯是在12个死者当中最早下葬的一个,因为他是我的外甥。当时,有人给姐夫说了,他是刘矿的外甥,这事故最终是刘矿的责任,最重要的是解决事情。你们应该带头下葬,这样,才能尽可能快地处理事情,这对刘矿有好处,否则,他就要坐穿牢底了。

姐姐姐夫一听这话,赶紧在他们家祖坟附近找了一块地方,在第五天就将他安葬了,没有提任何要求,按照姐夫的话说,他已经死了,活着的人咋办?还得活。可惜活着的人——姐姐没活多久,也跟着儿子去了,进了祖坟,就在儿子身边,这是姐姐姐夫的安排,死了也要在一起。

我曾经从老婆的相机里看到,那是一面向西南的山坡,缓缓的山坡,山坡上是半死不活的草丛,似乎是黄的,还有点黑;零零散散的,各自相望,却又不相往来,远看是一个整体,近看各自一体;没有尽头,越远越密,颜色变成了褐黄,越是没有了生机。现在,姐姐也躺在离他不远的地方,那是他家的祖坟所在。出了祖坟,不远就是孤零零的靳凯的坟包,他没有结婚,没有子嗣,不能进祖坟,所以,只能在祖坟外面游荡了。那坟头是崭新的黄土啊,亮得很,像闪着光芒,像新出笼的一个馒头,散发着新鲜的味道。坟头上插着一杆引魂幡,花花绿绿的,我能听到那纸幡在风中吱啦吱啦的声音。下面就是我的外甥靳凯的棺材,和他的尸体。

姐姐可以走出来,来到儿子的身边,在阳光下,娘俩面对着遥远的村庄和遥远的阳关,说说那件事情,还可以说说我,说说我的过失,我这个不负责任的舅舅。姐姐可能会骂上我几句,这就好,这样,他们在那个世界骂着,我在这个世界或者就踏实多了。

他们娘俩面向西面,正是大沟矿的方向,一个非常牢靠的黑山。黑山里有靳凯的12位工友的身影,他们可以找到一起,吆喝着出去,吆喝着去找领导,找他们的家。

午睡的时候,恍然如梦,见他们都来了,相互扶携着,王筱和靳凯在一起,其他的远些,在风中的荒草丛中,喊喊喳喳说着什么,听不清。他们看着我,定定站着,也不离去,悄声说着话。远远地站着,看着我,远处就是高山,山顶上就是冰川,寒光闪闪。

我喊:你们过来——

他们不动不响,不远不近。

我说:你们去吧——

他们也不动声色,似乎在风中飘荡,像一缕烟,飘到了我的身边,从我的鼻孔钻进去,从我的嘴巴钻进去,呛得我呼吸不得。我大喊,却喊不出声来,我的手脚动不得,似乎被绑缚住了,我极力挣扎,终于喊出了一声,睁开眼睛,我是躺在监舍里,四周寂静无声,死气沉沉。

我抹去了额头的汗水。

他们真的来过了,我的嘴巴里还残留着烟雾的味道,呛人的气息,余烟正在从门缝里钻出去。

我听见风在外面呼啸而去,夹带着他们散乱的脚步。

下午三点多,我正坐在床边上发呆,那家伙来了,说:走,你家人来了,保持冷静啊。

这一天,正是老婆出院的第二周。她带着女儿和姐夫来了。见到女儿的时候,我的心就碎了。她有点憔悴,这份憔悴是我导致的,但她显得成熟多了,她的眼泪从脸上直往下流淌,她抓着我的手说,爸爸,你瘦了……就再也说不出什么了。

姐夫进门,那家伙给了一把椅子,姐夫坐下来,弓着腰,浑身上下充斥着一股寒凉,他的眼睛淡淡地扫了一眼我,无声地递给我一支烟,就低下头去。

我懂得那寒凉来自姐姐,来自外甥,来自年老的他。姐夫已经70岁了,他的身体的确看起来大不如前了。

"姐夫——"我喊了一声。我想跪下,于是我就跪下了。

我似乎面对的是姐姐,还有靳凯,而不仅仅是姐夫。

"起来——"姐夫伸手拉我,老婆的手已经抓着了我的手腕。我看见老婆的手腕,却没有看见伤在哪里。

我浑身颤抖,哆嗦,双腿发软,我一时间觉得自己老了。

我被她们娘俩扶起来。我坐下。

我们沉默良久。

"一周年了,我们今天刚刚又去烧纸,才回来,顺便给你姐姐也烧了点纸,没事了,他们娘俩在一起,我就放心了。"姐夫说。

我什么也没有说,我的嘴唇在颤抖。她们娘俩什么也没有说。

老婆说,开庭时间通知了,9月5号,不知道这次变不变;徐大江也进去了,他的身后就是鹤金公司,鹤金公司的后面就是许正山和王五常,这下,也好,跟你没关系!

我说,和我没有半毛钱关系。但是我心里在说,谁知道啊!

老婆说,我找了一个律师,请他代理,到时候,还需要他来找你,该怎么做,你和他商量。

我说,你放心,我自有道理。我有点激动,但我强压着。我知道,我是有事情的,我的事情很大,但是,我和许正山的事情,除了老婆,再没有第三个人知道。

我说,你把那3个信封的照片删了,再不要提起那事。

我明白,老婆说。老婆的额头和双鬓的头发居然都白了,闪着银光,一圈。天呐,她跟着我来到阳关仿佛还是在昨天,而今天,她居然老了。

我心里很踏实,我想,我这一次有可能会因为立功表现而轻判,也许我的羁押期正好已经完成了服刑期呢!因此,我是渴望这一天的,也是期盼这一天早点到来。

也许,我将万劫不复,终身监禁。

廿一

　　三姐痴痴地望着窗外的夜色,枯萎的手在孙儿身上轻轻地起落。那手只是刚刚落在孙儿身上,轻得像燕子掠过水面,只让他感到奶奶的存在和抚慰;不能太重,那会将他从浅浅的睡意中惊醒。孙儿咕哝了一句含混的话:"奶奶,我回家呢。"蓦然回首,孙儿已经睡着了,他蠕动着小嘴巴。一种味道向另一种味道渗透。奶奶无声地看了他一眼,抬眼望了一眼窗外,心想着长久没有回家的儿子,凄然自语:乖乖,难道这不是你的家嘛。她俯下身,在孙儿的额头上小心而心疼地吻了一下,她感觉到了孙儿温润光洁的体温,头还没有抬起来,一粒晶莹的东西落在那额头,溅开,向鬓间流下。她心尖尖上的肉开始打颤,像被人揪着荡秋千,摇摇欲坠。她已经非常蒙眬了,蒙眬得她慌,鼻子酸得直通心肝,酸得她无法用手掌抹去,只有宽大的袖头,抹了自己的眼睛一把,又用指尖拂拭了孙儿的鬓间。她小心吸了一声,却发出了"唏"的一声抽泣!他微微动了一下,模模糊糊。孙儿一岁十个月了,他总是拉着奶奶的手奶声奶气地说,我回家去。每每这句话之后,她就想起儿子,他咋不回家啊!一想起虎虎有生气的儿子,她就觉得自己已经老了,仿佛就在这108天却又漫长无比的时间内,自己掉进快速流动的时间漩涡里,迅速地老去了,老得连自己都感到可怕。有一次她从镜子里看自己,颈项的皮居然皱起来了。她暗自惊叹,我才50岁啊!有时候,她在三室两厅的屋内走动,居然感觉自己走在老家那座古老的深宅大院里,幽深遥远,四面是土夯起来的高墙,天是方的;走上一阵,身子颤巍巍的,腿在打摆,有些撑不住。如此,屋内便弥漫着一股黯淡的气息,有时候明明阳光灿烂,她却感觉幽暗晦涩,甚至寒意阵阵,堪比冬夜。她没敢对任何人说起这情形,她心下暗想,人咋就这么不经老啊。

她轻缓地挪开拍在孙儿身上发酸的手腕,怅然地看着孙儿,舒展的眉眼、挺直的鼻头、微翘的嘴唇,都和儿子神似,尤其那随时翘起来的嘴角,活脱脱就是小时候的儿子;随着那道嘴角上翘的弧线,心里的盼想便会像月亮一样亮堂堂地升起来。

以往这个点儿,该是儿子给她打电话的时候了,或者已经打过了,也许会晚些,迟也好早也好,都行,才九点半嘛。有时候,他也不提前打招呼,会突然背着挎包,气喘吁吁地上楼来敲门喊妈。上到三楼,她就能从屋里听得出这就是儿子筱的脚步声。此时,她都要提醒姐夫,儿子来了。姐夫总是不相信,而筱真的敲响了门扉,一面喊:妈——她站起身来,走到窗边,外面是黑漆漆的冬夜,看楼下,也许就能看见儿子走来的样子。仔细巴望了一阵,楼下光坦坦的水泥地面渐渐亮起来了,没有人影。她的目光又向西面更远的地方看了看,街灯昏暗,有车辆穿梭,仿佛自己在很远的异地他乡;再远处,模糊的西山,山顶上有一层白雪,闪着暗光。西山之外,她就什么也看不到了。她知道,西山以西,还是连绵的祁连山,倚着祁连山的右臂,就是河西走廊,一路的城市和村镇,华藏寺、黑松驿、黄羊镇、凉州、河西堡、山丹、甘州、高台、临泽、肃州,最后就是阳关,阳关更西,她没有去过,筱在阳关,她也就止步于此。也许他此时正在阳关夜市吃烧烤呢,领着他的媳妇桃儿,一股白晃晃的热气正拂过他们的面颊。有时候,他可能还会喝两杯酒,带着酒气,一边呼哧呼哧走着,一边打来带笑的电话:"妈,我的娃睡着了吗?"最常见的话是:"妈,你把我的娃哄好唔——嘿嘿!"她似乎闻到了儿子满口吐纳的酒香,她开玩笑说:"你不放心妈就自己领走啊!"儿子会在电话里笑着说:"不是啊,妈,我的娃就是你的娃,我咋能不放心呢!嘿嘿——"他的笑腼腆,微黑的脸庞和大沟矿的山色一样;他的牙齿白生生的,如采下来的新鲜石灰石一般,他才27岁。

108天前的那个晚上一点多,她和姐夫将孙儿从被窝里抱起来的,孙儿不哼不哈,不哭不闹,睁开眼睛,神奇地喊着"爸爸爸爸",任由他们摆弄着穿衣服穿鞋。那天晚上,他们赶了1000多公里,在风雨交加、夜色凄凉的黑暗里,他们经过了无数的城市和村庄,泥泞不堪中,他们像一只可怜巴巴的萤火虫飘荡在秋日的凄风苦雨中,闪闪呼呼向阳关靠近。她感觉他们这点微渺的光几乎要被老天给扑灭了,她原本圆圆的心被扯成了一根线,这根线拉过了一个又一个城市,气若游丝,就要断了。次日上午十点,他们终于到了阳关。这么遥远,儿子就这么遥远。再也没有见上面,连一句话也没搭上。

看着漆黑的夜色,她想起那条阳关通往大沟矿的公路,笔直笔直的,黑黝黝的,闪着光。那是去年春天的一天,她去大沟矿看儿子,准确地说是儿子请她去参观他的工作单位。那笔直的公路很长,像一条黑色的长蛇在移动,从阳关到大沟矿,车行需要40分钟。路两边是一望无垠的戈壁滩,滩上遍地是豌豆大小的黑色石子儿,在风中滚动,即便车在轰鸣,她也能听见那石子儿沙啦啦在地上疾走的响声,如鬼使神差一般。大沟矿藏在祁连山的一个深深的褶皱里,儿子的办公楼在那道褶皱的外沿，前面有一排高高的白杨树，直指苍穹。那时候正是夏天，树叶又大又绿，肥硕无比，似乎掉下来都会砸断一个人的腿脚。她进了儿子的办公室，走进了监控室，一张巨大的屏幕墙上显示着矿井下的一切：黑乎乎的传送带拖着矿石向外面挪动，有人在操作台边走动，像一个影子。只是井下的颜色灰暗得很，像黑白电影一样。她识的字不多，见过的世面少，只是县城的一个家庭主妇，这次算是长了见识，居然有那么巨大的电视屏幕，竟然能把地下的事情看得清清楚楚，简直是在看电影。此刻，也许儿子正上夜班，正盯着监控的大屏幕抽烟呢，一缕铁灰色的烟雾正在冉冉地如庙宇里的香火般袅袅升腾。

她扭头，拿起手机，悄声说，这臭娃子！这是她惯常称呼儿子的叫法。其实她心里是在抱怨儿子：咋不来个电话。她打开微信，找到了"臭娃子"，写了"臭娃子"三个字，就写不下去了，她心里一股酸楚涌起，瞬间涌进了眼睛，又从眼睛里滚出。她觉得自己这般委屈，那股子酸楚憋着她的嗓子眼，使她难以呼吸，她张开嘴巴，长出了一口气，微微带出了呵的声响，将那股酸楚呼出去。她想，自己咋就像个孩子，从来也没有这般委屈过。

她放下手机，又擦了一把眼泪，眼睛里面又湿漉漉的，像个泉眼在冒水。冒着冒着，她眼角的肉干了，鱼尾纹顿然生得密密麻麻，那焦黄的皱纹间渗着泪水，便如冰冷的冰雪融水在干焦的沟壑里艰涩地流淌。108天了。

她看了一眼孙儿，孙儿嘴角略略上翘了一下，梦中笑了一下，很不屑的一笑，又似乎是生出一个什么坏主意。她心疼地俯下身子，又亲了一下孙儿的额头，拿起手机，继续写：你不想妈吗？那东西又涌出来，酸得像一缸酸菜，一坛浆水，堵在嗓子眼。擦了眼泪，她索性压住语音键，咕咕咽咽：你心狠啊……不想妈吗？模模糊糊中，她点了一下发送,屏幕上便有"5",后面跟着一个喇叭状的图案,里面有三道弯弯的弧线。那句5秒的语音便躺在手机里那一块另一个世界的绿油油的草坪上。

在这行语音之上,还躺着她在这漫长的108天内发过的很多话,像一堵高墙,一层一层,字像是砖头,语音像灰浆,一块一块摞起来,密不透风,筑起了一座思念的孤城,独立在河西走廊,南边是高越万仞的祁连雪山,北边是一望无际的大漠戈壁。而她自己就是这座城的不二的主人。

  臭娃子,你真的舍得离开妈啊!你好狠心啊——10″
  臭娃子,妈想你啊!4″
  臭娃子,冬天来了,你冷不冷啊?穿热乎些。1″
  臭娃子,你不想你的娃吗?娃很乖啊!6″
  臭娃子,妈妈太想你了,你给妈托个梦吧!20″
  臭娃子,回家吧!妈给你做好吃的。18″
  臭娃子,你的娃感冒了,不要紧,妈会给你哄好。25″
  臭娃子,你那边没办法回家吗?你来看看妈啊!30″
……

她想,儿子看到了,肯定会回复她的,甚至会马上视频。可都108天了,他没有回复过一次。一次,她梦见儿子回来了,他背身将阳台上的西瓜抱到阴台,免得太阳晒得厉害。他看着她,没有说话,笑了笑,出门走了。她惊醒,急忙走到阳台,却不见他的身影,她打开窗户喊,筱哎——筱哎——那声音在暗夜里传出了老远老远。另一次,她梦见他从作业的矿井里钻出来,戴着安全帽,身着海蓝色的工作服,向她跑过来,一面喊:"妈——"她急忙跑上前问他:"你吓死我们了,还以为你出不来了。"儿子说:"我就是爬也要爬出来!"接着,她就看到他10根手指头蛋都流着血,指头是土色的,僵直的,没有一点灵泛的样子,像泥塑的一样,血在流。她要捏住那手,那手却不见了,人也不见了。

有了这两个梦,就像有了夜宵,每每子夜,后半夜,凌晨,不分早晚,她都要咀嚼了又咀嚼,消化了又消化,像一种神奇的五谷,吃不完,吃不够。

她痴痴地靠在床头,像一头老奶牛在反刍着这两个珍贵的梦。她打算要睡了,希望今晚能梦见儿子。她想到了姐夫,又下床,到了客厅,没见老公;进了另外一个卧室,姐夫早就睡着了,身边放着一个二两的小酒瓶,空的。自从儿子再没有回家后,他时常这样。每天晚饭后,他们就分开了,一个人在卧室,哄孩子玩,一个人在客厅,也不看电视,只是抽烟,摆弄手机。他们各想各的心事,其实是一件心事,两人分开想,这样想得更透些。他们互不打扰,想完了,就各自睡了。有时候他们一起睡在卧室,中间夹着孙儿;有时候,老公就独自睡儿子房间了。他懂得老公睡在儿子卧室的心思,肯定是想接近儿子,闻一闻他的气息,也许那气息能够联通两界,或者在梦里能够见到他。

回到卧室,孙儿蹬开了被子,她将被角扯了扯,轻轻拍了拍孙儿的小屁股,躺在了孙儿身边。她睁眼看着黑洞洞的卧室门——自从儿子没了音讯——她一直没有关门,她盼望儿子回来即可走进她的卧室,看他的儿子和她,她也希望第一眼看到儿子的身影,即便在客厅里走动。她什么也没有看见,一直没有看见。她想,哪怕是他的魂灵能出现也行。没有,始终没有。也许他正在窗外巴望着她呢。她又掉头看透着微光的窗户,也没有。窗外是寒冷的冬天,今年的暖气烧得真好,可她心里却寒凉之极,她一直觉得自己孤独地待在遥远而寒冷的雪山之巅,巴望一个身影来温暖她。

她又打开手机,手机的微光映照着她模糊憔悴的面容。她点开了"臭娃子",上面还是那些字和语音,她失望透顶了,"臭娃子"没有给她回复一个字。她索性又给"臭娃子"发了一句语音:臭娃子,你真的不想妈吗?她的声音在最后四个字就开始颤抖哽咽了,扯着她的心也开始颤抖。她不想让远方的儿子听到她的悲伤,她原本还要给儿子多说几句话,可她没有说出来。她硬生生地咽下悲伤,用手背擦掉了眼泪,可是那眼泪酸楚楚地淌个不停,她擦了又擦,索性坐起身子,在黑暗中哭起来,微弱地喊着:臭娃子啊,妈想死你了……她呆痴痴地坐在床上,看着黑暗,撇着枯焦的嘴唇,任由泪水在脸颊爬动,像两条从心里蠕动出来的灰蛇,拽着心尖尖上的肉,从眼睛里爬出来,向下坠落,坠落。

良久,她又想起了儿媳妇桃儿,每天下午六点左右,桃儿都要打来电话,问问她的儿子,还要视频一阵。可是今晚,她咋就没有打来电话呢?她发给桃儿一个微信:桃儿,睡了吗?今天很忙吗?冷不冷啊?桃儿没有回微信。她想,桃儿可能是累坏了,或许还在外面吃饭呢,也许她正在伤心哭泣呢!她剩下一个人了,在那座孤零零的戈壁边城里,一套和这房间大小类似的冰冷的房间里装着她一个人,让她咋过啊!她想起桃儿手腕上的那道刀痕,横的,像一半钻在肉里的吸血虫。108天前,筱没有跟她说过话,一直僵着脸,直挺挺地躺着,沉默着。她不想活了,生生将自己的腕上割了一刀,白花花的肉立即翻开来,接着,一条红色的细蛇从那道伤口钻出来,飙起来!有人急忙将那手腕攥住,那白生生的手腕生疼生疼啊,旁边的人心都在颤抖,她倒没有显出疼痛的表情。她想跟他走啊!缝合桃儿的手腕伤口的时候,她一声未吭,也不让上麻药,她说,这点痛算什么!此后,她见到桃儿的时候,手腕缠着白色的纱布,眼里滚动着晶莹剔透的泪水,她搂着她,两人颤抖了半天。据说桃儿她现在抽烟了,而且抽得不少,她和筱相差一岁,还年轻得很。这般下去,她行吗?原本她不敢想象一个抽烟的女人会是一种什么情形,甚至对抽烟的女孩堪称反感,而今,她觉得桃儿抽烟一点也不过分,有啥呀,抽吧,抽吧!抽支烟算什么呀。她似乎在给桃儿说呢。不知道是几点了,她又打开手机,躺下来,还是不见儿子的回复,零点多了,她想也许儿子早就睡着了,还扯着男人的大呼噜呢!也许儿子还在外面喝酒呢,这种情形很少,和工友们聚会玩得迟些也是有的呢。等他回家,或者醒了,必然会回复她的。原本,他每天早晚都会给妈来一个电话,早晨是在上班前,晚上是在晚饭后,这 108 天,一个也没有了。

桃儿的微信来了:妈,今天单位聚餐,结束迟了,怕打扰你们睡觉,再没打电话。你早点睡,我也瞌睡了。臭娃子乖吗?她马上回复:乖,睡着了。桃儿说,妈你别胡思乱想了,早点睡啊!她郑重答应了桃儿,要早点睡。她想,儿子和儿媳结婚才三年啊……她终于睡着了。

她被惊醒的时候,客厅里有微响,侧耳听,有人走动,也许是儿子的魂灵。仔细听,是姐夫在谨慎地喝水,咕咚咕咚,之后,他沉默寡言地走回屋内。他也是尽量不敢弄出任何声响。他原本就不善言谈,最近,几乎很少说话了。说话也是一个字,"嗯",或者"好",或者"行"。他脸色赭黑,透着阴郁和愁苦,看起人来,总是飘着眼神看着别的地方,而脸是正对着对方的,他不会正面看人了,或者说他似乎没有正面看人的心情了。

她要假装自己没有被惊醒,也没有发现他喝了酒。她反对他喝酒,他患有心脏主动脉粥样硬化、颈部大动脉粥样硬化、肾上腺结节,这些病都是他最近才发现的,也是见不到儿子之后才发现的。这些都是不能喝酒的病。可他就是不听,说急了,他说,我活着都没有意思了……他想儿子得很,他想靠酒精麻醉自己,每每喝完酒,就开始哭着喊着叫儿子的名字,大声喊,筱哎——筱哎——喊得邻居们都站在楼道里,盯着空荡荡的楼梯,默默掉泪。她不想理睬他的原因是怕刺激他,怕他半夜三更再大哭大叫。不过,这些天,他好多了,他说,他要好好照看好这奶奶孙儿,让他们舒心过日子,不能再让他们受丝毫的伤害,酒也不再喝了。可是今晚,他又偷偷喝上了,也许是实在忍不住了,又怕她埋怨,只好在卧室内偷偷喝了一点。他喊完了水,进了儿子的卧室,轻轻关上了门。

刚躺在床上,她却听见他的电话在屋内隐隐地响,嘟——嘟——她悄悄起身,轻轻走到了儿子的卧室门外,果然听到姐夫的手机在响,嘟——嘟——终于有人接了:

你好,这是大沟矿吗?是的,这是大沟矿安全科,你有事吗?我找个王筱,在不在?王筱,他不在啊,他……他去哪里了?你给我叫一下他好吗?谢谢你啊!他出事了,他走了……您就别再找他了……他出啥事了?他在四个月前就出事了,井下着火了,9个人被困井下,他们3个人下了矿井,去救人,结果再也没有出来……您是……我是……那为啥要他下去呢……当时被困的9个人在紧急求救,他们是被派下去救人的……

我的儿啊,筱——

并非结语

两个舅舅没有一个找到出口,和两个外甥一样,陷入深深的井巷中。